Paul Jennings
Absolut unheimlich!

Für Claire und für Lyndu

Paul Jennings

Absolut unheimlich!

Aus dem Englischen von
Ulli und Herbert Günther

Ravensburger Buchverlag

Die Deutsche Bibliothek – CIP-Einheitsaufnahme

Jennings, Paul:
Absolut unheimlich! / Paul Jennings.
Aus dem Engl. von Ulli und Herbert Günther. –
Ravensburg: Ravensburger Buchverl., 1994
ISBN 3-473-34626-8

Sonderausgabe

Die australische Originalausgabe erschien
in zwei Bänden unter den Titeln »Unreal« und »Uncanny«
bei Penguin Books Australia Ltd., Ringwood, Victoria

Umschlagzeichnung: Rolf Bunse
Redaktion: Uwe-Michael Gutzschhahn
Gesamtherstellung:
Graphischer Großbetrieb Pößneck GmbH
Ein Mohndruck-Betrieb
Pößneck, Thüringen
Printed in Germany

Gedruckt auf chlorfrei gebleichtem Papier

ISBN 3-473-34626-8

Old Ben Byron ohne Hemd

1

Mr. Bush sah in die Klasse. »Brian Bell«, sagte er, »du darfst als erster deinen Geschichtsvortrag halten.«

Mein Herz pochte. Mir wurde schlecht. Bloß das nicht. Ein Alptraum, vor der ganzen Klasse reden zu müssen.

»Ja, Mr. Bush ohne Hemd«, sagte ich. Sue Featherstone (die Tochter des Bürgermeisters) kicherte. Langsam ging ich nach vorn. Ich dachte, ich müßte sterben. Mein Mund war ausgetrocknet. »Ich werde über meinen Ururgroßvater sprechen«, sagte ich. »Er war Seemann. Er brachte mit seinem Schiff Lebensmittel nach Warrnambool. Ohne Hemd.«

Dreißig Augenpaare starrten mich an. Sue Featherstone grinste. »Warum hat er kein Hemd angehabt?« fragte sie. Sie kannte die Antwort ganz genau. Sie wollte nur hören, wie ich es sagte.

»Er hieß Byron. Die Leute nannten ihn Old Ben Byron ohne Hemd.«

»Warum nannten sie ihn Old Ben Byron ohne Hemd?« fragte Sue mit einem süffisanten Lächeln. »Das ist ein komischer Name.«

»Zieh ihn nicht auf«, sagte Mr. Bush. »Er versucht sein Bestes.«

Sie war ein fieses Mädchen, diese Sue Featherstone. Richtig gemein. Sie wußte ganz genau, daß ich nicht anders konnte, als ›ohne Hemd‹ zu sagen. Jedesmal, wenn ich etwas sagte, mußte ich ›ohne Hemd‹ anhängen. Mein ganzes Leben lang war das schon so gewesen – ich konnte es nicht ändern. Fragt bloß nicht, warum. Ich hatte keine Ahnung, es ging einfach nicht anders. Bei Dutzenden von Ärzten war ich schon gewesen. Keiner hatte rausgekriegt, woran es lag, und keiner hatte mir helfen können. Es war fürchterlich. Alle lachten über mich. Sie hielten mich für ein bißchen beschränkt.

Ich sah zu Sue Featherstone hinüber. »Sei nicht so gemein«, sagte ich. »Und mach mich nicht dauernd an. Du weißt ganz genau, daß ich immer ›ohne Hemd‹ hinterhersagen muß. Ohne Hemd.«

Die ganze Klasse brüllte los. Viele bemühten sich, nicht zu lachen, aber sie konnten es einfach nicht unterdrücken. Fanden es eben ziemlich witzig. Ich wurde knallrot. Wäre ich doch tot – und Sue Featherstone auch. Sie war die Schlimmste in der ganzen Klasse. Dauernd hackte sie auf mir herum.

»Na gut, Brian«, sagte Mr. Bush. »Du kannst deinen Vortrag am Mittwoch halten. Vielleicht geht es dir dann ein bißchen besser.« Ich setzte mich wieder auf meinen Platz. Mr. Bush hatte Mitleid mit mir. Alle hatten Mitleid mit mir. Alle, außer Sue Featherstone. Die nicht. Die dachte nie an jemand anders als an sich selbst.

2

Ich ging mit Buddel von der Schule nach Hause. Buddel ist mein Hund. Er heißt Buddel, weil er so gern Löcher gräbt. Nichts kann ihn daran hindern. Er gräbt allen möglichen Abfall aus und legt das Zeug dann zu Hause auf der Türschwelle ab.

Einmal war der Mann, der neben uns wohnt, zum Angeln gegangen. Er hatte einen Sack voll Muscheln bei sich, die er als Köder benutzte. Als er nach Hause kam, vergaß er sie im Kofferraum seines Autos. Zwei Wochen später fand er sie wieder - besser gesagt, die Muscheln fanden ihn. Durch den Gestank. Mann, stieg das in die Nase! Es blieb ihm nichts übrig, als die Muscheln im Hinterhof zu vergraben. Am nächsten Tag hatte Buddel sie ausgegraben und mir nach Hause gebracht. Solche Geschenke macht er mir oft. Ich habe es damals nicht übers Herz gebracht, ihn zu bestrafen, er meinte es gut. Ich strich ihm nur über den Kopf, gab ihm einen Klaps in den Nacken und sagte: »Guter Junge. Ohne Hemd.«

Buddel war ein toller Hund - wirklich super. Na gut, ich gebe zu, daß er nicht nach viel aussah. Er hatte nur ein Auge, und die Hälfte von einem Ohr fehlte. Ständig kratzte er sich. Dafür konnte er aber nichts. Das lag an den Flöhen. Die brachte er einfach nicht weg. Ich kaufte Flohhalsbänder, aber sie nutzten nichts. Wahrscheinlich deshalb, weil Buddel sich so gern in Kuhfladen wälzte.

Abgesehen von solchen Kleinigkeiten findet man weit und breit keinen besseren Hund als Buddel. Er war immer freundlich, sprang mit Begeisterung an mir hoch und leckte mir über das Gesicht. Mum und ich hätten ihn nie hergegeben. Er war alles, was uns noch an meinen Vater erinnerte. Buddel hatte einmal meinem Vater gehört. Mein Vater war bei einem Verkehrsunfall ums Leben gekommen. Um so mehr gehörten wir deshalb zusammen, Buddel, meine Mutter und ich.

Als ich nach Hause kam, sperrte ich Buddel im Hinterhof ein. Inzwischen sah es da weniger wie auf einem Hinterhof aus, mehr wie auf einem Schlachtfeld mit Bombenlöchern. Überall hatte Buddel gegraben. Es hatte keinen Zweck, die Löcher zuzuschütten, er grub sie sofort wieder auf. Ich ging in die Küche, um etwas zu trinken. Da hörte ich, wie meine Mutter im Wohnzimmer mit jemandem sprach. Es war Mrs. Featherstone (die Frau des Bürgermeisters). Ihr gehörte unser Haus. Wir hatten es von ihr gemietet. Sie war groß und dünn und hatte blaue Haare. Sie trug eine lange Perlenkette (echte Perlen) und sprach mit vornehmer Stimme.

»Mrs. Bell«, sagte sie. »Ich fürchte, Sie müssen sich eine andere Wohnung suchen. So geht das einfach nicht weiter. Dieser Hund gräbt überall Löcher. Auf dem Hinterhof sieht es aus wie auf dem Mond. Entweder geben Sie den Hund weg, oder Sie verlassen dieses Haus.«

»Das können wir nicht«, sagte meine Mutter. »Brian hängt so sehr an dem Hund. Er erinnert ihn an seinen Vater. Nein, wir können Buddel nicht weggeben.«

In diesem Moment erschien Buddel am Fenster. Er hielt etwas im Maul. »Da ist ja diese scheußliche Kreatur!« sagte Mrs. Featherstone. »Und was ist das da in seinem Maul?«

Ich stürzte ins Wohnzimmer. »Keine Angst«, sagte ich. »Es ist nur Tibby. Ohne Hemd.«

»Tibby?« quiekte Mrs. Featherstone. »Was ist Tibby?«

»Unsere Katze«, erklärte ich. »Sie ist vor sechs Monaten gestorben, und ich habe sie hinten im Hof begraben. Ohne Hemd.«

Mrs. Featherstone kreischte, und dann fiel sie in Ohnmacht. Ich hatte keine Ahnung, was die ganze Aufregung sollte. Es war doch nur eine tote Katze. Na gut, Tibby sah nicht mehr ganz so aus, als wenn sie lebte, aber war das ein Grund, in Ohnmacht zu fallen?

So jedenfalls ist es gekommen, daß wir aus unserem Haus geworfen wurden. Daß wir ausziehen und auf dem Friedhof wohnen mußten.

3

Wenn ich sage, wir mußten auf dem Friedhof wohnen, dann meine ich nicht in einem Grab oder so. Nein, wir wohnten in einem Haus mitten auf dem Friedhof. Es war ein großes, düsteres, altes Haus. Früher wohnte mal der Friedhofswärter darin, aber der ist weggezogen, und dann wollte niemand mehr hinein. Deshalb war die Miete niedrig. Das kam uns entgegen. Meine Mutter lebte von der Rente, und wir hatten nicht viel Geld.

»Sie werden sich hier wohl fühlen«, sagte der Grundstücksmakler zu meiner Mutter. »Es ist sehr ruhig. Und es ist das billigste Haus in der Stadt.«

»Ich glaube nicht«, sagte meine Mutter, »daß sich jemand auf einem Friedhof wohl fühlen kann. Aber wir müssen uns damit abfinden. Mehr können wir uns nicht leisten.«

Der Grundstücksmakler ging zu seinem Auto. Er grinste über irgendwas. Dann zeigte er auf Buddel. »Ich hoffe, Ihr Hund gräbt keine Löcher«, sagte er. »Hunde, die auf Friedhöfen leben, sollten das besser nicht tun.« Er fand sich wahrscheinlich ungeheuer witzig. Als er zum Tor hinausfuhr, lachte er immer noch.

»Unheimlich lustig, ohne Hemd!« rief ich hinter ihm her.

Am nächsten Tag zogen wir ein. Ich hatte ein kleines Zimmer oben im Haus. Von dort sah ich über die Gräber. Ich sah auch das Meer in der Nähe. Der Friedhof lag direkt am Strand. Nur durch die Dünen, und wir waren am Lady Bay Beach.

Ich ging in mein Zimmer und fing mit meinem Vortrag für die Schule an. Am besten, dachte ich, ich schreibe alles auf. Dann konnte ich sicher sein, daß kein ›ohne Hemd‹ vorkam. Sue Featherstone sollte nicht wieder über mich lachen. Das Dumme war nur, daß es beim letzten Mal auch so nicht funktioniert hatte. Ich hatte trotzdem ständig ›ohne Hemd‹ gesagt. Immerhin, den Versuch war es wert. Vielleicht klappte es diesmal. Ich schrieb also:

Old Ben Byron

Old Ben Byron war mein Ururgroßvater. Er war Kapitän auf einem Segelschiff. Er brachte alle möglichen Waren in die Stadt. Er war einer der ersten Siedler. Diese Stadt gibt es nur, weil es Leute wie Ben Byron gegeben hat.

Eines Tages fiel ein Mann über Bord. Mein Ururgroßvater sprang hinterher, um ihm zu helfen. Der Mann wurde gerettet. Doch Old Ben Byron ging in den Wellen unter. Er ertrank. Seine Leiche wurde nie gefunden.

Wahrscheinlich war das noch ein bißchen zu wenig für einen Schulvortrag. Bestimmt war es zu wenig. Aber dann passierte etwas, das meinem Vortrag erst mal ein Ende setzte.

Buddel war schon eine Zeitlang weggewesen. Ich machte mir allmählich Sorgen. Hoffentlich scharrte er nicht in der Nähe eines Grabes herum. Ich sah aus dem Fenster, da kam er gerade angelaufen. Er kam die Treppe herauf, lief auf mein Zimmer zu. Auf der Türschwelle ließ er etwas fallen. Es war ein Knochen.

4

Ich nahm den Knochen und sah ihn mir an. Er war dünn und scharfkantig - nichts Besonderes, ein kleiner weißer Knochen eben. Ich war überzeugt, daß er schon ziemlich alt war. Irgendwo hatte ich so einen Knochen schon mal gesehen, aber ich konnte mich nicht mehr entsinnen, wo. Ein komisches Gefühl kroch in mir hoch. Ich kam mir einsam und verlassen vor, ganz allein. Als läge ich tot auf dem Meeresgrund und die Wogen rollten über mich hin.

Meine Hand fing an zu zittern, ich ließ den Knochen fallen. Vorsichtig blinzelte ich hinunter. Der Knochen war neben meinen nackten Fuß gefallen, direkt vor meinen kleinen Zeh. Da wußte ich, was für eine Art Knochen das war - es war der Knochen von einer Fußzehe. Ein menschlicher Zehenknochen.

»O nein«, sagte ich zu Buddel. »Was hast du angestellt? Wo hast du gegraben? Schlimmer Hund! Du hast ein Grab aufgescharrt. Jetzt kriegen wir Ärger. Und zwar nicht zu knapp. Wenn das einer rauskriegt, fliegen wir hier auch wieder raus. Dann wissen wir überhaupt nicht mehr, wohin, ohne Hemd.«

Ich zog meine Schuhe an und rannte hinaus. Das seltsame Gefühl verließ mich, sobald ich die Zimmertür hinter mir geschlossen hatte. Traurig zumute war mir nur in der Nähe des Knochens. Draußen war es kalt und windig. Von der anderen Seite der Dünen her konnte ich die hohen Wellen auf den Strand schlagen hören. »Zeig mir, woher du ihn hast!« rief ich Buddel zu. »Zeig mir, welches Grab es war, ohne Hemd.« Buddel schien nichts zu hören. Er rannte über die Dünen zum Strand und ließ mich stehen. Ich sah über die Gräber. Es waren Tausende und Abertausende. Es war ein sehr alter Friedhof, und die meisten Gräber waren von Grün überwuchert.

Ich lief von einem Grab zum anderen und suchte nach Buddelspuren. Das dauerte den ganzen Nachmittag. Aber ich konnte die Stelle, an der Buddel den Knochen ausgegraben hatte, nicht finden.

Schließlich trabte ich niedergeschlagen wieder nach Hause zurück. Ich wußte nicht, was ich mit dem Knochen anfangen sollte. Wenn einer ihn fand, würde es ein fürchterliches Theater geben. Man würde uns zwingen, den Friedhof zu verlassen.

Vor dem Haus wartete Buddel auf mich. Er wedelte mit dem Schwanz und sah aus, als sei er sehr mit sich zufrieden. Sein Fell war voll Sand, und im Maul hielt er wieder einen kleinen Knochen. »Am Strand!« rief ich. »Du hast sie am Strand gefunden, ohne Hemd!« Ich schnappte mir den Knochen. In dem Augenblick, in dem ich ihn berührte, überkam mich dasselbe traurige Gefühl wie vorhin. Als wäre ich einsam und allein. Irgend etwas wollte ich tun, aber ich wußte nicht, was.

Es war noch ein Zehenknochen. Ich brachte ihn in mein Zimmer und legte ihn neben den anderen. Das traurige Gefühl ließ etwas nach. »Das ist komisch, ohne Hemd«, sagte ich zu Buddel. Ich nahm den zweiten Knochen und legte ihn vor die Tür. Das traurige Gefühl wurde stärker. Das war sehr eigenartig. Ich öffnete die Tür und legte die beiden Knochen wieder zusammen. Schon fühlte ich mich nicht mehr so traurig. »Diese Knochen fühlen sich nicht wohl, es sei denn, sie sind zusammen«, sagte ich. »Sie wollen zusammensein, ohne Hemd.«

5

Es war Zeit, ein ernstes Wort mit Buddel zu reden. Ich nahm seinen Kopf zwischen meine Hände. »Hör zu«, sagte ich. »Du mußt mir unbedingt zeigen, wo du diese Knochen gefunden hast. Ich muß das Loch wieder zumachen. Du kannst hier nicht einfach überall Leichen ausbuddeln, hörst du. Das darfst du einfach nicht, ohne Hemd!« Buddel sah mich aus seinem großen braunen Auge an. Ich hatte das Gefühl, daß er viel mehr wußte, als ich ahnte. Er rannte zur Tür und kratzte daran. »Okay«, sagte ich. »Ich komme mit. Aber erst mal will ich diese Knochen hier verstecken. Ohne Hemd.« Ich legte die beiden Knochen in das Schubfach zu meinen Socken. Sie waren immer noch traurig. Und ich auch. Kaum hatte ich das Schubfach geschlossen, war das Gefühl weg.

Wir rannten zum Strand. Es blies ein stürmischer Wind. Sand wehte in meine Augen und Ohren. Was erwartete ich eigentlich? Ein großes Loch vielleicht, das Buddel gegraben hatte, mit einem Gerippe darin? Einen Toten vielleicht, den es an Land gespült hatte?

Wir kletterten über die Dünen und rannten zum Strand hinunter. Kein Mensch weit und breit. Dafür war es heute zu kalt. »Also«, sagte ich zu Buddel. »Jetzt zeig mir, woher du die Knochen hast. Ohne Hemd.« Er rannte los, in die Dünen, zu einem kleinen Loch. Es war nicht tiefer als meine Hand lang. Da war kein Grab, nur dieses kleine Loch. Ich machte es mit den Händen größer, aber da waren keine weiteren Knochen. »Na also«, sagte ich zu Buddel. »Kein Grab und keine Leiche. Nur zwei Zehenknochen. Morgen werde ich sie begraben. Und damit hat sich's. Ohne Hemd.«

Buddel hörte nicht zu. Er rannte zum anderen Ende des Strandes. Es war sehr weit, trotzdem entschloß ich mich, ihm zu folgen. Als ich bei ihm war, grub er gerade ein neues Loch. Wieder fand er zwei Zehenknochen. Ich hob sie auf, und schon überkam mich das traurige, wehmütige Gefühl. »Sie wollen zu den andern«, sagte ich. »Sieh nach, ob du noch mehr findest, ohne Hemd.«

Buddel rannte von einem Ende des Strandes zum anderen. Er grub ungefähr dreißig Löcher. In jedem Loch stieß er auf ein, zwei Knochen, manche waren ziemlich groß. Ich fand eine alte Plastiktüte am Strand und legte die Knochen hinein. Als die Dunkelheit hereinbrach, war die Tüte voll mit unglücklichen Knochen. Mir war zum Heulen zumute, ich wußte nicht, warum. Sogar Buddel war traurig. Sein Schwanz hing herunter. Er wedelte kein bißchen mehr.

Ich ging die Dünen hinauf heimwärts. Buddel wollte nicht mitkommen. Er fing mit einem neuen Loch an. Mit einem besonders tiefen Loch. So tief, daß er darin verschwand. Schließlich tauchte er wieder auf und hielt etwas im Maul. Kein Knochen diesmal. Es war ein Schuh - ein alter Schuh. Nicht so einer, wie man ihn heutzutage in Geschäften kaufen kann. An diesem Schuh war eine goldene Schnalle. Im Dunkeln konnte ich ihn nicht richtig sehen. Deshalb nahm ich ihn mit.

»Komm, Buddel«, sagte ich. »Laß uns nach Hause gehen. Mum wird sich schon wundern, wo wir bleiben, ohne Hemd.« Dann nahm ich die Tüte, und wir gingen langsam zum Haus zurück.

6

Ich warf die zwei Zehenknochen zu den anderen in die Tüte, stellte sie in meinen Schrank und schloß die Tür. Nachdem ich die Knochen weggeschlossen hatte, war mir viel leichter. Die Knochen waren unglücklich, und sie machten mich unglücklich. Ich konnte mir denken, warum: Sie wollten mit den anderen Knochen zusammensein. Vermutlich waren sie an verschiedenen Stellen - über den ganzen Strand verstreut - begraben.

Ich sah mir den Schuh an. Er war total verbeult. Bestimmt lag er schon eine Ewigkeit im Sand unter den Dünen. Wem mochte er wohl gehört haben? Da entdeckte ich zwei Initialien, die in die Sohle geritzt waren. Ich konnte sie gerade noch lesen. Es waren die Buchstaben B. B.

»Ben Byron«, rief ich. »Die Knochen gehören meinem Ururgroßvater. Ohne Hemd!«

Und plötzlich fiel mir etwas ein - Ben Byrons Schuh hatte mich daran erinnert. Morgen war Mittwoch. Ich mußte meinen Geschichtsvortrag in der Schule halten. Mannomann! Ich wußte, daß ich jetzt nicht schlafen konnte und daß ich ständig an den Vortrag denken würde. Und je mehr ich daran dachte, desto nervöser würde ich werden. Je nervöser ich war, desto schlechter würde ich vortragen. Beim letzten Mal, als ich einen Vortrag halten mußte, hatte ich nur einen von zehn Punkten dafür gekriegt. Einen von zehn möglichen Punkten. Schlechter geht es kaum.

Da kam mir eine Idee. Ich würde den Schuh mitnehmen. Ich würde allen erzählen, daß ich Ben Byrons Schuh gefunden hatte. Das machte die Sache doch interessant! Vielleicht bekam ich drei von zehn möglichen Punkten, wenn ich den Schuh dabeihatte. Ich legte den Schuh in mein Sockenfach und nahm die Tüte mit den Knochen aus dem Schrank. Ich wollte sie mir mal genauer ansehen.

Also schüttete ich die Knochen zu einem Haufen auf den Fußboden. Da lagen drei große Knochen und viele kleine. Das wehmütige Gefühl von Einsamkeit überkam mich wieder. Ich setzte mich auf das Bett und sah mir den Haufen trauriger Knochen an. Da passierte etwas, was mir einen Schock versetzte. Die Haare sträubten sich mir im Nacken. Ich traute meinen Augen kaum - die

Knochen bewegten sich. Sie bewegten sich langsam über den Boden. Glitten umeinander herum wie Schlangen.

Die Knochen sortierten sich selbst. Sie paßten genau zusammen und formten sich von selbst zu einem Fuß und zu einem Bein. Alle Knochen waren an ihrem Platz. Ich hatte das Gerippe von Ben Byrons Bein.

Das Bein bewegte sich nicht. Es lag reglos auf dem Fußboden. Ich saß auf dem Bett und sah es lange an. Also ehrlich, ich war ganz schön erschrocken. Aber schließlich konnte ich das Bein nicht einfach da liegenlassen. Mum könnte in mein Zimmer kommen und es entdecken. Irgendwie war es unheimlich, das Gerippe vom Bein eines anderen vor dem Bett liegen zu haben. Schließlich sprang ich auf, legte die Knochen wieder in die Plastiktüte und warf sie in die Ecke. Dann ging ich ins Bett und steckte den Kopf unter die Decke. Ich versuchte mir einzubilden, die Knochen wären gar nicht da.

7

Am nächsten Tag mußte ich meinen Vortrag in der Schule halten. Es war schlimmer, als ich erwartet hatte. Es war fürchterlich. Ewigkeiten stand ich vor der Klasse und brachte kein Wort heraus. Ich war so aufgeregt, daß meine Knie schlotterten. Kein Laut wollte mir über die Lippen kommen. »Was ist los?« fragte Sue Featherstone. »Keine Hemden heute?« Brüllendes Gelächter.

Schließlich schaffte ich es doch, den Vortrag in einem Stück bis zum Ende vorzulesen. Kein Wort mehr wollte ich danach sagen. Doch ich spürte, wie es sich in mir zusammenballte – wie eine Bombe, die auf die Explosion wartet. Ich preßte meine Lippen zusammen, aber die Wörter wollten einfach heraus. Meine Backen bliesen sich auf, und mein Gesicht wurde puterrot. »Seht nur«, lachte Sue Featherstone. »Er pumpt! Er pumpt!«

Das war gemein. Die Wörter platzten heraus. »Ohne Hemd!«

Ich war beschämt. Was sollte ich tun? Ich schnappte mir den Schuh. »Das ist Ben Byrons Schuh«, sagte ich. »Er ist an den Strand gespült worden, ohne Hemd.«

»Du lügst«, sagte Sue Featherstone. »Das ist ein alter Schuh, den du auf der Müllkippe gefunden hast.«

Alles ging schief. Wahrscheinlich bekam ich für diesen Vortrag null von zehn Punkten. Aber dann passierte es. Ein Gefühl von Traurigkeit schlug über mir zusammen. Alle im Klassenraum spürten es, alle wurden traurig. Dann schrie jemand auf. Es war das Bein – da stand es an der Tür. Hüpfte durch den Raum. Meine Hände zitterten so, daß ich den Schuh fallen ließ. Das Bein hüpfte zu mir her und in den Schuh. Es wollte den Schuh anhaben.

Sue Featherstone sah das Beingerippe und kreischte. »Tu das weg! Tu das abscheuliche Ding weg!«

Das Bein hüpfte auf sie zu. Sprang auf ihren Tisch. Sie schrie und schrie. Dann rannte sie zur Tür. Alle anderen taten dasselbe – alle rannten gleichzeitig zur Tür. Es entstand ein großes Geschrei und Gedrängel. Alle wollten auf einmal zur Tür hinaus. Sie waren zu Tode erschrocken.

Die Beinknochen verfolgten die ganze Klasse quer über den Schulhof und die Straße hinunter. Noch nie in meinem Leben hatte ich solches Schreien und Kreischen gehört.

Ich stand allein mit Mr. Bush im Klassenraum. Er saß auf seinem Platz und schüttelte den Kopf. Nach einer Weile sagte er: »Ich weiß nicht, wie du das angestellt hast, Brian. Aber es war ein guter Trick. Ich gebe dir zehn von zehn Punkten für diesen Vortrag. Zehn von zehn möglichen.«

»Danke, Mr. Bush ohne Hemd«, sagte ich.

8

Als ich von der Schule nach Hause kam, wartete das Bein auf mich. Es stand schon in der Ecke meines Zimmers und rührte sich nicht. Aber es war so traurig, und es machte auch mich traurig. Mir war, als sei ich selber ein Gerippe. Mir war, als seien meine Knochen von den Wellen fortgetragen und über einen langen Sandstrand verstreut worden. Jetzt wußte ich genau, was mit Ben Byron passiert war. Seine Knochen waren fortgespült worden und lagen am Strand in der ganzen Bucht verstreut.

Ich sah mich nach Buddel um. »Wir müssen die restlichen Knochen finden«, sagte ich. »Dieses Bein wird keinen Frieden finden, bevor nicht alle Knochen wieder zusammen sind. Wir müssen sie alle finden, und zwar jetzt sofort, ohne Hemd.«

Ich holte mir einen Spaten und einen Sack und ging zum Strand. Buddel kam mit und ebenso das Bein. Es hüpfte langsam hinter uns her und machte ein plumpsendes Geräusch dabei. Den Schuh hatte es immer noch an. Zum Glück war niemand am Strand - hätte uns jemand gesehen, er hätte seinen Augen nicht getraut: ein Junge, ein Hund und ein Beingerippe, die am Strand spazierengehen. Ich konnte es selbst kaum glauben.

Ich wußte nicht, wo ich zu suchen anfangen sollte. Aber das Bein wußte es. Es hüpfte über den Strand und blieb da stehen, wo wir graben sollten. Den ganzen Nachmittag liefen wir hinter dem Bein her und gruben Löcher. In jedem fanden wir ein paar Knochen. Ich arbeitete so schnell ich konnte, ich wollte das wehmütige Gefühl loswerden. Tränen rannen mir übers Gesicht, so traurig war ich. Alle Knochen, die ich fand, legte ich in den Sack. Sie freuten sich, wieder beisammenzusein, da war ich ganz sicher. Aber sie waren immer noch nicht zufrieden. Sie konnten nicht froh werden, bevor ich nicht auch den letzten Knochen gefunden hatte.

Endlich war es soweit. Als letztes fand ich den Schädel. Er lag in einem Loch zusammen mit einem alten Hemd – einem sehr alten Hemd. So ein Hemd hatte ich noch nie gesehen. Ich legte den Totenkopf und das Hemd in den Sack und hielt ihn weit auf. Da hüpfte das Bein in den Sack zu den anderen Knochen.

9

Das Gefühl von Traurigkeit verschwand sofort, als das Bein bei den anderen Knochen war. Die Knochen waren froh, ich war froh und Buddel auch.

»Also, mein Lieber«, sagte ich zu Buddel. »Jetzt haben wir nur noch eins zu erledigen. Wir müssen alle Knochen zusammen an derselben Stelle begraben, ohne Hemd.«

Ich schaffte den Sack voll glücklicher Knochen zu einer

einsamen Stelle in den Dünen, und Buddel und ich fingen an, ein Loch zu graben. Wir arbeiteten stundenlang. Endlich war es tief genug. Da nahm ich den Sack und schüttete die Knochen ins Grab. Sie fielen alle auf einen Haufen - und dann fingen sie an, sich zu bewegen. Sie glitten über den Grund des Grabes. Eigentlich hätte ich erschrocken sein müssen, aber ich war's nicht. Ich wußte, was kam. Die Knochen fügten sich langsam zu einem Skelett zusammen. Nach einer Weile war es komplett. Es lag reglos in seinem Grab und sah zu mir herauf. Aber es machte nicht den Eindruck, als hätte es nun seinen Frieden gefunden. Etwas fehlte ihm noch - etwas wollte es noch haben. Ich sah in den Sack. Das Hemd lag noch darin.

Ich warf das Hemd in das Loch hinunter. »Keine Angst«, sagte ich. »Ich begrabe dich nicht ohne Hemd.«

Noch einmal, zum letzten Mal, bewegten sich die Knochen. Das Skelett drehte sich auf die Seite, das Hemd unter dem Kopf. Es lag in Schlafstellung, und es fühlte sich wohl. Aus dem Grab schien Musik aufzusteigen, lautlose Musik. Im Geist konnte ich sie hören.

Wir schütteten das Grab zu und traten den Sand fest. Ich beschloß, ein paar Worte zu sagen, schließlich war es eine Art Beerdigung. Ich sah über das Meer und spürte Tränen in meinen Augen. Da sagte ich: »Hier liegen die Knochen von Ben Byron. Endlich haben sie Frieden gefunden. In dieser wunderschönen Bucht.«

Buddel sah zu mir hoch. Er schien zu lächeln.

»He«, rief ich. »Ich hab ja gar nichts vom Hemd gesagt! Ich habe es nicht gesagt!«

Und ich habe es nie wieder gesagt.

Der Armbandflieger

1

Eine Menschenmenge umringte Giffen. Zwar hielten ihn alle für ziemlich verrückt, aber wegsehen konnten sie nicht. Er war doch zu interessant.

Giffen ging zu seinem Lastwagen und holte eine Tube Klebstoff. Auf der Tube stand: *Giffens einmaliger Kleber. Klebt einfach alles.* Giffen hielt die Tube hoch. »Das ist der beste Klebstoff der Welt!« rief er. »Klebt alles, was kaputt ist. Wer hat was Zerbrochenes?«

Ein kleiner Junge kam nach vorn. Er hielt einen Pfeil und einen Bogen hoch. »Mein Bogen ist gebrochen«, sagte er. »Und keiner schafft es, ihn wieder heil zu machen.« Giffen nahm dem Jungen den Bogen aus der Hand. Er strich ein wenig Klebstoff auf die Bruchstellen und drückte sie aneinander. Dann spannte er den Bogen und schoß den Pfeil hoch in die Luft. Die Leute waren verblüfft. Sie klatschten und riefen Beifall.

»Das ist noch gar nichts«, sagte Giffen. »Was jetzt kommt, haben Sie noch nie gesehen!« Er ging zu seinem Lastwagen, auf dem hinten ein großer Kran angebracht war. Vom Kran hing ein Seil herunter. Giffen tupfte etwas Klebstoff an das Ende des Seils. Dann drückte er es auf das Dach eines Autos. »Dieser Klebstoff kann ein ganzes

Auto halten!« rief er in die Menge. Er stieg in das Führerhaus seines Lastwagens und setzte den Kran in Bewegung. Das Auto wurde in die Luft gehoben. Allein der Klebstoff hielt das Auto am Seil fest.

Die Leute waren tief beeindruckt. Keiner hatte je einen Kleber von solcher Qualität gesehen. »Nun«, sagte Giffen, »wer will Giffens einmaligen Kleber kaufen?«

Die Menge drängte vor. Jeder wollte diesen Kleber haben. Sie konnten ihn nicht schnell genug bekommen. Kaum zu glauben, daß es so etwas gab. »Kauft, solange der Vorrat reicht!« rief Giffen. »Nur zehn Dollar die Tube.«

Giffen verkaufte zweihundert Tuben Klebstoff. Er verdiente zweitausend Dollar an einem Tag. Die Kunden gingen mit ihrem Klebstoff nach Hause, um ihn auszuprobieren.

»Ihr Narren«, sagte Giffen und lachte sich ins Fäustchen. »Ihr werdet schon sehen. In vier Stunden verliert der Kleber seine Wirkung.«

2

Miss Tibbs hatte eine Tube von Giffens einmaligem Kleber gekauft. Sie war eine alte Frau, und sie lebte ganz allein. Die meisten ihrer Freunde waren längst gestorben. Sie hatte niemanden, der ihr mal etwas reparieren konnte. Deshalb war sie sehr froh über diesen neuen Kleber.

Miss Tibbs sammelte Porzellan. Ihr ganzes Leben lang hatte sie schöne Dinge aus Porzellan gesammelt. Sie besaß Teller und Tassen und Schüsseln von überall auf der Welt. Auch kleine Porzellanpuppen und Spielzeugtiere aus Porzellan. Inzwischen hatte sie so viele Stücke, daß sie gar nicht mehr wußte, wohin damit. Deshalb brauchte sie den Kleber. Sie wollte ein neues Bord anbringen.

Sobald sie zu Hause war, holte sich Miss Tibbs ein Holzbrett aus dem Schuppen in ihrem Garten. Dann strich sie etwas von Giffens einmaligem Kleber auf die Randseite und drückte das Brett gegen die Wand. Es funktionierte. Das Brett hielt, als wäre es angewachsen.

»Ein wunderbarer Klebstoff«, sagte sie. »Er ist auf der Stelle trocken.« Gleich begann sie, ihre Porzellanstücke auf das Brett zu räumen. Ihr Lieblingsstück zuerst, entschied sie. Das war ein kleines Porzellanpferd. Es war vor vielen Jahren in ihren Besitz gekommen. Ihr Vater hatte es ihr vermacht, bevor er gestorben war. Miss Tibbs liebte dieses Pferd. Sie stellte es auf den besten Platz, genau in der Mitte des Regals.

Nachdem Miss Tibbs alles eingeräumt hatte, setzte sie sich hin und ruhte aus. Sie war sehr müde. Nach einer Weile schlief sie in ihrem Lehnstuhl vor dem Kamin ein.

Vier Stunden später wachte sie von einem lauten Krach auf. Die Wirkung des Klebers hatte nachgelassen. Das Brett war von der Wand gefallen, und alle Porzellanstücke lagen in Scherben.

Auf Händen und Füßen rutschte Miss Tibbs über den Boden und sammelte die zerbrochenen Teile ein. Sie dachte an ihr Pferd. Ihr kostbares Pferd. Sie suchte es zwischen all den Scherben. Nirgendwo konnte sie es entdekken. Schließlich fand sie etwas, und das brachte sie zum Weinen. Ein Bein, einen Schwanz und einen winzigen Kopf. Das Pferd war in Stücke zersprungen.

Miss Tibbs weinte und jammerte. Sie nahm die Tube

mit Giffens einmaligem Kleber und warf ihn ins Feuer. Dann beschloß sie, Giffen zu suchen. Sie wollte ihm sagen, daß sein Kleber überhaupt nichts taugte. Und daß er ihr das zerbrochene Porzellan bezahlen sollte.

Sie lief eilig zu dem Platz, auf dem Giffen gewesen war. Aber er war fort. Keine Spur mehr von ihm. Miss Tibbs ahnte, daß er nie mehr zurückkommen würde.

3

Ein anderer, der Giffens einmaligen Kleber gekauft hatte, war Scott Bridges. Er wollte damit sein Kanu reparieren. Es war in zwei Hälften zerbrochen.

Scotts Vater hatte gesagt, daß man es nicht mehr reparieren könne. Die Sache sei hoffnungslos. Scott solle es zum Müll geben. Aber nun hatte Scott eine Tube von Giffens einmaligem Kleber, und nun war er überzeugt, daß er es doch wieder zusammenbauen konnte.

Das Kanu lag unten am See. Ganz allein ging Scott los. Seinem Vater sagte er nicht, wohin er ging. Er strich Giffens Kleber auf die Bruchstellen und drückte die beiden Teile des Kanus zusammen.

»Riesig!« staunte Scott. »Es ist so gut wie neu. Dieser Klebstoff ist phantastisch!« Er schob das Kanu ins Wasser und kletterte hinein. Es schwamm gut. Kein Tropfen Wasser drang ein. Scott paddelte in die Mitte des Sees hinaus. Er war begeistert. Und aufgeregt. Er paddelte so schnell er konnte.

Ohne Schwimmweste durfte er eigentlich nicht mit dem Kanu fahren. Aber die hatte er heute vergessen. Seine

Gedanken drehten sich nur um das Kanu und Giffens einmaligen Kleber.

An so einem sonnigen Tag verging die Zeit schnell. Schon waren vier Stunden vorbei. Scott fiel auf, daß allmählich Wasser ins Kanu lief. Er wollte ans Ufer zurückpaddeln. Aber es war zu spät. Der Klebstoff löste sich. Das Kanu brach auseinander und sank.

Das Wasser war eiskalt. Scott hatte Angst. Bis zum Ufer war es weit. »Hilfe!« schrie er, so laut er konnte. Aber niemand hörte ihn. Er war der einzige Mensch auf dem See.

Scott versuchte, zum Ufer zu schwimmen. Nach kurzer Zeit war er erschöpft. Seine Beine schmerzten, und sein Bauch tat ihm weh. Sein Kopf tauchte unter. Er mühte sich ab, ihn wieder über Wasser zu bringen. Aber vergeblich. Seine Lungen füllten sich mit Wasser, und er sank auf den Grund des Sees.

Als Scott an diesem Abend nicht nach Hause kam, rief sein Vater die Polizei. Taucher suchten den See ab. Sie fanden Scotts Leiche. Und die beiden Teile des Kanus. In einem Teil lag eine angebrochene Tube von Giffens einmaligem Kleber.

4

Giffen fuhr mit seinem Lastwagen davon. Er hatte es eilig. Er wußte, daß ihm nur vier Stunden blieben, um sich aus dem Staub zu machen. Dann würden die Leute, denen er den Kleber verkauft hatte, nach ihm suchen. Sie würden sauer sein, na klar. Doch sie sollten ihn nicht einholen.

Er entschied sich dafür, nach Horsham zu fahren. Das

war weit genug weg. In Horsham wußten sie nichts von Giffens einmaligem Kleber. Da würde er noch ein paar Trottel finden und noch mehr Geld verdienen.

Nach zwei Tagen kam er in Horsham an. Er fuhr seinen Lastwagen ins Zentrum der Stadt. Dann stellte er ein Schild auf. Darauf stand:

ZWEIHUNDERT DOLLAR ZU VERDIENEN!
WER SCHAFFT ES,
GIFFENS EINMALIGEN KLEBER ZU LÖSEN?

Bald darauf kamen zwei Männer, jeder mit seinem Traktor. Einer stieg ab, kam zu Giffen herüber und gab ihm zwei Seile. »Kleb sie mit deinem Zeug zusammen«, sagte er. »Dann ziehen wir sie auseinander.«

Giffen lachte in sich hinein. »Okay«, sagte er. »Die Wette gilt.« Er tupfte je einen Tropfen Klebstoff auf die Seilenden und drückte sie zusammen. Der Kleber wirkte sofort.

Die Männer nahmen das zusammengeklebte Seil und banden die Enden jeweils an ihren Traktoren fest. Dann ließen sie die Motoren an. Es qualmte und lärmte. Menschen liefen zusammen. Jeder dachte natürlich, der Kleber würde nicht halten. Aber nein. Aus den Traktoren stieg bläulicher Rauch. Die Motoren heulten auf. Aber der Kleber hielt.

Dann gab es einen lauten Knall. Ein Motor hatte den Geist aufgegeben. Der Traktor wurde von dem anderen über die Straße gezogen. Laut schrien die Leute Beifall.

»Nun?« rief Giffen. »Wer will meinen einmaligen Klebstoff kaufen?«

Die Menge drängte vor. Jeder wollte diesen Kleber. Die Leute schwenkten ihre Geldscheine. Sie stießen und schoben sich. Giffen verkaufte dreihundert Tuben.

Schließlich gingen alle nach Hause. Alle, bis auf einen Mann. Es war ein kleiner, glatzköpfiger Mann mit einem freundlichen Lächeln. »Entschuldigen Sie bitte«, sagte er zu Giffen. »Darf ich Sie fragen, ob Sie vielleicht auch etwas von *mir* kaufen möchten?«

»Was verkaufen Sie denn?« fragte Giffen schroff.

»Einen Armbandflieger. Ein kleines Kästchen, mit dem Menschen fliegen können.«

5

Giffen glaubte nicht, daß man mit einem kleinen Kästchen fliegen konnte. So etwas gab es nicht. Dieser Mann wollte ihn für dumm verkaufen. Trotzdem interessierte ihn die Sache. Möglicherweise handelte es sich um einen neuen Trick, den er selbst benutzen und mit dem er irgendwelchen Trotteln Geld aus der Tasche ziehen konnte. Er sah auf die Uhr. Er mußte aus der Stadt verschwinden, bevor der Kleber unwirksam wurde. Nach vier Stunden mußte er weg sein. Noch war genug Zeit, um mit dem kleinen Mann zu reden.

»Okay«, sagte Giffen. »Zeigen Sie mir Ihren Armbandflieger.«

»Nicht hier. Jemand könnte uns sehen. Kommen Sie zu mir nach Hause, und ich zeige Ihnen, wie er funktioniert.«

Giffen folgte dem kleinen Mann zu seinem Haus. Es war eher eine Hütte, und sie sah sehr unordentlich aus.

Das Gras stand hoch, Fensterscheiben waren zerbrochen. Überall lag Gerümpel herum. Der Boden war übersät von Werkzeugen, Schrauben, Schraubenmuttern, Apparaten und Drahtstücken.

»Ich heiße Flint«, sagte der kleine Mann. »Aber alle nennen mich Flinty.«

»Ich bin in Eile, Flinty«, sagte Giffen. »Also zeigen Sie mir, wie Sie fliegen können.«

»Gern, sehr gern«, antwortete Flinty. Er ging zu einem Regal und nahm ein kleines Kästchen heraus. Dann hob er den Teppich an und zog darunter ein kurzes Stück Band hervor. Es sah aus wie das silberne Band einer Armbanduhr. »Ich verstecke das Armband hier und das Kästchen woanders«, sagte Flinty. »Damit niemand meine Erfindung stehlen kann. Ich muß das Kästchen auf das Band schrauben. Es funktioniert nämlich nur, wenn beide Teile fest verschraubt sind.«

Flinty fummelte an dem Kästchen und an dem Band herum. Es dauerte lange. Ungefähr eine halbe Stunde. Giffen wurde allmählich unruhig. Viel länger wollte er nicht bleiben. Die Leute würden wütend werden, wenn sie merkten, daß der Kleber nicht hielt. Endlich war Flinty soweit. Er hatte das Kästchen auf das Band geschraubt und machte es nun an seinem Arm fest. Es sah aus wie eine Armbanduhr, nur größer.

»Jetzt passen Sie auf«, sagte Flinty. Langsam hob er vom Boden ab. Ungefähr zehn Zentimeter stieg er in die Luft.

Giffen konnte es nicht glauben. Die Augen fielen ihm fast aus dem Kopf. »Wie hoch können Sie steigen?« fragte er Flinty.

»So hoch ich will.« Flinty schwebte zur Zimmerdecke. Dann flog er in seiner Hütte herum wie eine Wolke.

Da wußte Giffen, daß er den Armbandflieger unbedingt haben mußte. Der war ein Vermögen wert. Damit könnte er eine Menge Geld verdienen.

6

»Warum zeigen Sie mir das?« fragte Giffen Flinty.

»Weil Sie ein großer Erfinder sind«, sagte Flinty. »Sie haben Giffens einmaligen Kleber erfunden. Ich bin auch ein Erfinder. Ich habe den Armbandflieger erfunden. Wir könnten Partner werden. Sie helfen mir, Armbandflieger zu bauen, ich helfe Ihnen, Klebstoff herzustellen.«

Giffen antwortete nicht. Er überlegte. Den Armbandflieger wollte er haben. Aber er konnte nicht in Horsham bleiben. Nach vier Stunden hörte die Wirkung des Klebers auf. Alles, was die Leute damit repariert hatten, würde auseinanderfallen. Sie würden ihn suchen. Es könnte leicht sein, daß er im Gefängnis landete.

»Haben Sie noch einen Armbandflieger?« fragte Giffen.

»Ja«, sagte Flinty. »Einen habe ich noch. Sie können ihn ausprobieren, wenn Sie wollen. Aber ich muß ihn erst zusammenbauen. Das Band auf das Kästchen schrauben.«

»Das dauert eine halbe Stunde«, sagte Giffen. »In der Zeit hole ich meinen Lastwagen. Dann komme ich und probiere den Armbandflieger aus.« Giffen machte sich auf den Weg. Er hatte sich vorgenommen, den Armbandflieger zu stehlen. Den Lastwagen wollte er in der Nähe haben, damit er sich möglichst schnell aus dem Staub machen konnte.

Giffen konnte sein Glück gar nicht fassen. Wenn er den Armbandflieger erst hatte, würde er schon dahinterkommen, wie er funktionierte. Dann würde er ihn in Mengen herstellen. Und für mehrere tausend Dollar das Stück verkaufen. Er würde steinreich werden. Jeder würde einen Armbandflieger haben wollen.

Er rannte zu seinem Lastwagen und fuhr so schnell wie möglich zu Flintys Haus zurück. Der Armbandflieger war fertig. Es blieb gerade noch so viel Zeit, um ihn schnell auszuprobieren, dann mußte er die Stadt verlassen.

Flinty machte das Band mit dem Kästchen an Giffens Arm fest. »So«, sagte er. »Sie müssen sich nur vorstellen, wohin Sie fliegen wollen. Weiter nichts.«

Giffen stellte sich vor, er würde zu seinem Lastwagen hinüberfliegen. Es klappte. Sachte flog er durch die Luft und landete auf dem Dach seines Lastwagens. Flinty kam angeschwebt und stellte sich neben ihn. »Riesig«, sagte Giffen. »Wirklich toll. Wie hoch können wir mit diesen Dingern fliegen?«

»So hoch Sie wollen«, sagte Flinty. »So hoch Sie wollen.«

7

Über den Armbandflieger vergaß Giffen alles andere. Er vergaß, wie spät es war. Er vergaß Giffens einmaligen Kleber, und er vergaß, daß er sich eigentlich schnell davonmachen mußte.

»Dann bis zu den Wolken«, sagte er zu Flinty. Sie flogen zusammen. Hoch in den Himmel. Die Menschen unter ihnen sahen aus wie Ameisen. Es war wunderschön, so hoch zu fliegen.

Die Zeit verging schnell. Stunde um Stunde. Es wurde allmählich dunkel. Giffen wollte die Nacht abwarten. Dann würde es ihm gelingen, von Flinty wegzukommen. Er würde einfach losfliegen, und Flinty würde ihn in der Dunkelheit aus den Augen verlieren. Dann würde er in seinem Lastwagen davonfahren und niemals wiederkommen. Den Armbandflieger würde er in alle Einzelteile zerlegen. Er würde schon herausfinden, wie man ihn nachbaute. Dann könnte er viele davon herstellen. Und verkaufen. Und reich werden.

Flinty flog in Giffens Nähe. »Wir sind sehr hoch«, sagte er. »Viel höher dürfen wir nicht. Da ist dann keine Luft mehr zum Atmen.«

Giffen warf einen Blick hinunter. Sie flogen in solcher Höhe, daß sie unter sich nichts mehr erkennen konnten. Sie waren über den Wolken.

»Bis jetzt habe ich nur zwei Armbandflieger gemacht«, sagte Flinty. »Und Ihrer ist der bessere von beiden.«

»Warum?« fragte Giffen.

»Weil ich statt Schrauben Giffens einmaligen Kleber dafür verwendet habe.«

Giffen sah gerade noch, wie sein Armbandflieger in Stücke brach. Dann fiel er und fiel.

Und schrie, bis er unten war.

Das Skelett auf dem Klo

1

Na schön. Ihr wollt also die Geschichte vom Gespenst auf dem Klo hören. Alle wollen diese Geschichte immer wieder hören, also erzähle ich sie hier zum letzten Mal. Ich werde sie auf dieses Tonband sprechen.

Aufschreiben kann sie dann wer anders. Meine Rechtschreibung ist nicht so besonders. Und überhaupt, ich habe nicht die Zeit für soviel Schreiberei.

Ich warne euch: Es ist keine sehr vornehme Geschichte. Falls sie eure Gefühle verletzt, seid ihr selber schuld. Ich nenne das Kind beim Namen. Und ich nenne einen Dunny einen Dunny.

Wenn ihr in Australien lebt, wißt ihr, was ein Dunny ist. Eine Toilette. Ein Klosett. Andere Namen dafür sind Thron, Klo, WC, Pott und Donnerbüchse. Ich habe auch schon ganz andere Bezeichnungen dafür gehört, aber die will ich hier nicht erwähnen. Ich bin kein unhöflicher Mensch, ich bringe die Dinge nur gern auf den Punkt.

Manchmal sind Dunnys außerhalb des Hauses. Ein Außendunny ist gewöhnlich in einer Ecke des Gartens, weit entfernt vom Haus. Bei Regen wird man naß. Bei Nacht muß man eine Taschenlampe mitnehmen und durch die Dunkelheit tappen. Wenn man fertig ist, muß man an einer Kette ziehen, um zu spülen. Blitzende Hebel oder Knöpfe gibt es nicht.

2

Aber ich muß auf die Geschichte zurückkommen. Es fing alles an, als ich vierzehn Jahre alt war. Damals kamen meine Eltern bei einem Autounfall ums Leben, und ich wohnte von da an bei meiner Tante Flo. Sie lebte auf dem Land, in der Gegend von Timboon.

Ich war verzweifelt und fühlte mich elend. Da hatte ich sorglos und unbekümmert mit meiner Mutter und meinem Vater in einem großen Haus in der Stadt gelebt – und plötzlich war ich von einem Tag auf den anderen bei Tante Flo im Busch gelandet.

Tante Flo war schon in Ordnung. Sie konnte ja nichts für meine gedrückte Stimmung nach all dem, was passiert war. Solche Dinge sind schwer zu verkraften.

Mein neues Zuhause war ziemlich alt. Ein großes Holzhaus mit einer Veranda rundum. Das Dach war aus Blech. In der Nacht hörte man den Regen darauf trommeln.

Im Haus war es überall sehr dunkel. Um nicht zu sagen düster. In jedem Türstock hingen Holzperlenschnüre bis zum Boden. Überall von den Wänden blickten traurige Menschen von alten Fotos herab. In der Diele stand eine riesige Uhr, eine Großvateruhr. Sie tickte laut. Das Haus war so still, daß man das Ticken in jedem Raum hören konnte. Irgendwie hatte man immer das Gefühl, man dürfe nur flüstern. Wie in einer Bibliothek.

Die Schule war vorbei, ich hatte Ferien. Viel gab es hier

nicht, was man machen konnte. Ich kannte niemanden in der Stadt, also ging ich meistens Kaninchen jagen. Oder Schlangen.

Tante Flo war gut zu mir. Sie mochte mich. »Bob«, sagte sie immer, »du mußt dicker werden.« Sie backte Marmeladentörtchen und Kekse mit Zuckerguß und stellte alles mit sauberen Servietten auf den Tisch. Sie war eine gute Köchin, und sie war schon ziemlich alt. Von Jungen hatte sie nicht viel Ahnung. Sie ließ mich gehen, wohin ich wollte. Nur eine eiserne Regel hatte sie: »Sei rechtzeitig zum Tee zu Hause.«

Ich mochte Tante Flo. Aber ihr Außendunny mochte ich nicht.

3

Eines Tages nahm mich Tante Flo beiseite. Sie schwenkte ein Stück Papier und sah feierlich ernst aus. »Das mit deinen Eltern ist sehr traurig, Bob«, sagte sie. »Ich mache mir Sorgen um deine Zukunft. Wenn ich sterbe, ist niemand mehr da, der für dich sorgt.«

Sie war ein gutherziges altes Mädchen. Eine Träne rann ihr über die Wange. »Für den Fall der Fälle«, sagte sie, »habe ich Pläne gemacht. Das ist mein Testament. Darin steht, was nach meinem Tod mit meinen Sachen werden soll. Wenn ich sterbe, bekommst du alles: das Haus und mein Geld.«

Ich wußte nicht, was ich sagen sollte, und starrte auf meine Schuhe. Mit Tränen in den Augen sagte Tante Flo: »Was du als einziges nicht bekommen kannst, ist ein Gemälde, das mir gehört. Du kannst es nicht haben, weil es verschwunden ist. Gestohlen. Lange Zeit war es im Besitz meiner Familie. Es war sehr viel Geld wert – eine Kostbarkeit. Es war ein Gemälde von diesem Haus. Ich hätte es so gern in deinen Händen gewußt.«

Ich tat, als sähe ich die Tränen in ihren Augen nicht. »Wer hat es gestohlen, Tante?« fragte ich.

»Ich weiß es nicht«, antwortete sie. »Ich war für zwei Jahre nach England gegangen. In dieser Zeit wohnte ein Mann namens Old Ned im Haus und verwaltete es für mich. Aber als ich zurückkam, war er tot und das Gemälde verschwunden.«

Ich fragte Tante Flo, wie Ned gestorben sei. »Das weiß ich nicht«, sagte sie. »Ich habe ihn auf dem Klo hinten im Garten gefunden. Er muß mindestens ein Jahr lang da drin gewesen sein. Viel war nicht mehr von ihm übrig – nur ein Skelett, das auf dem Klo saß.«

4

Na großartig. Eine schöne Geschichte. Auf dem Außendunny war jemand gestorben.

Vielleicht kann man sich vorstellen, daß ich nicht immer sehr gern auf dieses Klo gegangen bin. Man mußte über einen langen, mit Unkraut überwucherten Weg. Baumzweige zerkratzten einem das Gesicht. Im Inneren war es stockfinster – Licht gab es nicht. Dafür gab es Spinnweben. Und kein Toilettenpapier, nur einen Nagel in der Wand mit Zeitungen dran. Es lohnte nicht mal, die Zeitungen zu lesen. Sie waren stinklangweilig.

Die Spinnweben waren mir auch nicht geheuer. Es konnten ja auch Spinnen darin sitzen - Redback-Spinnen zum Beispiel. Redbacks sind giftig. Es gibt ein Lied über Redbacks auf der Lokusbrille. Aber wenn man mit runtergelassenen Hosen auf dem Klo sitzt, findet man es nicht sehr komisch, das ist mal sicher.

Redbacks, Spinnweben, Geschichten über Skelette. Ich mochte es nicht, ganz allein hinter geschlossener Tür dort zu sitzen, besonders bei Nacht. Nachts war es unheimlich.

Eines Tages stattete ich dem Dunny notgedrungen wieder einen Besuch ab. Es gab nicht viel Ablenkung. Ich fing an, die Löcher in der Wand zu zählen. Viele Astknoten waren aus dem Holz gefallen. An diesen Stellen waren kleine runde Löcher entstanden, durch die ein wenig Licht hereinkam. Ich war bei Loch Nummer zwanzig angekommen, da sah ich etwas, das mir die Haare zu Berge stehen ließ.

Ein Auge sah mich an. Es starrte durch das Loch zu mir herein.

Es war nicht ein einfaches Auge. Ich konnte durch das Auge hindurchsehen. Konnte die Bäume dahinter sehen. Es war kein menschliches Auge.

Schnell riß ich meine Hosen hoch. So schnell hatte noch keiner seine Hosen hochgezogen. Ich rannte wie ein geölter Blitz über den Weg zum Haus zurück.

Ich erzählte Tante Flo, was passiert war, aber sie glaubte mir nicht. »Unsinn«, sagte sie. »Da ist doch niemand. Das ist nur deine Einbildung.«

5

Ihr könnt euch vorstellen, wie mir zumute war. Sehr gut. Kaum zu glauben, wie gut. Nie wieder würde ich da hingehen! Unter keinen Umständen. Stellt es euch doch mal vor: In der hintersten Gartenecke bei stockfinsterer Nacht auf einem Klo sitzen, auf dem jemand gestorben ist. Und nicht nur gestorben, sondern auch noch zum Skelett geworden. Außerdem Spinnweben, Redbacks und Augen. Augen, die euch durch Löcher in den Wänden anstarren.

Ich war fest entschlossen. Niemals würde ich wieder da hingehen. Nie.

Eine Woche lang bin ich nicht hin. Von Tag zu Tag ging es mir schlechter. Mir war hundeelend. »Du siehst nicht gut aus, Kind«, sagte Tante Flo. »Hast du vielleicht Verstopfung? Komm, nimm ein paar Tropfen.«

Die Tropfen brachten mich wieder in Ordnung. Ich bekam die Rennerei. Die längste Zeit des Tages verbrachte ich auf dem gefürchteten Ort. Doch wovor ich am meisten Angst hatte, das waren die Nächte.

Und natürlich, es ließ sich nicht verhindern: Ich mußte nachts aufs Klo. Ich nahm eine Taschenlampe und ging langsam den dunklen Weg hinunter. Die Bäume rauschten. Irgend etwas seufzte. Ein Vogel, sagte ich mir. Hoffentlich ein Vogel. Es mußte ein Vogel sein.

Endlich erreichte ich den Dunny. Ich ging hinein, schloß die Tür und verriegelte sie. Kaum hatte ich mich gesetzt, geschah etwas Fürchterliches. Die Taschenlampe ging aus. Die Batterien waren verbraucht.

Ich muß euch noch erzählen, wie es mir immer geht,

wenn ich erschrecke: Meine Zähne fangen an zu klappern. Ganz laut. Klack, klack, klack.

Ich saß also mit klappernden Zähnen im Dunkeln. Ich gab mir alle Mühe, es zu unterdrücken, aber es ging nicht. Wahrscheinlich hat man es auf eine Meile Entfernung noch gehört.

Es fiel mir eine Menge unheimliches Zeug ein. Augen. Fledermäuse. Vampire. Mörder. Ich war zu Tode erschrocken. Wollte nichts wie weg. Meine Zähne klapperten immer lauter.

Dann kam der Mond hinter den Wolken hervor. Durch die Ritze oberhalb der Tür fiel sein Licht. Mir wurde gleich ein bißchen besser - aber nur für eine Sekunde. Ich sah auf, und das Herz blieb mir fast stehen. Ein Gesicht starrte mich an. Das Gesicht eines alten Mannes. Er hatte einen Bart und einen alten Hut auf dem Kopf. Er stand einfach nur da und starrte mich von über der Tür an. Und noch schlimmer, viel schlimmer: Der Mond schien mitten durch ihn hindurch.

6

Ich konnte nicht hinaus. Der alte Mann stand auf der anderen Seite der Tür. Ich saß in der Falle. So laut ich konnte, brüllte ich los: »Tante Flo, Tante Flo. Hilfe! Hilfe! Ein Gespenst!«

Es schien, als ob das Gesicht erschrak. Dann verschwand es plötzlich. Ich verschwendete keine Zeit, trat die Tür auf, rannte hinaus. Und zack, lag ich auf der Nase. Ich hatte vergessen, die Hosen hochzuziehen.

Als ich das schließlich nachgeholt hatte, war das Gespenst verschwunden. Ich raste den Weg hinauf und schrie nach Tante Flo.

Tante Flo glaubte mir nicht. Sie wußte ja, daß ich oft Angst hatte. Sie konnte sich nicht vorstellen, was ich erzählte. »Unsinn«, sagte sie. »Es gibt keine Gespenster. Ich gehe schon sechzig Jahre lang dort hinunter und habe nie eins gesehen.«

Ich wollte wenigstens das Beste draus machen. Ich lächelte. Ein schwaches Lächeln, aber immerhin. Tante Flo lächelte nicht zurück. Sie starrte mich mit offenem Mund an. »Bob«, rief sie. »Bob. Dir fehlt ein Zahn.«

Ich fuhr mit der Hand nach meinem Mund. Kein Zweifel, ein Vorderzahn fehlte - sauber abgebrochen. Ich wußte sofort, wie das passiert war. Meine Zähne hatten so geklappert, daß der Zahn abgebrochen war. Daran war dieses Gespenst schuld. Es brachte mich noch glatt um den Verstand.

Tante Flo war fassungslos. »Das muß beim Hinfallen passiert sein«, sagte sie. Sie steckte neue Batterien in die Taschenlampe. Dann machten wir uns auf die Suche nach dem Zahn. Nichts. Und auch von dem Gespenst - keine Spur.

Am nächsten Tag gingen wir zum Zahnarzt. Er sagte mir nichts Gutes. »Du wirst eine Platte brauchen«, sagte er. »Der Zahn ist weg, und das Stück, was noch übrig ist, ist gesplittert.«

»Was ist eine Platte?« fragte ich.

»So was Ähnliches wie ein Gebiß«, erklärte er. »Aber du wirst nur einen falschen Zahn haben. Und du mußt gut darauf aufpassen. Falsche Zähne kosten viel Geld, also verlier die Platte nicht. Jeden Abend mußt du sie saubermachen und in Wasser legen, bevor du ins Bett gehst. Und zerbrich sie nicht, wenn du in sehnige oder harte Sachen beißt.«

Die Platte kostete zweihundert Dollar. Könnt ihr euch das vorstellen? Zweihundert Dollar. Tante Flo mußte es bezahlen. Das war eine Menge Geld. Sie überzeugte sich, daß ich gut achtgab auf diesen Zahn. Ich mußte ihn jeden Abend und jeden Morgen saubermachen. Wenn ich im Bett lag, kam sie kontrollieren. Jeden Abend sah sie nach dem Zahn im Wasserglas. Schien ihr die Platte nicht sauber genug, mußte ich sie noch einmal putzen. Tagsüber durfte ich den Zahn nicht aus dem Mund nehmen. Sie hatte Angst, ich könnte ihn verlieren.

Dieses Gespenst hatte uns einen Haufen Ärger gemacht. Ich hatte einen Zahn verloren. Und Tante Flo zweihundert Dollar.

7

Ungefähr einen Monat lang sah ich das Gespenst nicht mehr. Nachts vermied ich den Gang aufs Klo. Und tagsüber erschien das Gespenst nicht noch mal. Trotzdem hielt ich meine Besuche dort auch dann so kurz wie möglich.

Ich machte mir viele Gedanken über das Gespenst. Wer war es? Warum trieb es sich ausgerechnet um den Dunny herum? Ich fragte Tante Flo nach Old Ned, der dort gestorben war. »Sag mal, Tante Flo, der alte Mann, der hier gewohnt hat, als dein Gemälde verschwand, wie hat der ausgesehen?«

Traurig betrachtete Tante Flo die Stelle, an der ihr Gemälde einmal gehangen hatte. Dann sagte sie: »Er hat immer einen alten Hut getragen. Und einen Bart hat er gehabt. Einen langen, grauen Bart.«

Da wußte ich sofort, das Gespenst war Old Ned. Er tat mir ein bißchen leid. Stellt euch vor, wenn man als Gerippe ein Jahr lang auf einem Klo sitzen muß.

Trotzdem wäre es mir lieber gewesen, er wäre weg. Ich wollte ihm nicht noch einmal begegnen. Aber natürlich kam es doch dazu.

Eines Nachts mußte ich raus. Ihr wißt schon, warum. Ich holte meine Taschenlampe, tauchte in die Dunkelheit und ging in die hintere Ecke des Gartens. Ich hatte Angst - richtige Angst. Meine Zähne begannen wieder zu klappern. Sie schlugen hart aufeinander.

Meine Platte, dachte ich, wie leicht kann sie bei dem Geklapper zerbrechen. Ich nahm sie heraus und hielt sie in der Hand. Da saß ich, den falschen Zahn in der Hand, und meine richtigen Zähne klapperten immer noch laut genug, um Tote zum Leben zu erwecken. Die Tür des Dunnys hatte ich offengelassen. Wenn Old Ned sich zeigen würde, wollte ich so schnell wie möglich weg. Ich wollte nicht wieder eingeschlossen sein.

Ich erledigte, was zu erledigen war. Dann zog ich meine Hose hoch. Als ich die Hand ausstreckte und an der Kette zog, spürte ich, daß mich jemand beobachtete. Meine Hände fingen an zu zittern. Sie zitterten wie verrückt. Der Zahn rutschte mir aus der Hand und fiel ins Klo. Im Nu war er weg und mit dem Spülwasser verschwunden.

Als ich mich umdrehte, stand Old Ned vor mir. Ich

konnte durch ihn hindurchsehen, durch seinen Hut, durch seinen Bart, durch seine Hände und sein Gesicht.

Er wirkte ziemlich betrübt. Ich rannte nicht weg. Jetzt, wo ich ihn zum ersten Mal richtig sehen konnte, hatte ich nicht mehr soviel Angst vor ihm. Er wollte etwas sagen. Sein Mund bewegte sich, aber es kam kein Laut heraus. Er zeigte auf etwas, er zeigte auf das Dach des Dunnys. Ich sah hinauf, aber da war nichts zu sehen. Nur ein rostiges altes Dach.

»Was wollen Sie?« hörte ich mich sagen. »Warum schleichen Sie immer um dieses Klo herum?«

Er konnte mich nicht hören. Weiter zeigte er auf das Dach des Dunnys. Und dann fing er auf einmal an zu verblassen. Vor meinen Augen verblaßte er. Und dann war er weg - spurlos verschwunden.

Langsam ging ich den Gartenweg hinauf. Ich hatte keine Angst mehr, nicht vor diesem Gespenst. Es sah harmlos aus. Angst hatte ich jetzt vor etwas anderem. Nämlich davor, was Tante Flo sagen würde, wenn sie merkte, daß mein Zahn weg war.

8

Am nächsten Morgen sprang ich früh aus dem Bett. Ich schrieb einen Zettel für Tante Flo. Darauf stand:

Tante Flo
Bin mit dem Fahrrad unterwegs.
Zum Tee bin ich wieder da.
Bob.

Ich machte mich auf die Suche nach meinem Zahn. Ich wollte ihn finden, bevor Tante Flo sein Fehlen entdeckte.

Wo die Kläranlage war, wußte ich. Zwanzig Meilen in Richtung Norden. Mein Zahn hatte sich in den Norden davongemacht.

Es war ein weiter Weg. Die Straße war staubig und heiß, braun die Weideflächen. Alle Kühe lagen im Schatten unter den Bäumen. Für mich gab es keinen Schatten, ich mußte weiter.

Um die Mittagszeit war ich überzeugt, daß ich in der Nähe der Kläranlage war. Ich konnte es riechen. Es war ein übler Geruch - ein fürchterlicher Gestank. Je näher ich kam, desto schlimmer wurde er.

Schließlich hatte ich die Kläranlage erreicht. Ein hoher Drahtzaun lief rings herum. Innerhalb des Geländes waren mehrere bräunliche Tümpel. Mitten zwischen diesen Tümpeln stand eine Baracke. Ich sah einen Mann darin, der an einem Tisch saß und schrieb.

Dieser Mann hatte den unangenehmsten Job der Welt. Saß hier in einem widerwärtigen Gestank - und arbeitete. Doch es schien ihm nichts auszumachen. Mit einer Hand hielt ich mir die Nase zu, mit der anderen klopfte ich an die offene Tür.

»Herein«, sagte er. »Was kann ich für dich tun?«

Es war ein kleiner, glatzköpfiger Mann mit Brille. Er sah ganz freundlich aus. Es schien ihn nicht zu stören, daß ich mir die Nase zuhielt. »Entschuldigen Sie bitte«, sagte ich, »haben Sie vielleicht eine Platte gesehen? Ist eine Platte durch die Abwasserleitung gekommen?« Reden mit zugehaltener Nase ist gar nicht so leicht. Es hörte sich an, als hätte ich Schnupfen.

»Eine Platte?« sagte er. »Nein. Eine Platte paßt nicht durch die Leitung. Die wäre zu groß.«

»Nicht so eine Platte«, sagte ich. »Keine Schallplatte. Eine Platte mit einem Zahn daran. Einem falschen Zahn.«

»Ah«, sagte er und lächelte. »Warum sagst du das nicht gleich. Falsche Zähne. Ja, wir haben falsche Zähne da.«

Er ging zur Wand hinüber, wo verschiedene Körbe standen. Jeder Korb trug eine Aufschrift. Auf einem stand »Kugelschreiber und Bleistifte«. Auf einem anderen »Uhren«. Der Mann brachte einen Korb und stellte ihn vor mich hin. Er war voll mit falschen Zähnen.

Alle waren schmutzig. Bräunlich. Der Mann gab mir eine Zange. Langsam durchsuchte ich damit den Korb. Mir war ziemlich schlecht dabei. Ehrlich gesagt, zum Kotzen. Endlich fand ich eine Platte mit nur einem Zahn dran. Meine kostbare Platte! Wie eklig sie aussah. Braun und glitschig. Und wie sie stank. Jetzt würde ich immer daran denken müssen, wo sie gewesen war. Und wo ich sie gefunden hatte.

Keine Ahnung, ob ich sie jemals wieder in den Mund nehmen könnte. Ich wickelte sie in mein Taschentuch und fuhr langsam wieder zurück.

Zu Hause lief ich gleich ins Badezimmer. Ich schrubbte die Platte, so fest ich konnte. Ich scheuerte und scheuerte. Sie wurde ein wenig sauberer, aber die Farbe stimmte noch nicht. Der Zahn war noch nicht weiß. Ich kochte ihn in Wasser aus, aber er blieb immer noch ein bißchen grau. Sauberer bekam ich ihn nicht.

Ich legte die Zahnplatte auf den Tisch und sah sie an. Lange. Dann nahm ich sie, machte die Augen zu und schob sie ganz schnell in den Mund.

9

Old Ned war mir ein paar Antworten schuldig. Schließlich hatte er mir einen Haufen Ärger eingebrockt. Trotzdem hatte ich Mitleid mit ihm. So lustig konnte es nicht sein, sich immer bei einem Klohäuschen herumtreiben zu müssen. Warum ausgerechnet dort, dachte ich, und warum sah er so traurig aus? Ich beschloß, ihn zu besuchen und mit ihm zu reden. Angst hatte ich keine mehr vor ihm.

Ich wartete, bis Tante Flo zu Bett gegangen war. Dann nahm ich meine Taschenlampe und ging zum Dunny. Der Wind blies, es war stürmisch. Wolken zogen über den Mond. Die Bäume schwankten. Blätter wehten mir ins Gesicht. Der Weg zum Dunny schien mir furchtbar weit.

Das Häuschen war leer. Keine Spur von Old Ned. Draußen war es kalt, also ging ich hinein und setzte mich.

Ich wartete lange. Der Wind wurde immer stärker. Mit einem Knall flog die Tür zu. Der Mond verschwand hinter einer Wolke. Es war stockfinster.

Der Dunny fing an zu schwanken. Der Wind kreischte und heulte. Da neigten sich langsam die Wände des Dunnys und stürzten über mir zusammen. Krachen und Bersten, und das ganze Ding brach auseinander. Kippte zur Seite. Mir wurde schwarz vor Augen.

Als ich wieder aufwachte, hatte sich der Wind beruhigt. Mein Kopf tat weh. Aber sonst war alles in Ordnung. Keine gebrochenen Knochen. Jemand beugte sich über mich. Es war Old Ned.

Er sah aus wie vorher. Ich konnte durch ihn hindurchsehen. Aber er lächelte. Er sah fröhlich aus und zeigte auf das Dach des Dunnys. Es war total zertrümmert. Ich sah mich um.

Unter einem Stück Blech lag ein Bilderrahmen. Es war das Bild, das Tante Flo vermißte - das gestohlene Gemälde.

Ich zog es heraus und klemmte es mir unter den Arm. Tante Flo würde sich freuen, wenn sie es wiederbekam.

Gerade wollte ich mich bei Old Ned bedanken, da schwebte er langsam in die Luft. Er hob senkrecht vom Boden ab. Er wirkte zufrieden. Als sei er froh, von der Erde wegzukommen.

Er schwebte dem Mond entgegen, wurde kleiner und kleiner. Schließlich konnte ich ihn nicht mehr sehen. Er war verschwunden. Ich wußte, daß er nie wieder zurückkommen würde.

10

Tante Flo war sehr erfreut, daß sie ihr Gemälde wieder hatte. Sie weinte vor Glück. Sie hängte es an die alte Stelle an der Wand und mußte es wieder und wieder ansehen.

Von Old Ned erzählte ich ihr nichts. Sie hätte es sowieso nicht geglaubt. Aber ich konnte mir schon denken, was geschehen war.

Old Ned hatte das Gemälde gestohlen und im Dach des Dunnys versteckt. Als er starb, konnte seine Seele keinen Frieden finden und nicht in die nächste Welt übergehen, weil er etwas Böses getan hatte.

Deshalb mußte er um den Außendunny herumspuken und darauf hoffen, daß Tante Flo ihr Gemälde wiederfand. Nachdem sie es jetzt zurückhatte, war er frei. Und schwebte durch die Luft davon, unterwegs zu einer besseren Welt. Wo immer die sein mag.

Tante Flo ließ eine neue Toilette bauen. Eine Innentoilette. Alles darin spiegelte und glänzte nur so. Wasserspülung per Knopfdruck. Keine Spinnweben, keine Spinnen oder Gespenster.

Und damit ist die Geschichte fast zu Ende. Bis auf eins.

Eines Tages betrachtete ich Tante Flos Gemälde. Es war ein Bild von ihrem Haus aus der Zeit, als es gerade gebaut worden war. Noch standen keine Bäume ringsum. Im Hintergrund war das Außendunny mit geöffneter Tür zu sehen. Ich sah mir das Häuschen auf dem Bild sehr genau an. Da saß jemand drin! Saß auf der Donnerbüchse! Ich holte mir ein Vergrößerungsglas. Tatsächlich.

Es war Old Ned mit seinem Hut und seinem langen Bart. Er sah fröhlich aus. Hatte ein Grinsen im Gesicht und ein Auge zugekniffen.

Er zwinkerte mir zu.

Kein Kuß für Marcus

1

Marcus kam sich blöd vor. Es war ihm peinlich. Trotzdem klopfte er an die Tür. Aus dem Innern des düsteren Hauses kam keine Antwort. Es war stumm wie ein Grab. Dann rührte sich was hinter der Gardine. Jemand beobachtete ihn. Marcus sah ein dunkles Auge, das durch einen Riß in der Gardine schielte. Ein Rascheln war zu hören wie von Ratten, die über den nackten Fußboden huschten.

Langsam wurde die Tür aufgeschoben, und Ma Scritchets Gesicht erschien. Es stimmte schon, was die Leute sagten - sie sah aus wie eine Hexe. Sie hatte Haare wie Stroh, und ihre Nase war lang und krumm. Sie lächelte, und dabei wurden ihre spitzen gelben Zähne sichtbar.

»Komm rein«, sagte sie. »Ich habe schon auf dich gewartet.«

Marcus wollte sich von der alten Frau nicht zum Narren halten lassen. »Wie können Sie mich erwarten?« sagte er. »Kein Mensch weiß, daß ich hergekommen bin.« Jetzt war ihm besser. Er sah doch, daß alles nur ein Trick war. Sie war eine Schwindlerin. Eine Betrügerin. Hatte sie wirklich erwartet, er würde ihr abnehmen, daß sie über ihn Bescheid wußte?

»Ich habe gewußt, daß du kommst«, sagte sie. »Und ich weiß auch, warum du gekommen bist.«

Jetzt wußte Marcus ganz sicher, daß sie log. Er hatte mit keinem über sein Problem gesprochen. Kein Mensch auf der Welt wußte davon, es war einfach zu peinlich. Die anderen würden sich schieflachen, wenn sie es wüßten.

Marcus beschloß, wieder zu gehen. Aber erst wollte er die Alte ein bißchen ärgern. »Okay, Ma«, sagte er. »Warum bin ich denn gekommen?«

Sie sah ihm tief in die Augen. »Du bist sechzehn«, sagte sie. »Und noch nie geküßt worden.«

Marcus spürte, wie ihm die Röte ins Gesicht schoß. Er schämte sich. Sie wußte es – sie wußte alles über ihn. Sie mußte Gedanken lesen können. Die Geschichten, die man sich über sie erzählte, stimmten also. Er kam sich dumm vor und klein, und er hatte keine Ahnung, was er tun sollte.

Ma Scritchet fing an zu lachen, ein gedehntes, meckerndes Lachen. Es jagte Marcus eine Gänsehaut über den Rücken. »Komm mit«, sagte sie. Sie führte ihn durch einen dunklen, engen Gang und dann eine Holztreppe hinauf. Das Haus war voller Gerümpel: zerbrochene Fernsehgeräte und alte Fahrräder, Stöße von Büchern und Berge leerer Flaschen. Das Treppengeländer war von Spinnweben überzogen. Oben angekommen, gingen sie in ein kleines Zimmer.

Eine Couch und ein Stuhl standen darin. Sonst nichts. Das hatte Marcus nicht erwartet. Er hatte mit einer Kristallkugel auf einem runden Tisch gerechnet und einer Menge Zeug, Hilfsmittel zum Voraussagen der Zukunft. Der Raum war fast kahl.

2

Ma Scritchet streckte die Hand aus. »Macht zwanzig Dollar«, sagte sie zu Marcus.

»Ich zahle hinterher, nicht vorher«, sagte Marcus. »Könnte ja alles nur ein Trick sein.«

»Du zahlst vorher, nicht hinterher«, sagte Ma Scritchet. »Ich helfe nur denen, die an mich glauben.« Marcus sah ihr in die Augen. Sie waren kalt und abweisend. Er zog seine Brieftasche heraus, gab ihr zwanzig Dollar, und sie steckte das Geld in ihr Kleid. Dann sagte sie: »Leg dich auf die Couch.«

Marcus legte sich hin und starrte zur Zimmerdecke. Eine winzige Spinne spannte ihr Netz in der Ecke. Marcus kam sich blöd vor, daß er hier im Haus dieser alten Frau auf der Couch lag. Wäre er bloß nicht gekommen. Er wollte nach Hause gehen. Aber etwas an Ma Scritchet erregte ihn. Und nachdem er seine zwanzig Dollar gezahlt hatte, wollte er auch was dafür bekommen. »Na gut«, sagte er. »Ich soll Ihnen jetzt wahrscheinlich von meinem Problem erzählen.«

»Nein«, sagte Ma Scritchet. »Ich erzähle dir was darüber. Du mußt nur still sein und zuhören.« Marcus tat, was sie sagte.

»Du hast noch nie ein Mädchen geküßt«, sagte die alte Frau mit leiser Stimme. »Du hast es oft versucht. Aber immer haben sie dich abgewiesen. Sie halten dich für eingebildet und egoistisch. Sie finden nicht gut, was du so über andere Leute sagst. Ein paar Mädchen gehen zwar manchmal mit dir aus, aber wenn ihr dann vor ihrer Tür steht, sagen sie nur ›Vielen Dank‹ und gehen rein.«

Marcus hörte zu und schwieg. Das meiste stimmte. Natürlich war er nicht hochnäsig und egoistisch, aber das andere war richtig. Er hatte es immer wieder versucht. Hatte Mädchen ins Kino eingeladen und ihnen Schokolade gekauft. Sogar den Eintritt für sie bezahlt. Aber dann, am Ende, wenn sie sich ›Gute Nacht‹ gesagt hatten, wenn er die Augen schloß, die Lippen spitzte und sich vorbeugte, mußte er jedesmal feststellen, daß er statt des Mädchens die geschlossene Haustür küßte. Zum Verrücktwerden war das. Zum Kotzen. Und so war es ihm schon Dutzende Male ergangen. Kein Mädchen wollte ihn küssen.

3

»Und?« sagte Marcus. »Können Sie mir helfen? Dafür habe ich Ihnen nämlich die zwanzig Dollar gegeben.«

Ma Scritchet lächelte und schwieg. Es war kein freundliches Lächeln. Marcus kam sich dumm vor. Wortlos stand sie auf und verließ den Raum. Marcus konnte ihre Schritte über die Treppe klappern hören. Nach einer Minute ungefähr kam sie zurück und hielt ihm ein kleines Röhrchen hin. »Nimm das hier«, sagte sie. »Das ist genau, was du brauchst. Damit wird es klappen.«

Marcus nahm es ihr aus der Hand und sah es an. Es war ein Lippenstift in einer kleinen goldenen Hülle. »Ich benutze keinen Lippenstift«, sagte Marcus. »Sie meinen wohl, ich bin blöd!« Er richtete sich auf und sprang von der Couch. Jetzt reichte es. Ob er sein Geld zurückverlangen konnte?

»Setz dich, Junge«, sagte Ma Scritchet mit kalter

Stimme. »Und hör mir zu. Du machst das auf deine Lippen, dann bekommst du so viele Küsse, wie du willst. Es hat keine Farbe, ist nicht schädlich, und kein Mensch kann es sehen. Aber es wirkt auf alle weiblichen Wesen. Du mußt nur ein wenig davon auf deine Lippen schmieren, und schon will dich das nächste Mädchen küssen.«

Prüfend sah Marcus das Röhrchen mit dem Lippenstift an. Sollte er das glauben? Vielleicht würde es ja funktionieren. Die alte Ma Scritchet konnte seine Gedanken lesen; sie wußte von seinem Problem, ohne daß ihr einer davon erzählt hatte. Dieser Lippenstift konnte genau das sein, was er brauchte. »Na gut«, sagte er. »Ich lasse es auf einen Versuch ankommen. Aber wehe, wenn es nicht wirkt. Dann komm ich wieder und hol mir meine zwanzig Dollar zurück.«

»Es wird klappen«, zischelte Ma Scritchet. »Wird besser klappen, als du denkst. Und jetzt wird es Zeit, daß du gehst. Die Sitzung ist beendet.« Sie führte Marcus die engen Stufen hinunter und durch den Gang zur Haustür. Er tappte hinaus ins Sonnenlicht. Es war strahlend hell, und Marcus mußte blinzeln. Bevor Ma Scritchet die Tür schloß, sagte sie noch: »Dieser Lippenstift wirkt nur einmal bei jeder Person. Ein Mädchen – ein Kuß. Anders geht es nicht.«

Dann schlug sie ihm die Tür vor der Nase zu. Das alte Haus hüllte sich wieder in Schweigen.

4

Marcus verwahrte den Lippenstift eine Woche lang, ehe er ihn benutzte. Als er wieder zu Hause in seinem Zimmer war, bei seinem Plattenspieler und den Postern an der Wand, erschien ihm alles wie ein Traum. Das alte Haus und Ma Scritchet waren aus einer anderen Welt. Er fragte sich, ob er wirklich dortgewesen war. Aber er hatte ja den Lippenstift zum Beweis.

Er hielt ihn in der Hand. Merkwürdig sah er aus, und Marcus hatte herausgefunden, daß er im Dunkeln leuchtete. Er legte ihn in eine Schublade.

Ein paar Tage später kam eine Neue in Marcus' Schule. Sie hieß Jill. Marcus verschwendete keine Zeit und fragte sie gleich an ihrem ersten Tag in der Schule, ob sie mit ihm ausgehen wolle. Sehr begeistert schien sie nicht, aber sie wollte auch nicht unfreundlich erscheinen, besonders, weil sie noch niemanden in der Schule kannte. Schließlich willigte sie ein, am Freitag abend mit ihm in die Disco zu gehen.

Marcus richtete es so ein, daß er Jill erst in der Disco traf. Dann brauchte er keinen Eintritt für sie zu bezahlen. Es war nicht schlecht in der Disco, und Jill schien sich zu amüsieren. Beim Tanzen spürte Marcus den Lippenstift in seiner Tasche. Dauernd mußte er daran denken, und das ärgerte ihn. Es war, als hätte er einen Stein im Schuh.

Um elf gingen sie nach Hause. Es war nur ein kurzer Weg bis zu Jill. Während sie nebeneinander hergingen, plauderte Jill unbekümmert; sie freute sich, daß sie so schnell einen neuen Freund gefunden hatte. Marcus kam sich allmählich wie ein schlechter Mensch vor. Er befingerte den Lippenstift in seiner Tasche. Sollte er? Es fiel ihm etwas über gestohlene Küsse ein. Stahl er einen Kuß, wenn er den Lippenstift ausprobierte? Nein, nicht wirklich. Wenn es funktionierte, küßte Jill ihn aus freien Stükken. Aber wahrscheinlich funktionierte es ja gar nicht. Wahrscheinlich hatte die alte Ma Scritchet ihn nur ausgetrickst. Er würde es nie erfahren, wenn er es nicht probierte. Er mußte einfach wissen, ob der Lippenstift wirkte, und jetzt war seine große Chance.

Als sie durch Jills Gartentor gingen, bückte sich Marcus und tat, als müsse er sein Schuhband zubinden. Schnell zog er den Lippenstift aus der Tasche und schmierte sich ein wenig auf seine Lippen. Dann richtete er sich auf. Es prickelte auf seinen Lippen. Er spürte, daß Jill ihn merkwürdig ansah; ihre Augen waren weit aufgerissen, sie hatte einen starren Blick. Dann schnellte sie vor, warf ihm die Arme um den Hals und küßte ihn. Marcus war so überrascht, daß er fast umfiel.

Aber plötzlich wich Jill zurück, als ob sie sich verbrannt hätte. Sie preßte ihre Hand auf den Mund und wurde rot. »Ich . . . ich . . . ich . . . es tut mir leid, Marcus. Ich weiß gar nicht, was mit mir los ist. Was mußt du jetzt von mir halten? So was hab ich noch nie gemacht!«

»Denk dir nichts dabei. So geht es mir ständig. Die Mädchen finden mich unwiderstehlich.«

Jill wußte nicht, was sie sagen sollte. Sie schämte sich und konnte nicht verstehen, was passiert war. »Ich geh jetzt lieber rein«, sagte sie. »Es tut mir wirklich leid. Ich habe das nicht gewollt.« Sie drehte sich um und rannte ins Haus.

Marcus pfiff sich eins, als er nach Hause ging. Klappt,

dachte er, der Lippenstift wirkt tatsächlich. Er konnte es gar nicht erwarten, ihn an jemand anderem auszuprobieren.

5

Es war nicht ganz einfach für Marcus, sein nächstes Opfer zu finden. Kein Mädchen auf der Schule wollte mit ihm ausgehen. Jill noch einmal zu bitten, hatte keinen Zweck, weil der Lippenstift nur einmal bei jeder Person wirkte. Er fragte zehn Mädchen, ob sie mit ihm ins Kino gehen wollten, und alle sagten nein.

Das ärgerte ihn immer mehr. »Eingebildete Gänse«, brummelte er vor sich hin. »Denen werd ich's schon zeigen.« Und er beschloß, sich vom beliebtesten Mädchen der Schule küssen zu lassen. Dann würden sie schon sehen. Das beliebteste Mädchen war Fay Billings.

Das Problem war nur, daß sie sich natürlich nie mit ihm verabreden würde. Aber da kam ihm ein glänzender Einfall: Er würde sich gar nicht erst um eine Verabredung kümmern. Er würde einfach zu Fay nach Hause gehen und nach ihr fragen. Kurz vorher würde er den Lippenstift auftragen, und kam sie dann an die Tür, würde sie ihm einen dicken Kuß geben. Die Sache würde sich schnell herumsprechen, und die anderen würden etwas Besonderes an ihm vermuten. Bei den Mädchen könnte ihn das interessant machen.

Marcus grinste. Eine tolle Idee. Am besten, er setzte sie sofort in die Tat um. Er fuhr mit dem Fahrrad zu Fay und lehnte es gegen den Zaun. Dann nahm er den Lippenstift und rieb sich etwas auf die Lippen. Er ging zur Haustür, und mit einem strahlenden Lächeln im Gesicht drückte er auf den Klingelknopf.

Niemand öffnete. Er hörte einen Staubsauger im Haus und klingelte noch einmal. Das Staubsaugergeräusch brach ab, und Mrs. Billings erschien an der Tür. Sie war ungefähr vierzig. Um den Kopf hatte sie ein Handtuch gewickelt, und ihr Gesicht war von der Hausarbeit gerötet. Sie hatte Marcus noch nie gesehen; er gehörte nicht zu Fays Freunden.

Gerade wollte Mrs. Billings Marcus fragen, was er wünsche, da bekam ihr Gesicht einen seltsamen Ausdruck. Ihre Augen wurden groß und rund. Als würden sie gleich rausspringen. Dann warf sie Marcus die Arme um den Hals und küßte ihn auf den Mund.

Schwer zu sagen, wer mehr überrascht war, Marcus oder Mrs. Billings. Sie sprangen auseinander und sahen sich um, ob jemand sie beobachtet hatte. Nie und nimmer wollte Marcus dabei ertappt werden, wie er von einer vierzigjährigen Frau geküßt wurde. Wie peinlich. »Um Himmels willen!« rief Mrs. Billings. »Was mache ich nur? Küsse einen Wildfremden! Und noch dazu einen so jungen Burschen. Was ist bloß in mich gefahren? Was soll mein Mann denken? Entschuldige bitte. Ich muß krank sein. Ich glaube, ich muß mich ein wenig entspannen.« Sie drehte sich um und ging kopfschüttelnd ins Haus.

6

Marcus fuhr langsam nach Hause. Er war nicht zufrieden. So hatte er sich das nicht vorgestellt. Wenn jemand gesehen hatte, daß er von einer alten Frau wie Mrs. Billings geküßt worden war! Das überlebte er nicht. Zwei Wochen besaß er den Lippenstift nun, und erst einen einzigen anständigen Kuß hatte er bekommen. Kein Mädchen wollte mit ihm gehen. Und überall konnte er den Lippenstift schließlich auch nicht auftragen – er wollte nicht auch noch von anderen Müttern geküßt werden.

Er würde Fay Billings dazu bringen, ihn in der Schule zu küssen, vor aller Augen. Dann würden sie schon sehen, daß er das gewisse Etwas an sich hatte. Die Mädchen würden sich um ihn reißen. Dann war er der begehrteste Junge der Schule.

Den Augenblick dafür wählte er sorgfältig aus. In der Mathestunde am nächsten Tag setzte er sich neben Fay. Sie sah ihn irritiert an, sagte aber nichts. Miss White kam mal wieder zu spät. Sie war eine junge Lehrerin, beliebt bei ihren Schülern, aber sie kam immer zu spät. Das war die Chance, auf die Marcus gewartet hatte. Er beugte sich unter den Tisch und trug Lippenstift auf. Dann richtete er sich auf und sah Fay an.

Der Lippenstift wirkte. Fays Augen wurden kugelrund, sie warf sich auf Marcus und küßte ihn. Dann sprang sie zurück und stieß einen spitzen Schrei aus. Mit einem Grinsen im Gesicht sah sich Marcus um – aber nicht lange. Alle Mädchen hatten weit aufgerissene, starre Augen. Tissy kam und küßte ihn. Und dann Gerda und Helen und Betty und Maria. Im Gedränge um ihn kletterten sie übereinander. Sie kreischten, schrien und schlugen um sich; sie kratzten, boxten und bissen. Marcus fiel in einem Knäuel kämpfender, strampelnder Mädchen auf den Boden.

Als alle sechzehn Mädchen der Klasse ihn geküßt hatten, war Ruhe. Sie standen unter Schock – sie konnten gar nicht begreifen, was passiert war. Wie vom Donner gerührt saßen sie da und sahen einander an. Marcus' Hemd war zerrissen, die Lippe aufgesprungen, das Auge blau.

Plötzlich schrie Gerda auf: »Ich hab Marcus geküßt! Iiiihhh . . .« Sie rannte zum Wasserhahn und wusch sich den Mund. Nach und nach wuschen alle Mädchen an ihren Mündern herum, als hätten sie etwas Ekelhaftes gegessen. Dann fingen sie an zu lachen. Die Jungen lachten, und die Mädchen lachten. Sie wälzten sich auf dem Boden und hielten sich die Bäuche. Tränen rannen ihnen aus den Augen. Alle lachten, nur Marcus nicht.

Sie lachten über ihn. Das fand er überhaupt nicht lustig.

7

Nach dieser Küsserei in der Schule wurde Marcus von allen nur noch »Lucky Lips« genannt. Niemand konnte Marcus besser leiden als vorher, und die Mädchen gingen ihm auch weiterhin aus dem Weg. Eine Weile sprachen alle noch über den Kuß-Tag, dann redeten sie wieder über andere Dinge. Aber Marcus vergaß es nicht. Er kam sich wie ein Idiot vor. Alle hatten über ihn gelacht. Jetzt war er schlechter dran als vorher.

Er spielte mit dem Gedanken, den Lippenstift zurückzubringen und Ma Scritchet gründlich die Meinung zu sagen, aber das wagte er dann doch nicht. An der alten Frau war etwas Unheimliches, am liebsten wollte er sie nie wiedersehen.

Einen Monat lang benutzte Marcus den Lippenstift nicht. Zu einer Verabredung kam es nicht, und er wollte es nicht riskieren, den Lippenstift einfach so aufzutragen. Nicht nachdem das in der Schule passiert war. Aber Marcus hatte den Lippenstift immer dabei, für alle Fälle.

Zum letztenmal benutzte er ihn auf der großen Ausstellung in Melbourne. Die ganze Klasse machte einen Ausflug dorthin. Sie sollten Material für eine Arbeit sammeln. Marcus zog mit Fay Billings und zwei anderen Jungen los. Die anderen wollten Marcus eigentlich nicht dabeihaben, sie hielten ihn für einen Angeber. Aber kränken wollten sie ihn auch nicht, also ließen sie ihn mittrotten.

Das Beste an der ganzen Ausstellung waren die Nebenveranstaltungen. Box-Shows und Reiten auf der Mad Mouse. Eine Riesenfrau und ein Spiegellabyrinth. Es gab eine Geisterbahn und Dutzende anderer Vergnügungsfahrten. Eine der Nebenveranstaltungen warb mit dem Schild:

BIG BEN, DER STÄRKSTE MANN
DER WELT.

Alle liefen neugierig um das Zelt herum. Ganz in der Nähe war einer der Tierpavillons und daneben eine große Halle voller Schweine. »Kommt, wir schauen die Schweine an«, sagte Fay.

»Nein«, sagte Marcus. »Wer will sich schon dreckige Schweine ansehen. Gehen wir lieber zu Big Ben. Der kämpft mit Gegnern aus dem Publikum. Wer ihn besiegt, kriegt tausend Dollar und einen Kuß von der Königin der Ausstellung.«

»Klar, das ist ein Fall für Lucky Lips«, sagte Fay. Alle lachten, außer Marcus. Er wurde rot im Gesicht.

»Wenn ich will, kriege ich einen Kuß von der Königin!« sagte Marcus. Wieder lachten alle. »Also gut«, sagte Marcus. »Dann paßt auf.« Er zahlte seinen Dollar Eintritt und ging in Big Bens Zelt. Die anderen folgten. Das wollten sie sich nicht entgehen lassen.

Im Zelt war ein Boxring. Darin stand Big Ben und wartete auf einen Gegner, der tausend Dollar und einen Kuß von der Ausstellungskönigin gewinnen wollte. Die Königin saß erhöht auf einem Stuhl hinter dem Ring. Marcus sah zu ihr hinüber. Sie war wunderschön; ein Kuß von ihr wäre nicht schlecht. Dann sah er Big Ben. Er war der größte Mann, den Marcus je gesehen hatte. Seine Muskelpakete waren voller Tätowierungen. Und er sah gemein aus - sehr gemein.

Marcus schlich um den Ring, dorthin, wo die Königin der Ausstellung saß. Schnell trug er sich etwas von dem unsichtbaren Lippenstift auf, und sofort sprang die schöne Königin von ihrem Stuhl und küßte Marcus. Alle lachten, nur Big Ben nicht. Er brüllte vor Wut. »Was?!« schrie er. »Du klaust einen Kuß, ohne zu kämpfen? Na warte, Bürschchen, dir werd ich's zeigen!«

Marcus wollte weglaufen, aber er war nicht schnell genug. Big Ben packte ihn und hob ihn hoch. So ging er mit ihm aus dem Zelt und zu dem Pavillon mit den Schweinen hinüber. Marcus wand sich und schrie, aber es half nichts; er konnte nicht entkommen. Big Ben schleppte Marcus zu einem der Schweinekoben und warf ihn hinein.

Marcus krachte auf den Boden des Schweinestalls. Ihm war schwindlig. Alles drehte sich um ihn. Er versuchte aufzustehen, schaffte es aber nicht. Auf dem Boden lag eine Schicht aus stinkendem Mist. In der Ecke sah Marcus das größte Schwein, das er je gesehen hatte. Es schlabberte angegammeltes Gemüse aus einem Trog und tropfte und sabberte beim Fressen. Die Zähne waren grün. Das Schwein drehte sich um und entdeckte Marcus. Das Schwein war eine Sau.

Plötzlich fiel Marcus ein, was Ma Scritchet von dem Lippenstift gesagt hatte. »Er wirkt bei allen weiblichen Wesen.« Marcus schrie wie am Spieß. »Holt mich raus! Holt mich hier raus!«

Aber es war zu spät. Die Sau kam und forderte ihren Kuß.

Kuhmist und Fliegen

1

Spitznamen haben viele in meinem Alter. Namen wie Maus, Floh oder Sprossi finde ich auch ganz in Ordnung. Mein Spitzname war Kuhmistkönig. Könnt ihr euch das vorstellen? Kuhmistkönig. Mit so einem Namen muß man erst mal klarkommen.

Schuld daran war mein Vater. Er und sein Gemüsegarten.

Aber versteht mich nicht falsch. Dad war ein guter Kerl. Ein prima Kumpel, wirklich. Er hat mich ganz allein erzogen. Meine Mutter habe ich nicht gekannt, die Ehre für alles, was aus mir geworden ist, kommt also allein Dad zu.

Dads große Liebe war der Gemüseanbau. Sein Garten war sein Stolz und seine Freude. Jedes Jahr nahm er an einem Wettbewerb teil. Und immer gewann er Preise für das beste Gemüse, die größten Kürbisse oder die saftigsten Tomaten. Er züchtete das beste Gemüse der ganzen Stadt. Einmal hatte er einen Kürbis mit solchen Ausmaßen, daß zum Heben vier Männer nötig waren. Seine Erbsen waren dick wie Golfbälle, und seine Bohnen brachten es auf Armeslänge. Ungelogen.

Der ganze Garten war voller Gemüse. Dad hatte lange

Beete angelegt, jedes Beet mit einem kleinen Schild am Ende. Darauf stand der Name der jeweiligen Gemüsesorte. Und die Kennziffer. An dieser Ziffer konnte Dad sehen, welche Düngermischung er in diesem Beet verwendet hatte.

Düngermischung 24 zum Beispiel bedeutete: drei Schaufeln Kuhmist und eine Schaufel Pferdeäpfel. Mischung 14 zwei Schaufeln Pferdeäpfel, eine Schaufel Schafköttel und drei Schaufeln Schweinemist.

Dad hatte alle Düngersorten, die man sich denken kann. Von Enten und Gänsen. Vom Känguruh und vom Wombat. Er hatte Fledermausmist und Mist vom Emu. Sogar welchen von Schlangen.

Und ratet mal, wer ihm helfen mußte, den Mist heranzuschaffen? Ihr liegt nicht falsch. Das war ich.

2

Jedes Wochenende mußte ich losziehen und Kuhmist sammeln. Jedes Wochenende ohne Ausnahme. Wir wohnten mitten in der Stadt. Mit einer Schubkarre mußte ich raus aufs Land. Da hatte ich die Karre mit Kuhmist zu füllen. Und frisch mußte er sein. »Schön cremig am besten«, sagte Dad immer. »Sieh zu, daß du ihn schön matschig herbringst.«

Dann mußte ich mit der Schubkarre voll matschigem Kuhmist durch die Stadt zurück. Allein war ich dabei nicht, o nein. Ich hatte Gesellschaft. Ungefähr fünftausend Fliegen begleiteten mich. Sie folgten mir durch die Straßen wie eine dunkle Wolke.

Alle konnten mich sehen. Ich hatte das Gefühl, die ganze Stadt beobachtete mich und meine Fliegen.

Auf einem dieser Gänge war es, daß ich zu meinem Spitznamen kam. Es war an Weihnachten. Dads Chef züchtete auch Gemüse. Aber seine Erzeugnisse waren längst nicht so gut wie die von Dad. Er hatte eben keinen Sohn, der für ihn Dünger sammeln ging. Da hatte Dad eine glänzende Idee. Er wollte seinen Chef mit einem Weihnachtsgeschenk überraschen. Ich sollte Mist für seinen Chef holen. »Kipp ihn nur vor sein Haus und laß ihn die Überraschung selbst finden«, sagte Dad. »Er wird sich drüber freuen. Vielleicht werde ich dadurch sogar befördert.«

»Aber Dad«, bat ich. »Doch nicht an Weihnachten. Alle Leute sehen es. Ich kann das nicht machen. Nein, das kann ich nicht.«

Er warf mir einen kummervollen Blick zu, schüttelte den Kopf und sagte: »Nach allem, was ich für dich getan habe, Greg, tust du mir nicht mal so eine kleine Gefälligkeit.« Da gab ich nach und ging. Ich wollte nicht die ganzen Weihnachtstage über mit einem schlechten Gewissen rumlaufen.

Bei Anbruch der Morgendämmerung ging ich los. Nicht mal meine Geschenke machte ich auf. Ich wollte diese Sache hinter mich gebracht haben, bevor die Leute aufstanden.

Aber vergeblich. Die Kinder in der Stadt waren früh auf den Beinen. Mit ihren neuen Fahrrädern und Tretrollern, die sie zu Weihnachten geschenkt bekommen hatten, zogen sie hinter mir und meiner Mistkarre her.

Sie fanden das ungeheuer witzig. »He, guckt mal, was

der Weihnachtsmann Greg gebracht hat«, riefen ein paar, die sich besonders intelligent vorkamen. Alle lachten. Ich ging weiter, und immer mehr Kinder liefen hinter mir her. Bald waren es über fünfzig.

Einer johlte: »König der Fliegen! Greg ist der König der Fliegen!«

»Der Kuhmistkönig«, rief ein anderer. Das Gelächter brach von neuem los. Alle schrien es jetzt: »Kuhmistkönig! Kuhmistkönig!« Ich wäre am liebsten im Boden versunken. Ehrlich.

Ich rannte schneller. Kuhmist fiel von der Karre. Aber ich achtete nicht darauf und rannte weiter. Endlich erreichte ich das Haus von Dads Chef. Ich kippte den Kuhmist auf die Treppenstufen vor der Haustür. Dann fand er seine Überraschung wenigstens gleich, wenn er die Tür aufmachte. Und Dad würde seine ganze Dankbarkeit ernten.

So also bin ich zu dem Namen Kuhmistkönig gekommen. Trotz des ganzen Ärgers zeigte sich Dads Chef kein bißchen erkenntlich. Redete nur von Kuhmist überall auf dem Teppich. Manche Leute kann man wirklich nicht verstehen. Nicht mal danke hat er gesagt.

3

Fliegen, Fliegen, Fliegen. Tag und Nacht waren sie um unser Haus herum. Das lag an dem Gestank, den der Mist verbreitete. Der Geruch zog sie an. Überall waren Fliegen. Sie kamen durch den Schornstein und unter den Türen durch. Es war nicht schwer, unser Haus zu finden. Wenn jemand danach fragte, bekam er immer dieselbe Auskunft: »In dem Haus mit den Fliegen.«

Unsere Nachbarn mochten die Fliegen nicht. Immer wieder wurden sie wütend darüber. Dad schenkte ihnen Gemüse, um sie zu beschwichtigen. Riesige Karotten und Kartoffeln. Die mochten sie so gern, daß sie sich nur an wirklich schlimmen Tagen beschwerten. Und wirklich schlimme Tage waren solche, an denen Dad eine stark riechende Mischung herstellte, wie zum Beispiel Mischung 72.

Dad lagerte jede Düngersorte in einer großen Mülltonne. Mindestens zweihundert Tonnen hatte er im Hinterhof stehen. Je mehr sie stanken, desto mehr Fliegen schwirrten drum herum. Die Tonnen mit dem widerlichsten Gestank standen ein Stück vom Haus entfernt am hinteren Zaun. Im Haus daneben wohnte Mr. Farley. Er mochte uns nicht besonders - nie sprach er mit uns. War ein ziemlich griesgrämiger Kerl. Ich hab nie rausgekriegt, warum.

Angefangen hat der ganze Ärger mit Mischung 72. Es war die stärkste Mischung, die Dad jemals gemacht hatte. Sie bestand aus Fledermausmist, Kaninchenkötteln und Wombatkot. Mit einer kleinen Zugabe von Eidechse und Fuchs. Aber der Hauptbestandteil war Kuhmist.

Dad warf noch ein paar verfaulte Kürbisse dazu. Sie waren quittegelb. Er goß Wasser darauf und rührte um. Die Mischung wurde dickflüssig und gelb. »Wie Vanillepudding«, sagte ich. »Kuhmistpudding.«

Es war eine stark riechende Mischung, eine stinkende, besser gesagt. Die stinkendste, die Dad je gemacht hatte. »Gut«, sagte Dad. »Je stinkender, desto wirksamer. Mit dieser Mischung werde ich besonders große Kartoffeln hervorbringen.« Er nahm einen Stift und schrieb »Kuhmistpudding« auf die Tonne. Die Fliegen versammelten sich schon, und ich ging lieber ins Haus. Der Geruch war schlimm und wurde immer schlimmer.

Ich konnte die Mischung noch im Bett riechen, obwohl das Zeug ganz hinten im Garten stand. Klar, da würde es Ärger mit den Nachbarn geben. Mischung 72 sah aus wie Vanillepudding. Aber leider roch sie nicht so.

4

Am nächsten Morgen wachte ich früh auf. Etwas war nicht in Ordnung, das spürte ich. Ich konnte kaum atmen, und mir war schlecht. Das kam vom Geruch des Kuhmistpuddings. Es war der fürchterlichste Gestank, der mir je in die Nase gestiegen war. Man konnte ihn fast sehen, so stark war er. Jeder Atemzug war eine Qual.

Ich hielt mir das Taschentuch vor den Mund und stürzte zum Fenster. Alle Nachbarn waren auf den Beinen. Sie standen vor unserem Haus. Keiner konnte schlafen. In Schlafanzügen standen sie da und hielten sich Taschentücher vor die Nasen. Manche stöhnten und ächzten. Sie versuchten etwas zu rufen. Einige drohten mit den Fäusten in unsere Richtung. Alle waren wütend auf uns.

Ich weckte Dad. Er mit seinem schlechten Geruchssinn war der einzige in der ganzen Straße, der noch schlief. Er sah zum Fenster hinaus. »Erstaunlich«, sagte er. »Wirklich erstaunlich. Sieh mal. Keine einzige Fliege.« Die Leute sah er gar nicht - er hielt nur nach Fliegen Ausschau. Ich konnte es nicht fassen. Aber er hatte recht. Es summten keine Fliegen mehr herum. Sie waren tot. Der Boden war mit toten Fliegen übersät. Sie lagen wie ein schwarzer Teppich über dem Rasen.

Der Geruch war so scheußlich, daß die Fliegen daran krepiert waren. »Du mußt was unternehmen«, sagte ich zu Dad. »Kann sein, das Zeug ist gefährlich. Alle sind wütend auf uns. Die Nachbarn sind aufgebracht.« Er sah aus dem Fenster. Alle rannten davon. Der Geruch war so unerträglich, daß sie es nicht aushalten konnten.

»Hast recht«, sagte Dad. »Bleib du hier. Ich geh mal und seh, was ich machen kann.« Er ging über den Hof, und ich konnte die toten Fliegen unter seinen Schritten knirschen hören. Gut, daß ich im Haus bleiben sollte. Ich wäre bestimmt in Ohnmacht gefallen, wenn ich mich dem Gestank noch mehr genähert hätte. Ein Glück, daß Dad nicht gut riechen konnte.

Ich beobachtete ihn durch das Fenster. Er fuhr unseren alten Lieferwagen in den Hinterhof und versuchte, den Kuhmistpudding aufzuladen, aber er war zu schwer. Also füllte er ihn in viele Eimer um, die er dann auf den Lieferwagen hob. Nachdem er alle Eimer abgestellt hatte, kam er zurück zum Haus. Überall an seinem Morgenmantel hatte er Spuren von dem gelben Zeug. »Nicht reinkommen!« rief ich. »Bitte, komm nicht rein!«

Er blieb vor dem Fenster stehen und rief: »Ich fahr alles runter zum Meer. Was anderes fällt mir nicht ein. Bleib du hier, Greg.« Das hätte er mir nicht sagen zu brauchen. Um nichts in der Welt hätte ich mich in die Nähe des Kuhmistpuddings gewagt.

Plötzlich entdeckte ich etwas Entsetzliches: Dads

Haare waren ausgefallen. Er war total glatzköpfig. Nicht ein einziges Haar hatte er mehr auf dem Kopf - sogar seine Augenbrauen waren ausgefallen. Dieser Kuhmistpudding war stark. Zu stark.

Dad sprang auf den Lieferwagen und fuhr aus dem Tor. Ich sah ihn die Straße hinunterfahren. Weit und breit war kein Mensch zu sehen. Alle steckten in ihren Häusern, die Köpfe unter den Kissen. Als mein Vater vorbeikam, rannten die Hunde mit eingekniffenen Schwänzen jaulend davon.

5

Dad kippte den Kuhmistpudding über eine Klippe ins Meer. In den nächsten zwei Wochen schwammen an unserer Küste überall tote Fische herum. Unsere Stadt hatte den Beinamen ›Perle am Meer‹. Es war eine Fischerstadt. Alle Fischer waren Dad böse, weil er die Fische umgebracht hatte.

Auch die Leute in der Straße waren wütend. Noch nach Wochen war der Gestank zu riechen. Dad verteilte eine Menge Gemüse, um es wiedergutzumachen. Mr. Jackson von nebenan wies Dad ab. »Ich will Ihr Gemüse nicht«, sagte er. »Und ich will Ihren Dünger nicht und Ihren Gestank. Warum ziehen Sie nicht aufs Land und richten sich eine Farm ein? Da können Sie rumstinken, soviel Sie wollen.«

Er traf den Nagel auf den Kopf. Auch ich hatte die Nase gestrichen voll. In der Schule nannten mich alle Kuhmistkönig. Jeder kannte uns und wußte, wo wir wohnten. In den Vorgärten der anderen Häuser in unserer Straße standen Schilder mit der Aufschrift »Zu verkaufen«. Niemand wollte in unserer Nähe wohnen, und das konnte ich keinem übelnehmen.

»Hör mal, Dad«, sagte ich. »Laß uns weggehen und woanders wohnen - auf einer Farm. Dann muß ich nicht immer los und Mist holen. Du hättest alles, was du brauchst. Und Nachbarn, die sich beschweren, gibt es da auch nicht.«

Dad sah traurig aus. Er schüttelte seinen kahlen Kopf. »Ich würde gern auf eine Farm ziehen, Greg. Aber das können wir uns nicht leisten. Eine Farm kostet viel Geld, und wir sind pleite. Wir müssen hierbleiben. Aber eins will ich für dich tun - ich werde den Gestank vertreiben. Ich werde einen geruchlosen Dünger erfinden, paß auf. Es wird die Mischung 100. Mischung 100 wird keinen Geruch haben. Und es wird dann die einzige Mischung, die ich noch benutze.«

Kopfschüttelnd ging ich davon. Armer alter Dad. Er meinte es gut. Aber ich war überzeugt, das würde er nie schaffen. Wie konnte jemand eine Mistmischung erfinden, die nicht riecht?

Dad versuchte alles mögliche, um Mischung 100 herzustellen. Er nahm Blumen. Er gab Seife zu. Und Parfüm. Aber er bekam den Gestank einfach nicht weg.

Unser Haus stank nach wie vor. Selbst der Schulbus fuhr nicht mehr durch unsere Straße. Etwas Gutes gab es aber trotzdem: Dads Haar wuchs allmählich wieder. Bald wurde es so dicht und schwarz wie zuvor.

Eines Tages hatte er es dann doch geschafft. Er brachte Mischung 100 zuwege. Man konnte wirklich nichts riechen. Es war ganz anders als der Kuhmistpudding – es war, als existiere die Mischung gar nicht. Ich war begeistert. Unsere Probleme, dachte ich, waren nun ein für allemal gelöst.

Aber ich irrte mich. Mischung 100 brachte ein anderes Problem mit sich. Und zwar das größte.

6

Menschen rochen nichts von Mischung 100, aber Fliegen rochen sie. Fliegen können besser riechen als Menschen. Das ist so ähnlich wie mit einer Hundepfeife. Hunde können sie hören, Menschen nicht. Und hier war es genauso: Fliegen konnten Mischung 100 riechen, Menschen nicht.

Die Fliegen kamen zu Tausenden. Zu Millionen. Die Luft wurde dick von Fliegen. Ihr Gesumme war fürchterlich. Sie krochen einem über das Gesicht, in die Nase und in die Ohren. So dicht war der Fliegenschwarm, daß man die Sonne nicht mehr sehen konnte. Nach kurzer Zeit wurde es dunkel, obwohl erst Mittag war.

Dad und ich waren im Hinterhof. Bald konnten wir nicht einmal mehr das Haus sehen oder den Zaun. So dicht schwirrten die Fliegen herum. So was hatte ich noch nie erlebt. Es waren so viele Fliegen in der Luft, daß ich Dad nicht mehr sehen konnte. »Greg«, rief er. »Geh zurück ins Haus. Schnell. Das ist gefährlich hier.« Keine Ahnung, wo er war. Keine Ahnung, wo irgendwas war.

Ich sah vor mich auf die Erde. Es wimmelte so von Fliegen, daß ich meine Füße nicht sehen konnte. Ich mußte blinzeln, daß mir die Fliegen nicht in die Augen kamen.

Langsam ging ich in die Richtung, in der ich unser Haus vermutete. Ich stieß gegen etwas Großes. Es war der Lastwagen. Nur durch Tasten konnte ich ihn erkennen. Ich war auf dem falschen Weg, drehte mich um und versuchte es mit einer anderen Richtung. Da hörte ich Dads Stimme. Mit Mühe und Not konnte ich sie über dem Fliegengesumm verstehen. »Greg, hier lang, Greg!« rief er. Ich folgte seiner Stimme und ging ganz langsam, um nirgendwo anzustoßen. Endlich erreichte ich Dad. Sehen konnte ich ihn nicht, aber fühlen. Er stand auf der Türschwelle.

»Paß auf!« schrie er. »Ich mache die Tür auf, und wenn ich sage ›los‹, springst du so schnell wie möglich rein. Dann schlage ich die Tür hinter uns zu.«

»Los!« rief er. Wir stürzten beide ins Haus. Sehen konnte ich nichts, aber ich hörte, wie sich die Tür mit einem Knall schloß. »Mach Licht«, rief Dad.

Ich knipste das Licht an. Das Zimmer war voller Fliegen, aber nicht so dicht wie draußen. Immerhin konnten wir etwas erkennen. Ich sah zum Fenster, es war schwarz. Millionen von Fliegen krabbelten daran. »Schnell«, sagte Dad. »Verstopf die Ritzen unter den Türen. Ich mach den Schornstein dicht. Wir müssen sehen, daß keine mehr reinkommen.«

Ich stopfte Handtücher und Stoffetzen unter die Tür. Dad machte den Kamin mit einem Stück Pappe zu. Nachdem wir alle Ritzen dicht hatten, suchte Dad nach Fliegenspray. Wir hatten davon allerhand Vorräte, Fliegenspray brauchten wir oft. Drei Dosen waren nötig, bis sich die Fliegen im Zimmer nicht mehr rührten.

Wir rannten die Treppe hinauf und wollten aus den

oberen Fenstern sehen. Sie waren schwarz von Fliegen. Man konnte nicht hinaussehen. Nun waren wir in unserem eigenen Haus von Millionen und Abermillionen Fliegen gefangen.

7

Dad war bestürzt. »Das ist schlimm, Greg«, sagte er. »Sehr schlimm. Mischung 100 ist auch zu stark. Sämtliche Fliegen des Landes müssen hier versammelt sein, und es ist meine Schuld. Wir müssen sie wieder loswerden.«

In diesem Augenblick klingelte das Telefon. Dad nahm ab. Es war Mr. Jackson. Er brüllte. Jedes Wort konnte ich verstehen, obwohl draußen die Fliegen so laut brummten. »Sind Sie denn total verrückt, Moffit!« brüllte er. »Die ganze Stadt ist schwarz von Fliegen. Kein Mensch kommt mehr aus dem Haus. Mitten am Tag ist es kohlrabenschwarz. Sie sind schuld! Sie und Ihr Mist! Unternehmen Sie was, aber schnell! Sie haben die Fliegen angelockt. Jetzt sorgen Sie gefälligst dafür, daß sie wieder verschwinden!« Dann schwieg das Telefon. Er hatte eingehängt.

»Was machen wir bloß?« sagte Dad. »Wie kriegen wir diese Fliegen weg?« Er stützte den Kopf in die Hände. Der Ärmste - er tat mir so leid. Wir saßen da und grübelten gemeinsam. Draußen wurden die Fliegenschwärme immer dichter.

»Fliegenspray«, sagte ich.

»Zwecklos«, sagte er. »Für diese Mengen gibt es auf der ganzen Welt nicht genug Fliegenspray. Wir brauchen etwas stärkeres. Etwas Umwerfendes sozusagen.«

Wir sahen uns an. Und im selben Moment fiel uns die Antwort ein. »Kuhmistpudding!« riefen wir gleichzeitig.

»Das ist es!« sagte Dad. »Der Geruch ist so stark, daß er die Fliegen umhaut. Ich will gleich eine ordentliche Menge zusammenmischen.«

»Aber der Gestank, Dad?« fragte ich.

»Das läßt sich jetzt nicht ändern. Ist schließlich ein Notfall. Die ganze Stadt ist schwarz von Fliegen. Wir müssen etwas unternehmen.«

»Und wie wollen wir das machen?« fragte ich. »Man sieht ja draußen die Hand vor Augen nicht. Man kann kaum Luft holen. Die Fliegen kriechen einem in Mund und Nase. Unter solchen Umständen kannst du doch keinen Kuhmistpudding machen. Alles ist pechschwarz draußen.«

Wieder schwiegen wir. Saßen nur da und sahen einander an. Dann hatte Dad eine Idee. »Die Imker-Ausrüstung«, rief er. »Ich kann die Imkersachen anziehen.« Vor Zeiten hatte Dad mal Bienen gehalten. Den Schutzanzug zum Ausräuchern hatte er noch, einen Hut und ein Netz.

»Und ich? Was soll ich machen? Du schaffst es doch nicht allein. Ich komme mit.«

»Dein Taucheranzug«, sagte Dad. »Du kannst deinen Taucheranzug anziehen. Die Schutzbrille auch. Und den Schnorchel nimmst du, damit dir keine Fliegen in den Mund kommen.«

Wir zogen uns um. Dad hatte seinen Hut und das Bienennetz, ich den Taucheranzug mit Schutzbrille und Schnorchel. Ganz schön blöd, dachte ich. Aber wie Dad gesagt hatte, es war ein Notfall. Wir nahmen ein Seil zwischen uns, so daß wir uns nicht verlieren konnten. Dann machten wir die Tür auf.

8

Eine Wolke von Fliegen quoll herein. Schlagartig wurde alles schwarz. Das Licht war an, aber davon merkte man überhaupt nichts mehr. Ich spürte einen Ruck am Seil. Dad bewegte sich in Richtung Hinterhof. Weil ich ihn nicht sehen konnte, folgte ich einfach dem Seil. In einer dichten schwarzen Wand schwirrten die Fliegen an uns vorbei.

Wir gingen langsam, hinfallen wollten wir nicht. Schließlich kamen wir an den Zaun. Ich spürte Dads Hand auf meinem Arm. Er rief mir etwas zu. Es war schwer zu verstehen, weil die Fliegen so laut surrten. »Hilf mir, Mischung 100 umzukippen«, rief er. »Dann leeren wir noch mal fünfzehn Tonnen aus. Wir brauchen mindestens sechzehn Tonnen Kuhmistpudding, um sämtliche Fliegen zu töten. Sie müssen in der ganzen Stadt herumwimmeln.«

Wir kämpften uns zu Mischung 100 vor. Der Hauptstrom der Fliegen strebte direkt auf diese Tonne zu. Sie hingen so dicht aneinander, daß man sie wie einen Fluß durchwaten mußte. Ich steckte meinen Arm in ein Meer von Fliegen und schubste die Tonne um. Sofort stiegen Millionen Fliegen in die Luft. Das Gesumm war so laut, daß es mir in den Ohren weh tat, und der Wind, den sie mit ihren Flügeln machten, pustete mich um.

Wir standen auf und bahnten uns einen Weg zu den anderen Tonnen. Es dauerte lange, bis wir sie alle umgekippt und den Mist ausgeleert hatten. Endlich standen wir vor sechzehn leeren Tonnen. Wieder spürte ich Dads Hand auf meinem Arm. »Jetzt das Seil losbinden«, rief er. »Sechzehn Tonnen Kuhmistpudding mischen – das dauert eine ganze Zeit. Wir müssen uns beeilen. Die Fliegen werden immer mehr. In Kürze haben wir die Fliegen aus ganz Australien hier.«

»Ich hab Angst, Dad«, sagte ich. »Vielleicht verliere ich die Orientierung, wenn du das Seil losmachst.«

»Taste dich am Zaun entlang«, sagte er. »Wenn du zum Misthaufen kommst, versuch, die Schubkarre mit Kuhmist voll zu machen. Tu zehn Schaufeln in jede Tonne. Ich mache dann den Rest der Mischung.« Seine Stimme zitterte. Ich ahnte, daß auch er Angst hatte. Also löste ich das Seil und tastete mich am Zaun entlang zum Misthaufen.

Es dauerte lange, aber schließlich schaffte ich es doch, Kuhmist in jede Tonne zu füllen. Die Fliegen prasselten gegen meine Taucherbrille - es war, als ob mich ständig jemand mit Reis bewarf. Immer wieder stieß ich mit Dad zusammen. Er kippte alles mögliche in die Tonnen. Einmal ließ er einen faulen Kürbis auf meinen Fuß fallen.

Dann geschah etwas Wundervolles: Ein betäubender Gestank erfüllte die Luft. Die erste Brise vom Kuhmistpudding! »Hurra!« rief ich. Ich war richtig glücklich, auch wenn es furchtbar stank. Keine Ahnung, ob es klappen würde. Noch schienen es genauso viele Fliegen wie vorher.

Dad watete zu mir herüber. »Geh jetzt ins Haus«, rief er. »Wenn die Sache funktioniert, werden sich hier die toten Fliegen stapeln. Kann sein, du wirst darunter begraben.

»Nein«, rief ich. »Ich bleibe bei dir.«

9

Nach einer Weile hatten wir zwei Tonnen mit Kuhmistpudding fertig. Der Gestank wurde immer intensiver. Mir war hundeelend, aber ich mußte weitermachen. Wir füllten eine Tonne nach der anderen. Nach der zehnten Tonne war der Gestank so umwerfend, daß wir aufhören mußten.

»Geht nicht mehr!« sagte Dad. »Ich werde ohnmächtig, wenn ich nicht schnell aus diesem Gestank rauskomme.«

»He!« schrie ich plötzlich. »Ich sehe dich!« Tatsächlich konnte ich jetzt Dads Umrisse hinter seinem Bienennetz erkennen. So viele Fliegen wie vorher waren es also nicht mehr. Der Kuhmistpudding wirkte allmählich.

Ich sah zu Boden. Er war mit Fliegen bedeckt. Viele waren tot, manche lagen auf dem Rücken und strampelten mit den Beinen in der Luft. Auf dem Rasen war ein dicker Teppich aus Fliegen. Ich befühlte meinen Kopf - lauter tote Fliegen zwischen den Haaren. Sie fielen jetzt vom Himmel. Es regnete Fliegen.

»Schnell! Ins Haus«, sagte Dad. »Wir werden lebendig begraben, wenn wir uns nicht beeilen.«

Wir rannten zum Haus. Wie strömender Regen fielen die Fliegen vom Himmel. Die Schicht der toten Fliegen wurde so hoch, daß wir uns nicht mehr richtig bewegen konnten. Erst reichten sie mir bis an die Knöchel, dann bis an die Knie. Dad war als erster an der Tür. Er stieß sie auf und stürzte hinein.

»Hilfe!« schrie ich. »Ich stecke fest.« Die Fliegen gingen mir jetzt bis zu den Achselhöhlen, und es fielen immer noch mehr. Ich geriet in Panik. Schließlich wollte ich nicht in einem Meer von Fliegen ertrinken. Aber ich konnte weder vor noch zurück.

Dad hatte noch das Seil um die Taille. Er zerrte es sich vom Leib. »Schnell. Ich versinke!« schrie ich. Der Fliegenpegel wurde höher und höher – jetzt reichte er mir fast bis zum Mund. Dad warf mir das Seil zu, und ich griff danach. Aber es war zu spät. Die toten Fliegen schlugen über meinem Kopf zusammen. Ich war unter Fliegenleichen begraben.

Ein Glück, daß ich die Schutzbrille und den Schnorchel hatte. Der Schnorchel ragte noch gerade so aus dem Fliegenberg. Er ermöglichte mir das Atmen, aber sehen konnte ich nichts. Vor meinen Augen war alles schwarz. Dann spürte ich, wie starke Hände nach mir griffen. Es war Dad. Er war dem Seil gefolgt und hatte sich zu mir durchgegraben. Er schleppte mich durch das Fliegenmeer ins Haus. Dann schlug er die Tür zu.

10

Im Haus war alles besser. Hier lagen die Fliegen nur kniehoch. Wir konnten wenigstens laufen. So schnell wie möglich rannten wir die Treppe hoch und sahen aus dem Fenster. Es regnete immer noch Fliegen, aber allmählich wurden es weniger. Schließlich hörte es auf. Alle Fliegen waren tot. Der Kuhmistpudding war auch mit dieser Menge fertig geworden. Der Gestank war unbeschreiblich.

Unser Haus stand auf einem Hügel. Von dort oben konnten wir die ganze Stadt überblicken. Jedes Haus lag unter einer Fliegenschicht. Straßen und Autos, Bäume und Gärten, alles war von toten Fliegen bedeckt. Wie ein verschneites Dorf sah das aus, nur daß der Schnee schwarz war. Kein Mensch war weit und breit zu sehen. Alle saßen in ihren Häusern fest. Kein Laut war zu hören. Und über allem hing der entsetzliche Gestank des Kuhmistpuddings.

Dad sah mich an. »Meine Güte, Greg!« sagte er. »Deine Haare sind weg!«

Ich befühlte meinen Kopf. Er war vollkommen glatt. Ich stürzte zum Spiegel. »O nein«, stöhnte ich. »Nur das nicht!« Dann sah ich Dad an. Auch er war wieder glatzköpfig. Seine neu gewachsenen Haare waren ausgefallen.

»Das ist der Kuhmistpudding«, sagte ich. »Er ist so stark, daß einem die Haare ausfallen.«

Wieder sah ich aus dem Fenster. Es war immer noch sehr still, aber vier oder fünf Leute waren jetzt draußen. Sie versuchten, die Fliegen vor ihren Haustüren wegzuräumen. Das war nicht einfach - bis zu den Ellenbogen standen sie in Fliegen. Ich sah mir die Leute genauer an. Sie wirkten irgendwie anders als sonst, aber ich kam nicht drauf, warum. Dann dämmerte es mir, und ich bekam einen Schock: Alle waren kahl. Mann, das würde wieder Ärger geben!

Kurz darauf hörten wir Motorengeräusch. Es klang wie ein Traktor. Aber es war keiner. Es war eine Planierraupe. Sie räumte die Straßen. Schob die toten Fliegen an die Ränder und türmte sie zu riesigen Bergen auf. Hinter der Planierraupe fuhr ein Polizeiauto. Beide kamen langsam unsere Straße hinauf. Menschen folgten dem Auto, viele glatzköpfige Menschen. Männer, Frauen, Kinder. Sie waren zornig. Wütend. Kamen schreiend auf uns zu.

Die Planierraupe stoppte vor unserem Haus, wendete und kam durch unseren Garten. Sie räumte einen Weg zur Haustür frei, dann hielt sie an. Ein glatzköpfiger Polizist kletterte aus dem Führerhaus. Er hatte sich zum Schutz vor dem Gestank ein Taschentuch um die Nase gebunden und kam ohne anzuklopfen ins Haus. »Schnell!« rief er. »Steigen Sie in das Polizeiauto. Ich bringe Sie weg, bevor sich die Menge auf Sie stürzt. Wenn es den Leuten gelingt, Hand an Sie zu legen, kann ich für nichts garantieren. Die reißen Sie glatt in Stücke.« Er machte sich große Sorgen. Ich auch.

Dann stieß er uns ins Auto und fuhr über die Straße zurück. Mengen von Glatzköpfigen umringten das Auto. Sie warfen mit harten Gegenständen, sie versuchten, die Türen zu öffnen und wollten uns herauszerren. Manche warfen aus vollen Händen tote Fliegen gegen das Auto.

Ich verstand gut, warum sie so wütend waren. Alle waren kahl, sogar Hunde und Katzen. In der ganzen Stadt hatte kein Mensch mehr ein einziges Haar am Körper.

Schließlich brachte uns die Polizei doch noch sicher durch die Stadt. Sie fuhren uns nach Melbourne, das war weit weg. Dort ließen sie uns laufen. Dad und ich waren ratlos. Nur eins wußten wir sicher - zur »Perle am Meer« konnten wir nie wieder zurück.

11

Um die ganze Sache wurde viel Wirbel gemacht. Sie ging durch Presse und Fernsehen. Dad und ich änderten unseren Namen, damit uns niemand auf die Spur kam. Allmählich legte sich die Aufregung wieder, und die Geschichte geriet in Vergessenheit. Eine Zeitlang wurden in Australien Perücken knapp. Aber nach ein paar Monaten war bei allen Leuten das Haar wieder gewachsen. Je mehr Zeit verging, desto mehr neigten die Menschen zu der Meinung, daß die Sache mit den Fliegen doch ganz lustig gewesen war.

Ich sitze hier neben dem Swimmingpool auf unserer Farm und schreibe. Dad ist dabei, vor dem Haus unseren Rolls Royce zu putzen. Am Ende entwickelten sich die Dinge für uns nämlich doch noch ganz gut. Dad hat mit einer Erfindung viel Geld verdient. Ein Mittel zum Haarentfernen, eine gelbe Paste. Die Leute kaufen es in Tuben. Sie schmieren es sich an die Beine. Es ist sehr wirksam und angenehm im Geruch.

Es nennt sich KMP Haarentferner. Alle schwören darauf, finden es hervorragend. Aber was KMP bedeutet, weiß keiner.

Leuchtturm Blues

1

Mitten in der Nacht machte jemand Musik. Es klang wie Saxophon, vielleicht wie Klarinette. Ich konnte es nur hören, wenn der Wind nachließ. Aber kein Zweifel, es war Musik.

Mir lief es kalt über den Rücken, obwohl ich im warmen Bett lag. Ich war erschrocken. Stan und ich waren die einzigen Menschen auf der Insel, und er schlief im Zimmer nebenan. Ich hörte ihn schnarchen. Wer also machte hier Musik?

Draußen war es kalt, ein Sturm braute sich zusammen. Das Meer donnerte gegen die Klippen. Ich stand auf und sah zum Fenster hinaus. Schwarze Wolken jagten vor dem Mond dahin, und die Scheinwerfer des Leuchtturms stachen in die Nacht. Die Musik schien vom Leuchtturm zu kommen.

Erst wollte ich Stan wecken, aber das machte ich dann doch nicht. Er war der Leuchtturmwärter, ein freundlicher alter Knabe, aber er sollte nicht denken, ich hätte Angst. Eines Tages, so hoffte ich, würde ich selbst mal Leuchtturmwärter werden. Es war meine erste Nacht auf der Insel, und ich wollte einen guten Eindruck machen.

Ich stieg wieder ins Bett und versuchte zu schlafen

und nicht mehr auf die Musik zu hören. Sie klang gedämpft, und weit weg, aber sie nistete sich in mein Hirn ein. Es war, als riefe eine leise Stimme nach mir. Sie sagte etwas, sie sprach ohne Worte. Ich hatte die Melodie schon mal gehört, erkannte sie aber nicht gleich. Eine langsame, schwermütige Melodie. Dann fiel es mir ein. Es war ›Stranger on the Shore‹.

Irgendwie ahnte ich, daß die Musik mir galt. Ich war der Fremde, gerade auf der Insel angekommen. Das Versorgungsschiff hatte mich heute am Strand abgesetzt. Aber wer machte die Musik? Und warum wurde ich so traurig davon?

Ich hörte genauer hin. Es war eine Klarinette. Ganz sicher war es eine Klarinette. Und, Leute, das will ich euch sagen, wer immer da spielte, er verstand was davon. Es war die traurigste und schönste Musik, die ich je gehört hatte.

Dann wechselte der Klang. Etwas an der Musik veränderte sich. Endlich kam ich dahinter - ein weiteres Instrument hatte eingesetzt. Ein Saxophon. Sie spielten zusammen ›Stranger on the Shore‹. Es klang so traurig, mir war zum Heulen, aber ich wußte nicht, warum.

Erst nach langer Zeit schlief ich ein, den Klang der Musik noch in den Ohren.

2

Beim Frühstück am nächsten Morgen fragte ich Stan, ob er etwas gehört habe. »Nein, Anton«, sagte er. »Keinen Ton. Ich höre nie etwas. Aber ich weiß, daß da was ist.

Inselbesucher hören es immer. Die meisten können es nicht aushalten. Sie gruseln sich und verlassen die Insel fluchtartig. Du bist schon der dritte Helfer, den ich in diesem Jahr hier habe. Die anderen beiden haben mich wegen der Musik verlassen. Sie haben gesagt, sie hätten nachts nicht schlafen können. Aber in Wirklichkeit hatten sie Schiß - zu Tode erschrocken waren sie.«

Er sah mir geradewegs in die Augen, während er das sagte, als erwarte er, daß ich nun auch aufstehen und weglaufen würde. Durchdringend sah er mich aus seinem einen Auge an. Über dem anderen hatte er eine Klappe. Er sah zwar aus wie ein feuriger Pirat, aber er war wirklich ein netter Kerl. Die Insel liebte er mehr als alles andere auf der Welt.

»Wer könnte denn die Musik machen?« fragte ich ihn. »Und warum hörst du sie nicht?«

Er sah mich lange an. Bohrte seinen Blick in meine Augen, als wollte er meine Gedanken lesen. Dann sagte er: »Der letzte Junge ist Freitag nachts zum Leuchtturm gegangen. Die Musik spielt immer am Freitag in der Nacht. Mit einer Taschenlampe ist er losgezogen und wollte rauskriegen, wer da spielt. Zwei Stunden war er weg. Als er zurückkam, hat er keinen Ton gesagt. Nur daß er weg wollte. Mit mir wollte er nicht reden. Keine einzige Frage hat er beantwortet. Saß nur rum und hat die Wand angestarrt. Eine Woche später ist das Versorgungsschiff gekommen, da ist er mitgefahren.«

»Er muß was Furchtbares gesehen haben«, sagte ich. »Hast du gar keine Ahnung, wer da spielen könnte?«

»Zieh deinen Mantel an, Junge«, sagte Stan, »und komm mit. Ich zeig dir was.«

Ein starker Wind blies aus Südwest. Stan führte mich zu einem Pfad oben auf den Klippen. Bäume gab es hier nicht; der stürmische Wind ließ keine Bäume auf der Insel wachsen. Schließlich kamen wir zu einem kleinen, umzäunten Viereck. Darin lagen zwei Gräber. Die Grabsteine waren auf das Meer gerichtet. Es war ein einsamer, windumtoster Ort hoch auf den Klippen.

Wir öffneten ein kleines Tor und gingen auf den Friedhof. Ich besah mir die Grabsteine. Auf dem ersten war folgendes eingemeißelt:

KAPITÄN RICKARD
1895–1950
LEUCHTTURMWÄRTER VON
1915–1950
R.I.P.

Der zweite Grabstein unterschied sich nicht viel vom ersten, aber es stand ein anderer Name darauf:

ALAN RICKARD
1915–1960
LEUCHTTURMWÄRTER VON
1950–1960
R.I.P.

Stan zeigte auf das Grab von Kapitän Rickard. »Er war mein Großvater«, sagte er. »Und Alan Rickard war mein Vater.«

Auf beiden Grabsteinen war in der Ecke ein kleines Bild eingemeißelt. Auf dem Grabstein von Kapitän Rickard eine Klarinette, auf dem von Alan Rickard ein Saxophon.

»Alle Leuchtturmwärter sind musikalisch gewesen«, sagte Stan. »Der Kapitän hat Klarinette gespielt und mein Vater Saxophon. Ich spiele Geige. Kannst du auch ein Instrument, Junge?«

»Ja«, sagte ich. »Ich spiele Flöte.«

3

Langsam gingen Stan und ich zum Haus zurück. Der Wind blies kräftig, drückte das Gras platt und wehte mir die Haare in die Augen. Stan mußte schreien, damit ich ihn verstehen konnte.

»Ich kann nicht mehr Geige spielen«, rief er. »Meine Finger machen nicht mehr mit. Arthritis. Die Geige ist oben im Leuchtturm im Musikzimmer. Mein Großvater und mein Vater haben dort immer gespielt. War eine schöne Beschäftigung für sie, wenn sie Dienst hatten. Ich gehe da nicht mehr rein. Den Anblick meiner Geige kann ich nicht ertragen.«

Stans Auge war feucht. Vielleicht lag das am Wind. Oder weinte er etwa?

Schweigend gingen wir zum Haus zurück. Ich wußte nicht, was ich davon halten sollte. Hatten die beiden Gräber was mit der traurigen Musik zu tun? Der Kapitän hatte Klarinette gespielt. Und sein Sohn Saxophon. Aber sie waren tot, und Tote spielen keine Musikinstrumente. Dachte ich jedenfalls.

Eines Tages beschloß ich, auf den Leuchtturm zu steigen. Vielleicht fand ich da einen Hinweis. Aber nachts würde ich nicht gehen. Und auch nicht an einem Freitag.

Der nächste Tag war ein Donnerstag. Ich erzählte Stan, daß ich einen Spaziergang machen und mich auf der Insel umsehen wolle, aber ich ging zum Leuchtturm. Ich war schon einmal dortgewesen. Stan hatte mich am ersten Tag mitgenommen, und ich hatte die riesigen Scheinwerfer gesehen, die in der Nacht das Licht rund um den Turm kreisen ließen. Im Musikraum war ich nicht gewesen, und überhaupt noch nie im Innern des Turms.

Ich stieß die untere Tür auf und stieg hinauf. Drinnen war es düster. Durch die kleinen Fenster in der Mauer kam nur wenig Licht. Die Stufen führten immer im Kreis. Stan hatte mir erzählt, daß man insgesamt zwanzigmal um die Achse ging. Langsam stieg ich die Stufen hinauf. Es war still wie in einem Grab. Ungefähr auf halbem Weg sah ich über die Kanten der Stufen. Es ging tief hinunter; mir wurde schwindlig. Ich setzte mich auf eine Stufe und lauschte. Nichts. Kein Laut. Ich war überzeugt, daß ich allein war.

Endlich war ich oben. Da waren zwei Türen. Eine führte zu den Scheinwerfern, die andere war die Tür zum Musikzimmer. Ich drückte auf die Klinke. Die Tür klemmte, aber sie ließ sich öffnen, und ich ging hinein. Der Raum sah aus wie eine Schiffskabine. An einer Wand waren Kojen, an einer anderen hingen Landkarten. Auf einem Schreibtisch stand ein Globus. Statt eines Fensters war ein kleines rundes Bullauge in der Wand. Davor ein Teleskop. Dann stand da ein Notenständer und ein kleiner Tisch. Auf dem Tisch eine Klarinette, ein Saxophon und eine Geige.

Ich sah mir die Musikinstrumente genauer an. Sie waren über und über mit Staub bedeckt, weil lange Zeit nicht benutzt worden. In der Geige war ein Spinnennetz. Ich nahm die Klarinette und blies hinein. Ein entsetzlicher Laut kam heraus - wie das Quaken eines Ochsenfroschs.

Diese Instrumente konnten unmöglich Freitag nacht gespielt worden sein.

Jahrelang hatte niemand auf ihnen gespielt. Ich war dem Geheimnis um nichts nähergekommen, aber ich wußte, daß die Musik aus diesem Raum gekommen war. Das spürte ich bis in die Knochen.

Nichts hielt mich länger. Es war etwas Unheimliches in diesem Raum. Als beobachtete mich jemand.

4

Die folgenden Monate über hatte ich ziemlich viel zu tun. Ich mußte Niederschläge messen und Wetteraufzeichnungen machen. Ich mußte den Funkverkehr nach Signalen von Schiffen in Seenot abhören. Und jeden Abend um fünf Uhr mußte ich auf den Leuchtturm steigen und die Scheinwerfer anstellen. In den Musikraum ging ich nie, und zu Stan sagte ich nichts mehr von der Musik.

Aber jeden Freitag, ungefähr um Mitternacht, fing die Musik an. Immer war es eine melancholische, schwerblütige Musik. Solange sie andauerte, konnte ich nicht schlafen. Mir war immer, als riefe sie mich. In den Melodien schien eine besondere Bedeutung zu liegen - etwas, das nur mir galt.

Ich war traurig. Angst hatte ich keine mehr, aber Freitag nachts konnte ich nicht schlafen. Ich lag im Bett und wartete, daß die Musik begann. Und dann lag ich wach und wartete, daß sie aufhörte. Unentwegt mußte ich darüber nachgrübeln: Wer spielte und warum?

Endlich beschloß ich nachzusehen. Ich machte mir einen sorgfältigen Plan. Stan wollte ich nichts davon erzählen. Ich steckte neue Batterien in die Taschenlampe und besorgte mir eine alte Baseball-Keule - falls es zu Schwierigkeiten kommen sollte. Am nächsten Freitag wartete ich, bis Stan eingeschlafen war; dann schlich ich hinaus in die dunkle Nacht.

Es war kalt und windig. Der Mond war hinter dunklen Wolken versteckt. Sprühregen wehte vom Meer her, und unterhalb der Klippen donnerten die Wellen. In der Ferne hörte ich Musik. Ich kam nur langsam voran, kämpfte gegen den Wind. Endlich hatte ich den Leuchtturm erreicht.

Drinnen war es dunkel. Im Treppenhaus gab es kein Licht. Doch von oben ertönte Musik. Ich kannte die Melodie. Es war »Stay away from me, Baby«. Klar, damit war ich gemeint. Aber wer war da oben? Und warum mochten sie keine Fremden auf der Insel? Ich hatte Angst, ich wollte gar nicht raufgehen. Aber ich zwang mich dazu. Meine Knie schlotterten, während ich mich über die dunklen Stufen tastete.

Es ging immer im Kreis herum. Zum Glück hatte ich wenigstens meine Taschenlampe dabei - es war unheimlich hier. Die Musik hallte durch den Turm. Schien mich auszulachen. »Mich werdet ihr nicht los!« sagte ich laut. »Mich könnt ihr nicht erschrecken wie die anderen!« Es sollte cool klingen, aber ich fühlte mich ganz und gar nicht cool. Am liebsten wäre ich umgekehrt und zu Stan zurückgelaufen. Ich zwang mich bis ganz hinauf.

Unter der Tür drang Licht aus dem Musikzimmer. Die

Musik war ziemlich laut. Kein Zweifel, woher sie kam. Plötzlich wechselte die Melodie. Jetzt spielten sie »The green door«. Ich dachte an die Textstelle: »Was ist hinter der grünen Tür?« Die Tür zum Musikzimmer war grün, und ich wollte wissen, was dahinter war. Aber ich fürchtete mich hineinzugehen. Was immer da drin war, man wußte über mich Bescheid. Auf einmal öffnete sich die Tür von allein. Ganz langsam.

Ich traute meinen Augen kaum. Es schüttelte mich am ganzen Körper. Die Haare standen mir zu Berge. Ich wollte mich umdrehen und wegrennen, aber ich konnte nicht. Die Beine versagten mir ihren Dienst. Die Klarinette spielte ganz allein! Und das Saxophon nicht anders. Sie schwebten in der Luft. Irgend jemand oder irgend etwas spielte auf ihnen, aber der oder das waren unsichtbar.

Jetzt war ich wirklich aus der Fassung. Meine Knie schlugen gegeneinander. Nichts wie weg, dachte ich. Dann fielen mir die beiden anderen Jungen ein, die die Insel verlassen hatten. Ich wollte mich nicht so einfach vertreiben lassen wie sie - nein. Mich sollte kein Gespenst von hier wegbringen können. Ich machte einen Schritt nach vorn.

Im selben Augenblick, als ich den Raum betrat, hörte die Musik auf. Klarinette und Saxophon schwebten durch den Raum und landeten auf dem Tisch. Nichts war mehr zu hören. Ich ging zum Tisch und nahm die Klarinette in die Hand. Sie war voller Spinnweben und sah aus, als sei sie jahrelang nicht gespielt worden. Ich setzte sie an den Mund und blies hinein. Eine Wolke aus Staub kam unten heraus.

5

Noch vor wenigen Augenblicken waren diese Musikinstrumente gespielt worden, und nun lagen sie völlig verstaubt da. Geister. Da mußten Geister sein. Die Geister von Kapitän Rickard und Alan Rickard. Stans Vater und Großvater. Aber warum waren sie so unglücklich? Und warum wollten sie jeden, der auf die Insel kam, fortjagen?

Ich wollte mit ihnen reden. Angst hatte ich immer noch. Mit Geistern hatte ich noch nie zu tun gehabt. Aber einen Versuch war es wert. »Hört mal, ihr Typen«, sagte ich. »Was ist eigentlich los? Warum wollt ihr mich verjagen? Ich tu euch doch nichts, und die Insel mach ich auch nicht kaputt. Ich rühr nicht mal in diesem Raum etwas an. Kommt raus und zeigt euch!«

Nichts geschah. Der Raum war still und leer, ich konnte meinen Atem hören. Plötzlich wurde mir von Kopf bis Fuß eiskalt. Mir schauderte. Sie waren hier in diesem Raum, aber sie antworteten mir nicht. Mir war, als griffen kalte Hände nach mir. Kalte Hände aus dem Grab. Ich schrie auf und rannte um mein Leben. Raste die Treppe hinunter und hinaus in die dunkle Nacht.

Während ich zum Haus zurücklief, begann die Musik von neuem. »See you later, Alligator«. Sie lachten über mich. Sie dachten, sie hätten mich verjagt, aber da sollten sie sich irren. Ich war erschrocken, na schön, aber die Insel würde ich nicht verlassen. Auf keinen Fall.

Im Haus angekommen, ging ich in die Küche. Stan saß am Tisch und stützte den Kopf in die Hände. Er sah auf, als ich hereinkam. Ich merkte, daß er geweint hatte, er hatte sein Auge gerieben, und seine Wange war feucht.

»Hab eben eine Funkmeldung gekriegt«, sagte er. »Sie wollen den Leuchtturm abreißen.«

»Wer?«

»Die Leute, die dafür verantwortlich sind. Die Regierung. Sie haben schon jahrelang darüber geredet, aber ich habe nicht geglaubt, daß sie es wirklich tun. Sie wollen einen Leuchtturm, für den sie keinen Wärter brauchen. Einen automatischen. Nur ein hoher Turm mit einem Licht oben dran.«

Mir blieb der Mund offenstehen. Stan würde seine Arbeit verlieren und ich auch. Wir müßten die Insel verlassen. »Das können sie doch nicht machen«, sagte ich. »Einfach so.«

»Und ob sie das können«, sagte Stan. »Sie kommen nächsten Freitag. Wir sollen ihnen beim Abreißen helfen.« Stan wirkte plötzlich sehr alt. Und sehr ratlos. Kopfschüttelnd saß er da und starrte ins Feuer. Schließlich sprach er weiter. »Mein Vater ist hier gestorben. Und mein Großvater. Ich wollte meine letzten Tage auch hier verbringen. Jetzt muß ich weg und auf dem Festland leben. Wahrscheinlich werden sie mich in ein Altersheim stecken.«

Plötzlich fiel mir etwas ein. »Warte, Stan. Gib noch nicht auf. Du weißt, daß wir nicht allein sind auf dieser Insel. Vielleicht finden wir Hilfe. Wir kämpfen um den Leuchtturm!«

Stan sah mich traurig an. Er hatte keine Ahnung, was ich meinte.

6

Jetzt konnte ich mir denken, warum die Musik spielte. Die beiden Gespenster wohnten im Leuchtturm. Sie wollten bestimmt nicht, daß er abgerissen würde. Jedesmal, wenn ein Fremder auf die Insel kam, machten sie Geistermusik – um ihn damit zu vertreiben. Um Stan kümmerten sie sich nicht. Er war ihr Sohn und Enkel, und er liebte die Insel. Sie wußten, daß er dem Leuchtturm keinen Schaden zufügen würde. Deshalb hörte Stan die Musik nie.

Aber Freitag nacht Musik machen, das würde nicht helfen – nicht gegen die Abbrucharbeiter. Sie würden am Tag kommen. Und es würde nur einen Tag lang dauern, den Leuchtturm umzulegen. Dann war er für immer verschwunden, und dann war es ohnehin für jeden Widerstand zu spät.

Ich mußte mit den Gespenstern reden. Mußte ihnen klarmachen, daß ich ihnen freundlich gesonnen war und den Abriß des Leuchtturms gar nicht wollte und daß ich zu seiner Erhaltung ihre Hilfe brauchte.

Ich rannte aus dem Haus, hinauf auf den Leuchtturm und in das Musikzimmer. Es war totenstill. Saxophon und Klarinette lagen auf dem Tisch. Ich verschwendete keine Zeit. »Hört mal, Leute«, sagte ich. »Ich weiß, daß ihr hier seid. Und ich weiß, daß ihr mich hören könnt. Ihr müßt euch jetzt zeigen! Ich bin euer Freund; ich möchte euch helfen. Ich will nicht, daß der Leuchtturm abgerissen wird. Ich will ihn retten. Aber ich brauche eure Hilfe.«

Nichts geschah. Totenstille. Ich kam mir ziemlich blöd vor. Vielleicht sprach ich nur zu mir selber. Vielleicht waren überhaupt keine Gespenster da. Hatte ich alles geträumt? War ich drauf und dran, verrückt zu werden? Dann sah ich die Klarinette und das Saxophon an. Ich wußte doch genau, daß ich sie gehört hatte. Langsam wurde ich ärgerlich.

»Ihr blöden Geister!« rief ich. »Wißt ihr denn nicht, daß der Leuchtturm abgerissen werden soll? Am Freitag kommen die Abbrucharbeiter. Wir müssen sie aufhalten. Stan und ich brauchen eure Hilfe. Eure Musik Freitag nacht wird sie nicht hindern. Wir müssen uns was anderes ausdenken.«

Schweigen. Falls die Gespenster da waren, sagten sie nichts. »Also gut«, rief ich. »Macht, was ihr wollt! Sollen sie eben den Leuchtturm abreißen. Sollen sie eben den armen alten Stan von hier wegjagen. Ihr werdet dann kein Zuhause mehr haben. Der Wind wird euch davonwehen.«

Noch während ich sprach, fiel mir etwas auf. Ein paar Tropfen Wasser schwebten langsam durch die Luft. Wie Regentropfen, die an einem Stück Glas herunterliefen. Aber hier war nirgendwo Glas. Nur zwei Tropfen, die in der Luft abwärts rannen. Erst war ich erschrocken, aber dann begriff ich es. Es waren Tränen, die an unsichtbaren Gesichtern hinunterliefen. Die Gespenster weinten.

7

Jetzt wußte ich, daß ich gewonnen hatte. Die Geister waren auf meiner Seite; sie wollten nicht, daß der Leuchtturm abgerissen wurde. Aber sie sagten auch weiterhin keinen Ton. Da wurde mir klar, warum. Sie konnten es nicht. Gespenster können nicht reden.

»Also«, sagte ich. »So geht es nicht. Ich kann euch nicht sehen und nicht hören. Nehmt die Instrumente vom Tisch, wenn ihr bereit seid zu helfen.«

Ganz langsam hoben sich Klarinette und Saxophon und schwebten in der Luft. Dabei fielen Staub und Spinnweben ab. Sie glänzten wie neu. Dann fingen sie an zu spielen. Ich erkannte die Melodie sofort. Es war »We shall not be moved«.

»Gut so«, sagte ich. »Und jetzt kommt mit nach draußen. Wir brauchen euch, um die Abbrucharbeiter zu verjagen. Dafür müßt ihr schon rauskommen. Am Tag. Wenn es hell ist.«

Die Musik brach ab. Die Klarinette und das Saxophon schwankten langsam von einer Seite zur anderen. Die Gespenster wollten nicht raus. »Es nutzt alles nichts«, sagte ich. »Ihr müßt mit raus. Ihr müßt die Arbeiter vertreiben, bevor sie beim Leuchtturm sind. Kann leicht sein, sie jagen ihn mit Sprengstoff in die Luft. Ein bißchen Musik um Mitternacht nutzt da nicht viel. Los jetzt. Kommt mit, bevor sie hier sind. Ihr könnt es gleich mal üben, tagsüber rauszugehen.«

Ich verließ den Musikraum und ging langsam die Treppe hinunter. Auf halbem Weg warf ich einen Blick über die Schulter, ob sie mir folgten. Tatsächlich, sie kamen. Das Saxophon und die Klarinette schaukelten abwärts durch das Treppenhaus. Sie wippten bei jeder Stufe auf und ab. Die Gespenster konnte ich nicht sehen. »Haltet euch bloß an den Instrumenten fest«, sagte ich. »Nur so kann ich sehen, wo ihr seid.«

Als wir unten waren, sah ich erst mal zur Tür hinaus. Ein leichter Wind wehte. Nicht sehr stark, nur eine kleine

Brise. Ich ging hinaus und drehte mich um. »Na los, ihr zwei!« sagte ich. »Hier tut euch keiner was!«

Darin irrte ich mich, aber das wußte ich in diesem Augenblick noch nicht. Sie schwankten wieder hin und her. Sie wollten nicht rauskommen. Ich winkte ihnen mit beiden Armen zu. »Wollt ihr den Leuchtturm retten, oder nicht?«

Die Klarinette und das Saxophon schwebten langsam heraus. Dann geschah etwas Fürchterliches - sie wurden vom Wind ergriffen. Der Wind blies die Gespenster fort. Sie trieben auf den Rand der Klippe zu. Ich rannte zur Klarinette und versuchte sie festzuhalten. Meine Finger griffen durch sie hindurch; es war kein fester Körper mehr. Bei der Berührung mit den Gespenstern verwandelten sich auch die Instrumente in Geisterinstrumente. Ich versuchte das Saxophon zu fassen, aber damit ging es ganz genauso. Ich hatte keine Möglichkeit zu helfen.

Sie trieben mehr und mehr auf die Felskante zu. Plötzlich fielen beide Instrumente zu Boden. Und langsam, langsam bewegten sie sich in kleinen Sprüngen über die Erde. Ich begriff, was die Gespenster vorhatten. Sie krochen. Sie versuchten, zum Leuchtturm zurückzukriechen, und hielten sich dabei am Gras fest. Der Wind blies jetzt etwas stärker. Ich fürchtete, daß sie auf das Meer hinausgeweht werden könnten. »Beeilt euch!« rief ich. »Ihr schafft es. Weiter! Immer weiter!«

Und sie krochen weiter. Ich sah nichts als ein Saxophon und eine Klarinette, die kleine Hopser durch das Gras machten. Es dauerte ziemlich lange, aber schließlich fanden sie doch zum Leuchtturm zurück. Sie gingen hinein. Ich wollte ihnen folgen, aber da schlug die Tür vor meiner

Nase zu. Als ich öffnete, sah ich die Instrumente gerade noch hastig die Treppe hinaufschaukeln.

Als ich den Musikraum betrat, war alles still. Die Instrumente lagen spinnwebverhangen auf dem Tisch. Und von den Gespenstern keine Spur. »Kommt, Leute«, sagte ich. »Es tut mir leid. Ich hab nicht gewußt, daß euch der Wind wegweht. Kommt wieder her. Wir denken uns was anderes aus.«

Aber es kam keine Antwort. Sie waren wütend auf mich. Und ich konnte es ihnen nicht einmal übelnehmen. Schließlich hätte ich sie beinahe umgebracht. Wenn ihr wißt, was ich meine.

8

Ich erzählte Stan, was passiert war. Er glaubte mir. Das hätte ich nicht gedacht. »Ja«, sagte er. »Hab geahnt, daß da oben was vor sich geht. Hab mir fast gedacht, daß es Kapitän Rickard sein könnte und mein guter, alter Vater. Aber so richtig gewußt hab ich es natürlich nicht. Hab selbst nie was von ihnen gemerkt.«

»Was wollen wir jetzt machen?« fragte ich ihn. »Wie halten wir die Arbeiter auf? Die Gespenster werden uns jetzt nicht mehr helfen. Die sind mir böse.«

Betrübt schüttelte Stan den Kopf. »Ich weiß nicht, was sie überhaupt bewirken könnten«, sagte er. »Wenn es nicht möglich ist, daß sie rauskommen, nutzen sie uns auch nicht viel. Wir müssen selbst versuchen, die Abbruchleute zu stoppen.«

In dieser Woche ging ich jeden Tag in den Musikraum

hinauf. Ich bettelte und bat. Aber nichts geschah; der Raum war leer und kalt. Von den Gespenstern keine Spur. Ich wußte nicht, ob sie mich hörten oder nicht.

Schließlich war Freitag. Mit dem ersten Licht kam ein Schiff an, es ließ fünf Männer mit einer Planierraupe von Bord. Außerdem einen großen Kran mit einer gewaltigen Stahlkugel dran. Ich wußte, wozu die gedacht war - sie sollte den Leuchtturm zertrümmern. Die Männer errichteten am Strand ein Lager.

Stan und ich beobachteten sie vom Haus her. »Ich geh mal runter zu ihnen«, sagte Stan. »Warte du hier. Sonst verlierst du noch die Beherrschung. Laß mich das machen. Ich sag, sie sollen wieder verschwinden. Und ich sag ihnen, daß wir nicht helfen werden.«

»Damit wirst du nichts ausrichten«, sagte ich. »Sie werden dich gar nicht beachten. Reden hat keinen Zweck. Wir müssen uns schon vor die Planierraupe setzen oder so was.«

»Erst will ich reden«, sagte Stan. »Einen Versuch ist es wert.«

Ich sah ihm nach, wie er zum Strand hinunterging. Schleppend und vornübergebeugt. Sein weißer Bart flatterte im Wind. Es blies ein starker Südwest. Dann sprach Stan mit den Männern, zeigte zum Leuchtturm und schüttelte den Kopf. Einer der Männer schwenkte drohend die Faust gegen Stan. Ich sah, wie sie sich anbrüllten. Stan drehte sich um und kam zurück.

»Alles umsonst«, sagte er und kam zur Tür herein. »Sie hören mir gar nicht zu. Sagen, sie müssen ihre Arbeit machen. Bis Mittag spätestens sollen wir unsere Sachen aus dem Leuchtturm holen. Dann reißen sie ihn ein. Das einzige, was ich haben will, ist meine Geige«, sagte er. »Auch wenn ich nicht mehr drauf spielen kann mit diesen alten Händen. Sei so gut, Junge, lauf und hol sie mir, ja?«

Ich ging hinauf in den Musikraum und nahm die alte Geige vom Tisch. Die Klarinette und das Saxophon ließ ich liegen. Die gehörten den Gespenstern. Einmal noch wollte ich mit ihnen reden. »Hört zu, ihr Gespenster«, sagte ich. »Es tut mir wirklich leid, daß ihr vom Wind weggeweht worden seid. Heute ist es windig, ihr könnt also nicht raus. Aber irgendwas müßt ihr doch können. Wir brauchen so dringend eure Hilfe. Stan ist zu alt. Viel kann er nicht gegen die Abbrucharbeiter unternehmen. Heute nachmittag reißen sie den Leuchtturm ab.« Ich wartete lange. Aber es kam keine Antwort. Schließlich drehte ich mich um und ging. Stan und ich waren auf uns allein angewiesen.

9

Am frühen Nachmittag bewegten sich die Planierraupe und der Kran langsam auf den Leuchtturm zu. An der Stelle, wo der Weg bis nah an den Rand der Klippen führt, war er sehr schmal. Die Planierraupe und der Kran mußten dort vorbei. Stan und ich setzten uns mitten auf den Weg. Wir hielten uns an der Hand und warteten. »Hoffentlich überfahren sie uns nicht einfach«, sagte ich zu Stan.

»Das werden sie schon nicht tun«, antwortete er, aber sehr überzeugt klang es nicht.

Es dauerte nicht lange, bis die Planierraupe vor uns

stand. Ihre große Stahlschaufel kam dicht vor unseren Gesichtern zum Stillstand. Der Fahrer stieg aus. »Geht aus dem Weg«, rief er. »Oder ich walze euch platt.«

»Nein«, sagte Stan. »Wir rühren uns nicht vom Fleck.« Seine Stimme bebte.

Ich sah zum Fahrer hinauf. Ein häßlicher Kerl, und groß. Riesengroß. Mit einer Hand packte er Stan und warf ihn zur Seite. Es krachte dumpf, als Stan auf dem Boden aufschlug. Er rührte sich nicht. Es sah aus, als sei er verletzt.

»Laßt ihn in Ruhe«, schrie ich. »Er ist ein alter Mann. Laßt ihn in Ruhe.«

Der Fahrer setzte ein fieses Grinsen auf. »Jetzt bist du an der Reihe«, sagte er. Er packte mich auf die gleiche Weise. Ich trat und strampelte, aber es half nichts. Er schleuderte mich beiseite. Drei andere Männer kamen und hielten mich fest. Die Planierraupe und der Kran rollten weiter auf den Leuchtturm zu. Direkt vor der Tür hielt der Kran an. Langsam schwang die große Stahlkugel durch die Luft.

Da geschah etwas. Der Wind hatte sich gelegt. Es war ganz still. Ich lauschte angestrengt. Ja, da war Musik zu hören! Die Tür des Leuchtturms öffnete sich, und heraus kamen die Klarinette und das Saxophon. Sie spielten »When the Saints go marchin' in«.

Der Kranfahrer traute seinen Augen nicht. Fast fielen sie ihm aus dem Kopf. Da schwebten ein Saxophon und eine Klarinette durch die Luft und spielten ein Lied! Er sprang vom Kran und rannte den Weg zurück. Schrie wie am Spieß.

Das Saxophon schwebte auf den Fahrersitz des Krans.

Der Kran bewegte sich rückwärts in Richtung Meer. Eins der Gespenster hatte den Rückwärtsgang eingelegt. Langsam rumpelte der Kran auf den Klippenrand zu. Das Gespenst saß immer noch drin. Ich konnte das Saxophon sehen - es schwebte über dem Fahrersitz. Da stürzte der Kran über die Klippe. Im letzten Augenblick sprang das Gespenst ab. Das Saxophon kam zurückgeschwebt.

Der Fahrer der Planierraupe stieß ein Gebrüll aus. Er brachte die scharfkantige Schaufel vor seinem Gefährt in Stellung und fuhr auf den Leuchtturm zu. Da sprang Stan auf das Fahrzeug und zog an einem Hebel. Die Planierraupe wendete und fuhr geradewegs auf die Klippe zu. Stan und der Fahrer lagen im Kampf verschlungen über dem Lenkrad. Die Planierraupe kam dem Rand der Klippe näher und näher. Plötzlich sprang der Fahrer ab. Auch Stan wollte abspringen, aber er hing mit dem steifen Bein fest. Die Planierraupe kippte über den Rand und stürzte ab. Fiel und fiel und fiel. Und Stan mit ihr. Ein paarmal überschlug sich die Planierraupe und krachte schließlich auf einen Felsen in der Tiefe.

Die Gespenster spielten immer lauter. Es war keine Melodie mehr, sondern ein heulendes Getöse. Voll Wut und auch voll Trauer. Dann fielen beide Instrumente zu Boden. Keine Ahnung, wo die Gespenster jetzt waren. Dann sah ich, wie der Fahrer über dem Erdboden schwebte. Die Gespenster hoben ihn hoch. Plötzlich ließen sie ihn fallen. Er fiel auf den Kopf, schrie auf und rannte den Weg zurück. Die anderen Männer liefen hinter ihm her. Sie waren zu Tode erschrocken.

Ich schaute über den Klippenrand. Die beiden Gespenster standen dicht neben mir und nahmen ihre Instrumente auf. Sehen konnte ich sie nicht. Ich sah nur das Saxophon und die Klarinette in der Luft schweben. Ich wußte, daß Stan tot war. Einen solchen Aufprall überlebte keiner.

Die Gespenster spielten jetzt eine sehr traurige Melodie. Ich kannte die ersten Zeilen. Sie lauteten: »We'll meet again. Don't know where, don't know when. But know we'll meet again some sunny day.«

Ich sah über das graue Meer. Der Wind blies die Gischt hoch in die Luft.

Der Wind.

»Schnell!« rief ich. »Zurück zum Leuchtturm. Wind kommt auf.« Aber es war zu spät. Eine plötzliche Windbö blies die Gespenster über den Klippenrand hinaus aufs Meer. Ich sah die Klarinette und das Saxophon davontreiben, kleiner und kleiner werden. Wie zwei kleine Blätter im Sturm. Am Ende konnte ich sie nicht mehr sehen. Sie waren fort.

10

Das ist so ziemlich das Ende der Geschichte. Stan wurde auf dem kleinen Friedhof neben den beiden anderen Gräbern beigesetzt. Die Arbeiter fuhren ab und kamen nie wieder. Ihre Gewerkschaft ließ mitteilen, daß die Leute nicht auf der Insel arbeiten könnten. Es sei zu gefährlich.

Ich wurde zum Leuchtturmwärter ernannt. Seit einem Jahr bin ich jetzt hier. Ich liebe die Insel und hoffe, daß ich immer hierbleiben kann. Aber es ist sehr einsam. Oft habe ich mir schon gewünscht, Stan würde noch leben.

Letzte Nacht ist etwas geschehen. Etwas Gutes. Es war Freitag. Ich war gerade am Einschlafen, da glaubte ich, Musik zu hören. Sie kam vom Leuchtturm. Ich sprang aus dem Bett, rannte so schnell ich konnte und blieb erst vor der Tür zum Musikzimmer stehen. Es waren ein Saxophon und eine Klarinette. Aber etwas war anders. Ich schob die Tür einen Spalt weit auf und warf einen verstohlenen Blick hinein. Die Klarinette und das Saxophon schwebten in der Luft wie gewöhnlich. Aber es war noch ein anderes Instrument dabei. Eine Geige. Es sah aus, als spiele sie von selbst. Aber ich wußte, es war Stan. Jetzt waren es drei Gespenster.

Ich lächelte und schloß die Tür. Während ich die Treppenstufen hinunterging, summte ich die Melodie vor mich hin. Das Lied kannte ich gut. Es war »Happy days are here again«.

Peppis Eis für helle Köpfe

Also, ich war wieder mal der absolut Beste in der Klasse. Hundert von hundert möglichen Punkten in Mathe. Und hundert von hundert möglichen in Englisch. Ich bin echt ein Naturtalent, das größte weit und breit. Keiner in der Klasse kann mir auch nur das Wasser reichen. Im Vergleich zu mir sind alle blöd.

Schon als Baby war ich ein heller Kopf. An dem Tag, als ich geboren wurde, hat mich meine Mutter gekitzelt. »Kille, kille kille«, hat sie gesagt.

»Laß den Unsinn, Mum«, hab ich geantwortet. »Das ist albern.« Sie wäre beinahe aus dem Bett gefallen. Ja, ich war weit für mein Alter.

Jedes Jahr gewinne ich eine Menge Preise: Klassenbester, Schulbester und so weiter. In Rechtschreibung habe ich einen Preis gewonnen, da war ich erst drei Jahre alt. Ich bin sozusagen ein Rechtschreib-As. Was man mir auch sagt, ich kann es buchstabieren. In Sachen Rechtschreibung macht mir keiner was vor. Ich kann jedes Wort buchstabieren.

Einige können mich nicht leiden, das ist nun mal so. Sie sagen, ich gebe an. Mich kümmert das nicht. Sie sind ja bloß neidisch, weil sie nicht so viel draufhaben wie ich. Außerdem sehe ich gut aus. Das ist noch ein Grund, warum sie eifersüchtig sind.

Letzte Woche ist etwas Eigenartiges passiert. Ein anderer hat in Mathe auch hundert von hundert möglichen Punkten erreicht. Das hat es vorher noch nie gegeben – keiner war bisher so gut wie ich. Immer war ich der Beste. Ein Schüler namens Jerome Dadian hatte mich eingeholt. Er mußte geschummelt haben. Da war ich ganz sicher. Und bestimmt hatte es etwas mit diesem Eis zu tun. Auf alle Fälle wollte ich rauskriegen, was da vor sich ging; niemand sollte an meinem Ruhm kratzen.

Alles hat mit diesem Eisverkäufer angefangen – Mr. Peppi. Der alte Blödmann parkt seinen Lieferwagen jeden Tag vor der Schule. Er verkauft Eis, alle möglichen Sorten und alle Geschmacksrichtungen. Von manchen hab ich noch nie gehört.

Mich mag er nicht besonders. Einmal hat er mich angeraunzt. »Stell dich hinten an«, sagte er. »Du hast dich vorgedrängelt.«

»Kümmere dich um deinen eigenen Kram, Opa«, gab ich zurück. »Gib mir das Eis.«

»Nein«, sagte er. »Bevor du dich nicht hinten anstellst, kriegst du von mir nichts.«

Ich ging um den Wagen herum, kam aber nirgendwo in die Schlange rein. Da zog ich einen Nagel aus der Tasche und machte Peppi einen langen Kratzer auf seinen klapprigen alten Lieferwagen. Er hatte ihn gerade frisch lackiert. Peppi sah es sich an. Tränen stiegen ihm in die Augen. »Du bist ein bösartiger Junge«, sagte er. »Paß auf, eines Tages steckst du in der Patsche. Du hältst dich für besonders clever. Aber eines Tages wirst du *zu* clever sein.«

Ich lachte nur und ging weg. Er würde nichts unternehmen, das wußte ich. Dazu war er zu weichherzig. Immer gab er Kindern, die kein Geld hatten, Eis umsonst. Er hatte Mitleid mit armen Leuten. Der dumme Kerl.

Über dieses Eis gab es eine Menge Gerüchte. Manche sagten, es hätte eine gute Wirkung. Kinder erzählten, bei Übelkeit würde einem sofort besser davon. Einer der Lehrer nannte es »fröhliches Eis«. Ich glaubte nicht daran; mich hatte das Eis nie fröhlich gemacht.

Wie auch immer, es war etwas Merkwürdiges an diesem Eis. Zum Beispiel die Sache mit Pickel-Peterson. Pickel-Peterson war nicht sein richtiger Name - ich nannte ihn nur so, weil er jede Menge Pickel hatte. Peppi hörte also, wie ich Peterson bei diesem Namen rief. »Du bist wirklich ein gemeiner Junge«, sagte Peppi. »Immer hackst du auf andern herum, nur weil sie nicht so sind wie du.«

»Hau ab, Peppi«, sagte ich. »Mach dich vom Acker und verscherbel dein Eis woanders.«

Peppi gab mir keine Antwort. Statt dessen redete er mit Pickel-Peterson. »Hier, iß das«, sagte er zu ihm. Er gab Peterson ein Eis. Es war die größte Portion, die ich jemals gesehen hatte. Violettes Eis. Peterson war ganz durcheinander. Für so ein großes Eis hatte er nicht genug Geld dabei.

»Schon gut«, sagte Mr. Peppi. »Iß nur. Ich schenke es dir. Davon wirst du deine Pickel los.«

Ich lachte. Von Eis wird man doch keine Pickel los, von Eis bekommt man höchstens welche. Aber was soll ich euch sagen, am nächsten Tag, als Peterson zur Schule kam, hatte er keine Pickel mehr. Nicht einen. Ich konnte es nicht fassen. Das Eis hatte ihn von seinen Pickeln befreit.

Es sind noch mehr so komische Sachen passiert. Zum Beispiel hatten wir an der Schule einen Jungen mit einer besonders langen Nase. Mann, war die lang! Er sah aus wie Pinocchio. Wenn er sich schneuzte, hörte man es meilenweit. Ich nannte ihn »Rotzer«. Das konnte er nicht ausstehen. Er wurde immer ganz rot im Gesicht, wenn ich es sagte, und ich sagte es bei jeder Gelegenheit. Nie wehrte er sich dagegen - er hatte Angst vor mir.

Peppi hatte auch mit Rotzer Mitleid. Jeden Morgen gab er ihm ein kleines grünes Eis umsonst. Dieser Blödmann, mir schenkte er nicht eine Kugel.

Ihr werdet es nicht glauben, aber ich schwöre, es ist wahr. Die Nase von Rotzer wurde allmählich kleiner. Jeden Tag ein Stückchen. Schließlich war es nur noch eine ganz normale Nase. Von da an gab ihm Peppi kein grünes Eis mehr.

Ich überlegte, wie ich diesem Eisgeschäft einen Riegel vorschieben könnte. An dem Tag, als Jerome Dadian hundert von hundert möglichen Mathe-Punkten erreichte, hatte er vorher Eis gegessen. Das Eis mußte ihn so intelligent gemacht haben. Aber ich wollte nicht, daß jemand genauso gut war wie ich. Der beste Schüler an der Schule war ich, und das sollte auch so bleiben. Ich wollte mal einen Blick in den Eiswagen werfen, um herauszukriegen, was es damit auf sich hatte.

Ich wußte, wo Peppi seinen Wagen über Nacht stehen hatte - er stellte ihn in einer schmalen Gasse hinter seinem Haus ab. Bis elf Uhr nachts wartete ich ab. Dann schlich ich mich aus dem Haus und zu Peppis Wagen. Ich nahm ein Brecheisen mit, einen Eimer voll Sand, eine Taschenlampe und ein paar Bolzenschneider.

Niemand war in der Nähe des Lieferwagens. Ich brach die Tür mit der Eisenstange auf und leuchtete mit der Taschenlampe ins Innere. Noch nie hatte ich so viele Kübel mit Eis gesehen. Alle möglichen Geschmacksrichtungen waren dabei: Apfel und Banane, Kirsch und Mango, Brombeere und Wassermelone und noch ungefähr fünfzig andere Sorten. Ganz am Ende des Wagens waren vier Kübel mit Schlössern dran. Ich sah sie mir an. Genau wie ich mir gedacht hatte - hier bewahrte er seine Spezialitäten auf. Jeder Kübel war handschriftlich gekennzeichnet:

Naseneis gegen lange Nasen
Pickeleis gegen Pickel
Fröhliches Eis für Traurige
Kluges Eis für helle Köpfe

Jetzt wußte ich das Geheimnis! Diese Ratte von Dadian hatte »kluges Eis« gegessen. Deshalb hatte der hundert Punkte in Mathe. Ich wußte es doch. Niemand konnte von allein genauso klug sein wie ich. Jetzt wollte ich Peppi ein für allemal erledigen. Ich holte die Bolzenschneider heraus und schnitt die Schlösser von den vier Kübeln. Dann schüttete ich Sand in alle Eisbehälter. Nur nicht in den mit dem Klugen Eis. In den kippte ich nichts rein.

Ich lachte vor mich hin. Jetzt würde Peppi nicht mehr viel Eis verkaufen. Außer er finge mit einer ganz neuen Geschmacksrichtung an - Sandeis. Dann beschloß ich, ein wenig von dem Klugen Eis zu essen. Konnte schließlich nichts schaden. Nicht daß ich es nötig hatte - ich war längst so intelligent, wie man nur sein konnte. Immerhin, auf einen Versuch wollte ich es ankommen lassen. Ich aß den ganzen Kübel leer. Nachdem ich erst einmal angefangen hatte, konnte ich nicht aufhören. Es schmeckte gut. Köstlich sogar.

Dann ging ich nach Hause und legte mich ins Bett, konnte aber nicht einschlafen. Um die Wahrheit zu sagen, mir ging es gar nicht besonders. Ich setzte mich hin und schrieb die ganze Geschichte auf. Falls da etwa krumme Sachen gelaufen sind, wißt ihr gleich Bescheid. Ich glaube, ich hab mich geirrt, und Dadian hat überhaupt kein »kluges Eis« gegessen.

Es is jetst der nexte Tach. Irrgehnd etwaas iz miet mier pahziehrt. Ihch fülle mix nich meer so klewer. Habbe versujt, eihne gans schwehre Auwgabe zuh löhsen. Wiefiel iz einz un einz? Iz es fier oder fünw?

Die Wunderhose

1

Mein Vater ist so übel nicht. Es gibt eine Menge Väter, die schlimmer sind. Aber er regt sich jedesmal auf, wenn man sich beim Fröschefangen dreckig macht oder sich die Hose aufreißt beim Baumhausbauen. Da ist nicht mit ihm zu spaßen.

Meistens aber verstehen wir uns, und ich komme mit ihm klar. Was er nicht weiß, macht ihn nicht heiß. Wenn er wüßte, daß ich Snot, mein Kaninchen, unter dem Bett schlafen lasse, würde er sich aufregen; deshalb sage ich es ihm nicht. So ist er zufrieden, ich bin zufrieden, und Snot ist auch zufrieden.

Probleme gibt es nur, wenn er einem auf die Schliche kommt. So wie damals, als ich unbedingt ›Mad Max II‹ sehen wollte. Mein alter Herr fand, das sei ein schlechter Film - zuviel Blut und Gemetzel.

»Zu brutal«, sagte er.

»Aber das ist nicht fair, Dad! Die anderen gehen alle hin. Dann bin ich der einzige in der Schule, der ihn nicht gesehen hat!« Auf diese Tour machte ich weiter, ich bat und bettelte. Schließlich gab er nach - er war eben kein schlechter Kerl. Gewöhnlich erlaubt er mir nach einer Weile immer, was ich will. Er ist leicht rumzukriegen.

Der Ärger fing am nächsten Morgen an. Dad war im Badezimmer beim Zähneputzen, er spritzte und gurgelte, gab die üblichen Geräusche von sich, und mittendrin verstummte er plötzlich. Totenstille. Dann kam er in die Küche gestürzt, Zahnpasta überall um den Mund; wie ein gereizter Tiger sah er aus. Schäumend vor Wut.

»Was ist das?« rief er. Er schwenkte seine Zahnbürste. »Was ist das auf meiner Zahnbürste?« Graue Härchen steckten zwischen den Borsten. »Wie kommen diese Haare auf meine Zahnbürste? Hast du meine Zahnbürste benutzt, David?«

Er drehte beinahe durch. Sollte ich es zugeben oder nicht? Eltern sagen ja immer, sie wären nachsichtig bei einem ehrlichen Geständnis. Und sie würden die Missetat dann nicht bestrafen.

Auf den Versuch wollte ich es ankommen lassen. »Ja«, sagte ich. »Ich habe sie gestern benutzt.«

Er hatte immer noch Zahnpasta am Mund. Richtig sprechen konnte er nicht. »Was sind das für kleine graue Haare?« fragte er.

»Hab damit meine Maus gebürstet«, erklärte ich.

»Deine was?« schrie er.

»Meine Maus.«

Er machte einen Satz in die Luft, brüllte, lief im Kreis, hielt sich die Kehle, stürzte wieder ins Badezimmer und spülte sich den Mund aus. Er veranstaltete ein umfangreiches Gespritze und Gegurgel. Dad führte sich auf wie ein Verrückter.

Mir war das ganze Theater unbegreiflich. Wegen ein paar Mäusehärchen so ein Geschrei!

Nach einer Weile kam er wieder in die Küche. Fortwährend klappte er den Mund auf und zu, als hätte er einen schlechten Geschmack auf der Zunge. Er hatte einen boshaften Ausdruck im Gesicht - richtig gemein.

»Was denkst du dir eigentlich?« schrie er, und seine Stimme bebte. »Bist du verrückt geworden oder was? Willst du mich umbringen? Weißt du nicht, daß Mäuse Krankheitserreger übertragen? Es sind schmutzige Tiere. Wahrscheinlich sterbe ich jetzt an einer schrecklichen Krankheit.«

So jammerte er eine Ewigkeit lang. Dann sagte er: »Und glaub ja nicht, daß du ›Mad Max II‹ siehst! Du wirst schön zu Hause sitzen und darüber nachdenken, wie bescheuert es ist, mit einer fremden Zahnbürste Mäuse zu bürsten!«

2

Ich ging in mein Zimmer und zog mich an. Dad hatte eben keine Ahnung von dieser Maus. Es war eine besondere Maus, eine ganz besondere Maus sogar. Sie würde mir eine Menge Geld einbringen, nämlich fünfzig Dollar. Jedes Jahr wurde in Smiths' Scheune ein Mäuserennen veranstaltet. Das Preisgeld betrug fünfzig Dollar. Und meine Maus, der Schnelle Sam, hatte gute Gewinnchancen. Ich mußte ihn nur gut pflegen. Mit der Zahnbürste eben.

Ich wußte genau, daß der Schnelle Sam jede andere Maus schlagen konnte, bis auf eine. Bei dieser einen Maus war ich mir nicht sicher. Sie hieß Mugger und gehörte Scrag Murphy, dem stärksten Jungen in der Stadt. Seine Maus hatte ich nie gesehen, wußte aber, daß sie schnell war. Scrag Murphy fütterte sie mit Spezialnahrung.

Daran dachte ich, während ich mich anzog. Ich ging zum Schrank und wollte mir eine Unterhose herausnehmen. Es war keine mehr da. »He Mum!« rief ich. »Sind keine Unterhosen mehr da!«

Meine Mutter kam, sie hatte etwas in der Hand. Etwas Schreckliches. Etwas Grauenhaftes. Eine selbstgeschneiderte Unterhose! »Sieh mal, David«, sagte sie. »Die habe ich für dich gemacht. Den Stoff habe ich im Schlußverkauf bekommen. Gerade noch genug für eine Unterhose.«

»So was zieh ich nicht an!« sagte ich. »Auf keinen Fall. Nie.«

»Was ist denn damit?« fragte meine Mutter. Sie klang gekränkt.

»Sie ist rosa«, sagte ich. »Und mit Märchenbildern drauf. Die kann ich nicht anziehen. Da lachen mich ja alle aus. Ich mache mich zum Gespött der ganzen Schule.«

Unterhosen mit Märchenbildern, und noch dazu rosa! Ich flippte fast aus. Was Scrag Murphy wohl dazu sagen würde? Ich wurde rot, wenn ich nur daran dachte.

In diesem Augenblick steckte Dad seinen Kopf zur Tür herein. Immer noch hatte er diesen boshaften Blick. »Was ist denn hier los?« fragte er drohend.

»Nichts«, sagte ich. »Ich hab mich nur bei Mum für diese tolle Unterhose bedankt.« Ich fuhr in die Märchenunterhose und zog hastig meine Jeans drüber. Gott sei Dank würde so keiner was merken. Darüber mußte man noch froh sein.

Die Unterhose fühlte sich komisch an. Sie kribbelte überall. Und ich fühlte mich auf einmal so seltsam leicht. Irgendwas war merkwürdig an dieser Unterhose – mal ganz abgesehen von den Märchenbildern.

3

Nach dem Frühstück ging ich aus dem Haus. Pete wartete auf mich. Er ist mein bester Freund; wir gehen immer zusammen zur Schule. »Hast du deine Turnschuhe mit?« fragte er.

»O nein«, stöhnte ich. »Hab ich total vergessen. Heute ist ja der Querfeldeinlauf.« Ich kehrte noch mal um und holte meine Turnschuhe. Zögernd ging ich zum zweitenmal aus dem Haus. Ich mußte an das Rennen denken. Und daran, daß ich mich im Umkleideraum vor Scrag Murphy und den anderen Jungen umziehen mußte. Sie würden sich nicht einkriegen vor Lachen, wenn sie meine Märchenunterhose sahen.

Unser Schulweg führte durch einen Park. Mittendrin war ein großer See. »Komm, wir schmeißen ein paar Steine«, sagte Pete. »Mal sehen, wer am weitesten kommt.« Ich gab keine Antwort. Mir war flau im Magen. »Was ist los mit dir?« fragte er. »Du siehst aus wie der wandelnde Tod.«

Ich sah mich um. Außer uns war niemand im Park. »Sieh dir das mal an«, sagte ich, zog meinen Hosenschlitz auf und zeigte Pete meine Unterhose. Er kriegte Stielaugen; dann brüllte er los. Wälzte sich im Gras und konnte sich nicht halten vor Lachen. Tränen liefen ihm über die Wangen. Er fand das tatsächlich lustig. Schöner Freund.

Nach einer Weile hörte Pete endlich wieder auf. »Du Ärmster!« sagte er. »Was willst du jetzt machen? Scrag Murphy und die anderen werden das bestimmt nicht übersehen.«

Wir warfen Steine in den See. Ich gab mir nicht viel

Mühe. War überhaupt nicht bei der Sache. »He«, rief Pete. »Das war ein Superwurf! Bis zum anderen Ufer.« Er hatte recht. So weit hatte es noch keiner geschafft.

Ich nahm noch einen Stein. Diesmal strengte ich mich an. Der Stein flog über den See und verschwand auf der anderen Seite hinter Bäumen. »Wow!« staunte Pete. »Das war der beste Wurf, den ich je gesehen habe. So weit kann keiner werfen.« Er sah mich so komisch von der Seite an.

Meine Haut kribbelte überall. »Ich fühle mich stark«, sagte ich. »Ich könnte Bäume ausreißen.« Ich trat auf eine Parkbank zu. Es war eine große aus Beton. Mit einer Hand hob ich sie hoch und hielt sie über meinen Kopf. Es war mir ein Rätsel.

Pete stand mit offenem Mund da. Auch er konnte es nicht glauben. Ich fühlte mich großartig. Machte einen Luftsprung vor Freude und flog ungefähr drei Meter durch die Luft. »Was für ein Sprung!« rief Pete.

Meine Haut kribbelte immer noch. Besonders unter der Unterhose. »Es liegt an der Unterhose«, sagte ich. »Die Unterhose macht mich so stark«, grinste ich. »Es ist keine Unterhose. Es ist eine Wunderhose.«

»Superman!« rief Pete. Wir gackerten los wie die Hühner. Wir lachten und lachten, bis wir Seitenstechen hatten.

4

Ich bat Pete, nichts von der Wunderhose zu erzählen. Wir wollten es geheimhalten. Bis zum Querfeldeinlauf am Nachmittag passierte nicht viel. Alle Jungen gingen in den Umkleideraum und zogen sich ihre Sportsachen an. Auch

Scrag Murphy war da. Ich versuchte, in meine Laufshorts zu kommen, ohne daß er meine Wunderhose entdeckte, aber es klappte nicht. Er sah sie sofort, als ich meine Jeans abstreifte.

»Ha, ha ha!« rief er. »Guckt euch das Spielhöschen an! Seht nur, eine Märchenhose!« Alle sahen her. Und alle fingen an zu lachen. Wie peinlich.

Scrag Murphy war ein großer Kerl, breit wie ein Schrank. Wirklich ein harter Brocken. Er kam an und zog das Gummiband meiner Wunderhose straff. Dann ließ er es zurückschnappen. »Au«, sagte ich. »Hör auf! Das tut weh.«

»Was ist denn, Kleiner?« sagte er. »Kannst du das nicht ab?« Er stieß mich grob gegen die Wand. So einfach wollte ich ihn nicht davonkommen lassen, also schubste ich zurück - ganz leicht nur. Er flog quer durch den Raum und krachte an die gegenüberliegende Wand. Ich kannte meine eigene Stärke nicht. Dieser kleine Stoß hatte so große Wirkung. Es lag an der Wunderhose.

Scrag Murphy sah mich erschrocken und überrascht an, dann wurde sein Blick haßerfüllt. Aber er sagte nichts mehr. Keiner sagte was. Sie dachten alle, ich würde schon meinen Teil kriegen, wenn ich Scrag Murphy das nächste Mal über den Weg lief.

Ungefähr vierzig Schüler nahmen am Rennen teil. Es ging quer durch die Landschaft, immer den Markierungspunkten nach, die die Lehrer vorher angebracht hatten. Es war ein heißer Tag, deshalb lief ich mit freiem Oberkörper.

Kaum war der Startschuß abgefeuert, war ich weg wie der Blitz. Meine Wunderhose hatte ich anbehalten, und sie tat ihre Wirkung. Ich lief an der Spitze, nie war ich so schnell gelaufen. Auf der Straße überholte ich einen Mann auf einem Fahrrad. Er versuchte mich einzuholen, aber er schaffte es nicht. Dann überholte ich ein Auto. Das war vielleicht ein starkes Gefühl. Super!

Ich sah mich um. Keiner von den anderen war zu sehen - ich war Meilen voraus. Der Weg bog von der Straße in den Wald ab. Ich lief auf einem schmalen Pfad zwischen den Bäumen. Nach einer Weile kam ich an einen kleinen Bach. Es war zu heiß, und ich beschloß, mir eine kleine Abkühlung zu gönnen. Überhaupt, die anderen waren weit zurück; ich hatte jede Menge Zeit. Ich zog die Shorts aus und die Turnschuhe, aber die Wunderhose behielt ich an. Von der wollte ich mich nicht trennen.

Ich tauchte in das kalte Wasser. Es war erfrischend. Auf dem Rücken liegend sah ich in den Himmel. Das Leben gefiel mir. Diese Wunderhose war ungeheuer. Vor Scrag Murphy brauchte ich keine Angst zu haben, solange ich diese Hose anhatte.

Da passierte auf einmal etwas Fürchterliches. Die Wunderhose wurde langsam immer enger. Es tat richtig weh. Die Märchenhose schrumpfte zusammen. Sie schrumpfte mehr und mehr. Die Qual wurde unausstehlich. Ich mußte die Hose loswerden. Ich wand mich und kämpfte mit der Hose; sie war so eng, daß sie mir in die Haut schnitt. Endlich schaffte ich es, und zwar gerade noch rechtzeitig. Die Hose war so zusammengeschrumpft, daß ich sie eben noch über den Daumen streifen konnte. Ich war noch mal davongekommen. Die schrumpfende Wunderhose hätte mich umbringen können.

In diesem Augenblick hörte ich Stimmen näherkommen. Es waren die anderen. Jetzt saß ich in der Falle - ich konnte nicht mehr raus und meine Shorts überziehen. Es nahmen auch Mädchen am Querfeldeinlauf teil. Splitternackt mußte ich im Bach bleiben.

5

Es dauerte eine ganze Weile, bis alle vorbei waren. Sie liefen in großen Abständen. Jedesmal wenn ich aus dem Wasser steigen wollte, kam wieder jemand. Als Pete kam, blieb er am Ufer des Bachs stehen. »Was machst du denn da?« sagte er. »Aus diesem Rückstand helfen dir auch keine Supersprünge mehr.«

»Hör bloß auf«, sagte ich. »Ich erzähl dir später alles.« Daß ich nackt war, wollte ich ihm jetzt nicht sagen. Ein paar Mädchen standen bei ihm.

Endlich machten sie sich wieder auf den Weg. Wenig später traf der letzte Läufer ein. Es war Scrag Murphy. Er konnte nicht schnell laufen - dafür schleppte er zu viel Gewicht mit sich herum. »Ach, sieh mal an«, sagte er. »Die kleine Märchenhose. Und was haben wir denn da?« Er nahm meine Shorts und meine Turnschuhe und rannte damit fort.

»Komm zurück!« rief ich. »Bring die Sachen wieder her!« Aber er hörte nicht, lachte nur und rannte weiter.

Was sollte ich jetzt machen? Ich hatte nichts mehr zum Anziehen. Nicht mal Schuhe. Ich bibberte. Das Wasser war eiskalt. Am ganzen Körper hatte ich eine Gänsehaut, und meine Zähne klapperten. Schließlich mußte ich einfach raus aus dem Wasser, sonst wäre ich erfroren.

Ich setzte mich auf einen Stein in die Sonne und überlegte krampfhaft, wie ich nach Hause kommen könnte, ohne gesehen zu werden. Im Wald ging es ja noch. Ich konnte mich hinter Bäumen verstecken, falls jemand käme. Aber schon an der Straße würde es Probleme geben. Schließlich konnte ich nicht splitternackt über die Straße spazieren.

Da kam mir eine Idee. Ich hatte ja noch die winzige Unterhose. Anziehen konnte ich sie nicht, aber vielleicht würde sie immer noch ihre Wirkung tun. Ich zog sie über meinen Daumen und sprang. Nein, es klappte nicht. Nur ein ganz gewöhnlicher, kleiner Sprung. Ich hob einen Stein auf und warf. Er flog nur einen kurzen Bogen, nicht weiter wie eben alle werfen können. Die Hose war zu klein, und ich war wieder genauso schwach wie vorher.

Ich streckte mich auf dem Stein in der Sonne aus. Allmählich kamen Ameisen und krabbelten auf mir herum. Dann verschwand die Sonne hinter einer Wolke. Ich fror erbärmlich, aber ich konnte nicht nach Hause - nicht im Adamskostüm. Weit und breit war nichts zum Anziehen zu entdecken. Nur Bäume, Büsche und Gras.

Mir blieb nichts übrig, als bis zur Dunkelheit zu warten. Die anderen waren jetzt längst nach Hause gegangen. Pete würde denken, ich sei zu Hause, und meine Eltern, ich sei bei Pete. Zur Hilfe kommen würde mir keiner.

Ich dachte an Scrag Murphy. Dafür würde er bezahlen! Ich würde mir schon was einfallen lassen.

Die Zeit verging langsam, aber endlich wurde es dunkel. Ich ging die Laufstrecke zurück. Barfuß mußte ich aufpassen, nicht ständig auf Steine zu treten. Äste griffen nach mir und kratzten mich an allen möglichen und unmöglichen Stellen. Dann mußte ich an Schlangen denken. Was, wenn ich auf eine trat?

Die verschiedensten Geräusche drangen aus der Dunkelheit an mein Ohr. Der Mond ließ sich nicht blicken, und ich konnte den Weg kaum erkennen. Zugegeben, ich fürchtete mich. Ich war sogar wie gelähmt vor Angst. Zur Ablenkung dachte ich an Scrag Murphy und was ich mit ihm anstellen würde. Junge, Junge, der konnte sich auf was gefaßt machen!

Endlich kam ich zur Straße. Gut, daß ich aus dem Wald war. Meine Füße waren blutig und verschrammt, ich humpelte. Jedesmal, wenn ein Auto vorbeikam, mußte ich mich in den Wald flüchten. Ich durfte mich nicht vom Scheinwerferlicht einfangen lassen.

Wie sollte das nur in der Stadt werden? Da mußte ich damit rechnen, Leuten zu begegnen. Ich brach einen Zweig von einem Busch und hielt ihn mir vor meinen ... ihr wißt schon, was. Das war stachlig, aber immerhin besser als nichts.

Es war spät, als ich die Stadt erreichte. Niemand war mehr auf der Straße. Aber ich mußte vorsichtig sein - jeden Moment konnte einer aus dem nächsten Haus kommen. Ich rannte von Baum zu Baum, von Mauer zu Mauer und hielt mich immer in Deckung. Zum Glück ließ sich der Mond nicht sehen, und es war sehr dunkel.

Dann kam ich an eine Telefonzelle - und das brachte mich auf eine Idee. Ich zog die Tür auf und ging hinein. Schummriges Licht fiel auf meinen nackten Körper. Hoffentlich sah mich niemand. Geld hatte ich nicht, aber Pete hatte mir erzählt, wenn man ganz laut in die Hörmuschel vom Telefonhörer schreit, könne man es am anderen Ende hören. Einen Versuch war es wert. Ich wählte unsere Nummer. Mein Vater nahm ab. »Ja?« sagte er.

»Ich bin nackt!« schrie ich. »Ich hab meine Kleider verloren. Helft mir! Helft mir!«

»Hallo, hallo! Wer ist da?« sagte Dad.

Ich schrie so laut ich konnte, aber mein Vater sagte immer nur: »Hallo?« Es klang ärgerlich. Dann hörte ich ihn zu meiner Mutter sagen: »Wahrscheinlich wieder der Junge mit seinen komischen Scherzen.« Er legte den Hörer auf.

Ich beschloß loszurennen. Es war die einzige Möglichkeit. Ich ließ meinen Zweig fallen und sprintete los, rannte wie um mein Leben. Bis zu unserer Straße begegnete ich keiner Menschenseele. Schon glaubte ich mich in Sicherheit, aber nein. Da krachte ich in jemanden hinein, und der Jemand fiel hin. Es war die alte Mrs. Jeeves von gegenüber.

»'tschuldigung«, sagte ich. »Tut mir echt leid.« Ich half ihr aufzustehen. Sie war ein bißchen kurzsichtig, und es war dunkel. Sie hatte nicht bemerkt, daß ich keine Kleider anhatte. Dann kam der Mond hervor - ein leuchtend heller Mond. Ich versuchte, meine Nacktheit mit den Händen zu verbergen, aber umsonst.

»Pfui Teufel!« kreischte sie. »Pfui Teufel! Das werde ich deinem Vater erzählen.«

So schnell ich konnte, rannte ich nach Hause, zur Hintertür rein und sofort ins Bett. Ich stellte mich schlafend. Von unten hörte ich, wie Mrs. Jeeves laut auf meinen Vater einredete. Dann klappte die Haustür zu. Schritte kamen die Treppe hinauf.

6

Jetzt hatte es mich voll erwischt. Ich mußte mir ein Riesentheater anhören. Dad hörte gar nicht mehr auf. »Was denkst du dir eigentlich, Bursche? Rennst einfach nackt durch die Gegend! Verlierst deine ganzen Klamotten! Was sollen nur die Nachbarn denken?« So ging es eine Woche lang. Die Wahrheit konnte ich ihm nicht sagen - er würde sie nicht glauben. Niemand würde sie glauben. Die einzigen, die wirklich alles wußten, waren Pete und ich.

Einen Monat lang war mein Vater mir böse. Ich durfte nicht aus dem Haus, außer zur Schule. Kein Kino, nicht zum Schwimmen, nichts. Und kein Taschengeld.

Es war ein schlimmer Monat, das kann ich euch sagen. In der Schule machte Scrag Murphy mir das Leben zur Hölle. Er nannte mich »Märchenhose«. Alle fanden das unheimlich witzig, ich konnte nichts dagegen tun. Er war einfach zu stark für mich, und seine Freunde genauso.

»Die Lage ist ernst«, sagte Pete. »Wir müssen Scrag Murphy unbedingt einen Denkzettel verpassen. Sie nennen mich jetzt schon ›Kleiner Freund vom Märchenhöschen‹. So geht das nicht weiter!«

Wir grübelten, daß uns die Köpfe rauchten, aber uns kam keine Erleuchtung. Da fiel mir das Mäuserennen in Smiths' Scheune ein. »Wir gewinnen das Mäuserennen!« rief ich. »Es ist in einem Monat. Bis dahin können wir meine Maus ordentlich trainieren.«

»Genau, das ist es!« sagte Pete. »Fünfzig Dollar Preisgeld. Scrag Murphy glaubt fest, er gewinnt. Das wird ihm ganz schön stinken, wenn wir ihm den Preis wegschnappen.«

Ich holte den Schnellen Sam. »Er ist klein«, sagte ich. »Aber schnell. Ich wette, er kann Murphys Maus schlagen. Die heißt Mugger.«

Wir trainierten den Schnellen Sam. Jeden Tag nach der Schule schickten wir ihn über eine Rennstrecke im Hinterhof. Wir banden ein Stück Käse an einen Faden, und Sam lief hinterher, so schnell er konnte. Nach sechs Runden gaben wir ihm ein Stück Käse zur Belohnung. Am Anfang schaffte er sechs Runden in zehn Minuten. Am Ende des Monats war er auf drei Minuten runter.

»Paß auf, Scrag Murphy!« grinste Pete. »Diesmal kriegen wir dich!«

7

Schließlich war der Tag des großen Rennens gekommen. Ungefähr hundert Kinder hatten sich in Smiths' Scheune versammelt. Die Erwachsenen wußten nichts davon – wahrscheinlich hätten sie es nicht zugelassen. Es kostete fünfzig Cents Eintritt. Daher kam das Preisgeld. Ein Junge namens Tiger Gleeson sammelte das Geld ein und überreichte am Ende den Preis. Er war der Organisator.

Scrag Murphy war natürlich da. »Den Sieg haben wir schon in der Tasche«, prahlte er. »Mugger kann gar nicht verlieren. Ich habe ihm Spezialfutter gegeben. Er ist die beste Maus im ganzen Land, der putzt den Schnellen Sam weg wie nichts, ihr werdet schon sehen.«

Ich sagte nichts. Aber ich war sehr neugierig auf Mugger. Scrag Murphy hatte seine Maus in einer Kiste. Bis jetzt hatte sie noch niemand gesehen.

»Also«, sagte Tiger. »Holt eure Mäuse raus.« Ich setzte den Schnellen Sam auf die Rennbahn. Er sah sehr klein aus. Schnüffelte sofort überall herum. Hoffentlich lief er hier mit all den anderen Mäusen genauso schnell wie in unserem Hinterhof - er hatte noch keine Rennpraxis. Schon setzten die anderen ihre Mäuse auf die Bahn. Alle außer Scrag Murphy. Er hatte Mugger immer noch in seiner Kiste.

Scrag Murphy steckte die Hand in die Kiste und holte Mugger heraus. Es war die größte Maus, die ich je gesehen hatte! Sie war ungelogen zehnmal so groß wie der Schnelle Sam. »He«, sagte Pete. »Das ist keine Maus. Das ist eine Ratte. Du kannst hier keine Ratte laufen lassen. Das ist nicht fair.«

»Das ist keine Ratte«, sagte Scrag Murphy drohend. »Nur eine große Maus. Ich hab sie aufgepäppelt.« Ich sah sie mir noch mal näher an. Es war sehr wohl eine Ratte. Sie fing an, die Mäuse anzugreifen.

»Wir stimmen ab«, sagte Tiger. »Alle, die glauben, daß es eine Ratte ist, heben die Hand.« Er zählte.

»Fünfzig«, sagte er. »Und jetzt heben alle die Hand, die Mugger für eine Maus halten.« Er zählte wieder.

»Zweiundfünfzig. Mugger ist eine Maus.«

Scrag Murphy und seine Bande johlten. Er hatte alle seine Freunde mitgebracht. Es war eine ausgemachte Sache.

»Also«, sagte Tiger Gleeson. »Alles fertigmachen zum Rennen.«

8

Zehn Mäuse nahmen am Rennen teil – besser gesagt: neun Mäuse und eine Ratte. Zwei Ratten, wenn man Scrag Murphy dazuzählte. Alle Mäusebesitzer kramten ihre Fäden mit den Käsestückchen heraus. »Los!« rief Tiger Gleeson.

Mugger sprang geradewegs eine kleine Maus an, die neben ihm lief, und biß ihr den Nacken durch. Das arme Ding fiel auf den Rücken und regte sich nicht mehr. »Buh!« riefen einige aus der Menge.

Der Schnelle Sam setzte sich sofort an die Spitze. Er war sehr gut in Form. Dann holte Mugger auf. Fünf Runden lang war es ein Kopf-an-Kopf-Rennen. Einmal ging Mugger in Führung, dann der Schnelle Sam. Die ganze Scheune tobte. Die Zuschauer schrien sich die Kehle aus dem Hals vor Begeisterung.

In der sechsten Runde fiel Mugger zurück. Alle anderen Mäuse hatten mit dem Ausgang des Rennens nichts mehr zu tun. Sie waren von Mugger und dem Schnellen Sam zweimal überrundet worden. Aber Mugger konnte mit dem Schnellen Sam nicht mithalten; er war um eine Schwanzlänge zurück. Da sprang Mugger plötzlich auf Sams Schwanz und hielt ihn mit den Zähnen fest. Die Menge buhte. Sogar Scrag Murphys Freunde buhten.

Aber der Schnelle Sam lief weiter. Zögerte keinen Augenblick. Er schleifte die große Ratte einfach hinter sich her. Die überschlug sich und holperte hinter der kleinen Maus her. Mugger hielt fest bis zum bitteren Ende, aber den Schnellen Sam konnte er nicht bremsen. »Was für eine Maus!« riefen die Zuschauer begeistert, als der Schnelle Sam, Mugger im Schlepptau, die Ziellinie überquerte.

Scrag Murphy stürmte aus der Scheune. Mugger nahm er nicht einmal mit. Tiger überreichte mir die fünfzig Dollar. Dann hielt er den Schnellen Sam hoch. »Der Schnelle Sam ist Sieger«, sagte er. »Die einzige Maus der Welt mit Märchen-Unterhose.«

Tätowiert

1

»Sie ist auf dem Grund«, sagt Dad.

»Nein«, antworte ich. »Ich hab einen Fisch gefangen!«

»Der wäre zu groß«, sagt Dad. »Das kann kein Fisch sein. Du bist an irgendeinem Gewächs auf dem Grund hängengeblieben.«

Er irrt sich. Ich weiß, daß es ein Fisch ist, weil an der Angelschnur gezogen wird. Gewächse ziehen nicht an der Angelschnur.

Meine Angelrute krümmt sich, und die Schnur zischt heraus. Was es auch sein mag, eins weiß ich genau: Ich habe einen dicken Brocken am Haken!

»Du hast recht, es ist ein Fisch«, schreit Dad. »Ein großer. Der bringt sogar das Boot zum Schwanken. Gib mir die Angelrute, nicht daß sie dir aus der Hand rutscht!«

Das sagt Dad jedesmal. Kaum habe ich einen Fisch an der Angel, will er ihn aus dem Wasser ziehen. Er glaubt, ein Vierzehnjähriger schafft das nicht allein. Ich schüttle den Kopf und spule unbeirrt meine Schnur auf. »Hol den Haken!« rufe ich ihm zu. »Ans Boot bring ich ihn schon selber.«

Die nächste Stunde kämpfe ich mit meinem Fisch. Manchmal taucht er so blitzschnell ab, daß die Rolle kreischt wie eine Katze, die sich verbrannt hat. Manchmal habe ich ihn schon fast neben unserem Leihboot, dann macht er sich plötzlich wieder davon. »Hoffentlich ist es ein Schnapper«, sagt Dad. »Die schmecken gut.«

Zuletzt bleibe ich Sieger. Ich ziehe den Fisch dicht heran, und Dad wuchtet ihn mit dem Fischhaken über den Bootsrand. Ich muß von einem Ohr zum anderen grinsen, weil ich es geschafft habe.

»Ist nur ein Hai«, sagt Dad. »Ein kleiner Hai. Nichts zum Essen.« Er grinst kaum merklich. »Gut gemacht, Lukas!« sagt er. »Du bist mit ihm fertig geworden, aber trotzdem wirst du ihn wieder ins Wasser werfen müssen.«

»Auf keinen Fall!« sage ich. »Und ob man Hai essen kann! Hast du noch nie was von Hai-Ragout gehört?«

»Na gut«, sagt er, »aber du mußt ihn ausnehmen und saubermachen. Du hast ihn gefangen. Also machst du ihn sauber.« Damit geht er die Stufen zu der kleinen Kabine hinunter und läßt mich mit meinem Hai allein an Deck. Der Hai ist ungefähr einen Meter lang, und er schlägt immer noch um sich. Ich mache eine Dose Fanta auf und sehe beim Trinken dem Hai zu. Nach einer Weile hören seine Bewegungen auf. Er ist tot. Ich ziehe mein Messer heraus und mache einen langen Schlitz in den Fischbauch. Die Innereien und anderes Zeug werfe ich über Bord. Möwen schießen herab und kämpfen um die Leckerbissen.

Schließlich komme ich zum Magen des Haifisches. Mal sehen, was er gefressen hat. Es könnte mir einen Hinweis auf mögliche Köder geben. Ich werfe Fischköpfe und Muschelschalen ins Wasser. Aber plötzlich sehe ich noch was anderes. Ich nehme ein weißes, verschrumpeltes Ding in die Hand. Es sieht aus wie ein Würstchen. Sekundenlang starre ich es an. Der Verstand bleibt mir stehen. Ich kann es kaum fassen. Das Ding hat einen Fingernagel, das erkenne ich als erstes. Und einen Ring. Direkt unter dem Ring ist ein kleiner Bär tätowiert. Ein zorniger Bär.

Es ist tatsächlich ein Finger. Ich habe soeben den Finger eines Menschen aus dem Bauch des Haifisches gezogen.

2

Ich lasse einen gewaltigen Schrei los. Einen schrecklichen, angstvollen Schrei. Gleichzeitig reiße ich die Hände hoch und lasse den Finger los. Er dreht sich wie ein Rad in der Luft, dann klatscht er ins Wasser. Blitzschnell schießt eine Möwe herab und verschlingt ihn. Der Finger ist verschwunden.

Ich muß ihn dieser Möwe überlassen. Sie verschluckt den Finger mit einem Haps.

Dad kommt heraufgestürmt. »Was ist los?« schreit er. »Hat er dich gebissen?« Dad glaubt wirklich, der tote Hai hätte mich gebissen!

»Nein«, krächzte ich. »Ein Finger. In dem Hai drin. Der Finger von einem Menschen. Mit einem Ring und einem Bär.«

»Was redest du da, Junge?« sagt Dad. »Was für ein Finger?«

»Im Magen von dem Hai. Ich hab einen Finger gefunden. Mit einem kleinen Bild von einem Bär drauf. Und mit einem Ring. O nein! Igitt! Er war ganz verschrumpelt und scheußlich.« Ein Schauder läuft mir beim Erzählen über den Rücken.

Dad wird ein bißchen blaß. Er hat einen empfindlichen Magen. »Wo ist er?« fragt er zögernd. In Wirklichkeit will er den Finger gar nicht sehen, nur aus Pflichtgefühl fragt er danach.

Ich zeige zum leeren Himmel. »Eine Möwe hat ihn gefressen. Er ist mir ins Wasser gefallen, und eine Möwe hat ihn gefressen.«

Dad sieht mich eine ganze Weile an. Wortlos. Dann schaltet er den Motor an. »Wir müssen es der Polizei melden. Mit Angeln ist für heute wohl Feierabend.«

»Wie ist er da hingekommen?« überlege ich laut.

»Frag nicht«, sagt Dad. »Besser, man denkt gar nicht drüber nach.« Plötzlich verstummt er. Starrt meine Hand an. So eindringlich, als hätte er noch nie eine Hand gesehen. Sein Gesicht läuft rot an.

Er packt mein Handgelenk und schüttelt mich am Arm. »Was ist das?« brüllt er. »Was hast du gemacht, um Himmels willen?«

»Nichts«, sage ich. »Überhaupt nichts hab ich gemacht. Was regst du dich auf?« Nicht zu glauben, Dad ist auf einmal wütend wie ein gereizter Stier. Ich schaue meine Hand an, da begreife ich. Auf meinem rechten Handrükken ist ein kleines Bild. Die Tätowierung von einem Bär.

3

Wir starren beide auf den kleinen Bär. »Du dummer Kerl!« schreit Dad. »Du hast dich tätowieren lassen! Weißt du nicht, daß Tätowierungen nicht mehr abgehen? Die hast du das ganze Leben!« Er hastet zum Schrank und kommt mit einer riesigen Scheuerbürste zurück. Schrubbt so fest an meiner Hand herum, daß die Haut rot wird. Tränen steigen mir in die Augen. Dad hört auf und prüft noch mal meine Hand. Der kleine Bär ist immer noch da. Er sieht traurig aus. Ich bestimmt auch.

»Das kommt von dem Finger«, sage ich. »Von da aus muß das da auf meinen Finger gesprungen sein. Von dem Finger aus dem Haifischbauch.«

Dad sieht mich mit zusammengekniffenen Augen an. »Mach es nicht noch schlimmer, Junge«, sagt er zornig. »Und denk dir zu deiner Verrücktheit nicht noch Lügen über irgendeinen Finger aus! Es war kein Finger!« Er schüttelt den Kopf. »Das ist nun der Dank für alles, was ich für dich getan habe!« Er ist richtig wütend über die Tätowierung.

»Es war ein Finger!« brülle ich. »Es war einer, es war einer, es war einer!«

Dad wendet das Boot und steuert die Küste an. Der Angelausflug ist zu Ende. »Kein Wort mehr von einem Finger im Haifischmagen!« sagt Dad. »Du glaubst wohl, ich bin genauso verrückt wie du! Ich will nichts mehr hören von diesen Lügengeschichten!«

Jedes Wort ist zwecklos. Er will nichts davon hören, und ich nehme es ihm nicht mal übel. Ich kann es ja selbst kaum glauben. Wie kann eine Tätowierung von einem toten auf einen lebendigen Finger übergehen? Tätowierungen bewegen sich nicht. Ich lehne mich gegen die Reling und betrachte meinen kleinen Bär.

Und da fällt mir etwas auf. Der Bär sieht auf einmal anders aus. Zuerst, als ich ihn entdeckt hatte, stand er auf allen vieren. Jetzt hat er eine Tatze erhoben und zeigt damit aufs Meer hinaus. Ich drehe meine Hand so, daß die Tatze auf die Küste gerichtet ist. Der Bär dreht sich mit. Meine Tätowierung kann sich bewegen! Der Bär dreht sich so, daß er mit der Pfote wieder aufs Meer hinauszeigt.

Das tätowierte Bild ist lebendig, und es zeigt aufs Meer hinaus.

»Er hat sich bewegt!« sage ich zu Dad. Er schüttelt den Kopf. Will nichts hören. »Der Bär kann sich bewegen!« schreie ich. »Er zeigt aufs Meer hinaus!« Dad dreht den Motor voll auf und steuert - noch schneller als vorher - auf die Küste zu.

Prüfend sehe ich noch einmal meinen Bär an. Er scheint meinen Blick zu erwidern. Er will etwas. Er will, daß wir hinaus aufs Meer fahren.

»Fahr in die andere Richtung«, sage ich zu Dad. »Der tätowierte Bär will, daß wir weiter rausfahren!«

Dad schaltet den Motor ab, das Boot hält an. Er wirft mir einen durchdringenden Blick zu. Klar, er denkt, ich bin völlig verrückt geworden. Entweder das, oder er glaubt, ich bin der größte Lügner der Welt. »Komm her, Lukas«, sagt er. »Wir müssen uns mal in Ruhe unterhalten.« Und er geht die Stufen zur Kabine runter.

Schnell wie ein Blitz springe ich auf und schlage die Kabinentür zu. Ich schiebe den Riegel vor und sperre Dad ein. Er fängt an zu klopfen und zu schreien, aber ich lasse ihn nicht raus. Statt dessen setze ich das Boot in Gang und steuere es in die entgegengesetzte Richtung. Der Bär weiß es am besten. Ich werde dem Bär folgen.

4

Ich schiebe den Gashebel vor, und das Boot braust mit Höchstgeschwindigkeit dahin. Der Bär nickt mit seinem kleinen Kopf. Er findet, ich mache meine Sache gut. Ein netter, kleiner Bär, wirklich. Ich bin richtig froh, daß ich ihn habe.

»Laß mich raus!« schreit Dad.

Der Bär schüttelt den Kopf.

»Nein«, sage ich.

»Bleib in Sichtweite der Küste!« ruft Dad. »Wir verirren uns sonst.«

»Wir haben einen Kompaß«, sage ich. »Und den Bär. Der Bär weiß, wohin wir fahren.« Ich bin nicht ganz sicher, aber ich glaube ein Stöhnen aus der Kabine zu hören.

»Paß auf das Benzin auf!« schreit Dad. »Verbrauch um Himmels willen nicht mehr als die Hälfte, sonst kommen wir nicht mehr zurück!«

Da hat er recht. Ratsuchend sehe ich den Bär auf meinem Finger an. Er winkt mich immer noch weiter raus. Die See wird allmählich rauher, der Himmel verdüstert sich, aber wir fahren weiter. Weiter und weiter, bis wir den Küstenstreifen nicht mehr sehen können. Wind kommt auf, aber immer noch winkt mich mein Bär weiter. Die Sonne steht tief, Wolken jagen jetzt über den Himmel. Der Benzinanzeiger steht auf der Hälfte.

Da sehe ich es. Ein winziger Punkt am Horizont. »Ist es das?« frage ich die Tätowierung. Ich mag ihn gern, diesen kleinen Bär. Er ist ein gutes Gefühl, immer einen kleinen Helfer dabeizuhaben, wenn man ihn braucht.

Der Bär gibt mir ein Zeichen mit erhobener Pfote. Das ist es also. Deshalb sind wir hergefahren.

Der Punkt wird größer und größer, schließlich kann ich ein kleines Ruderboot erkennen. Sieht nicht so aus, als ob jemand an Bord ist. Von unten schreit und klopft Dad immer noch, aber ich achte nicht auf ihn. Ich drossele die Geschwindigkeit und halte neben dem Boot an. Es ist etwas drin. Ein Mann, der auf dem Boden liegt. Reglos liegt er da. Wirklich reglos.

5

Ich lasse Dad aus der Kabine. Ohne ein Wort stürzt er zum Bootsrand und schaut in das kleine Ruderboot. »Sieh nach, ob er noch lebt«, sagt er. »Ich hol Wasser.«

Ich steige in das Ruderboot um und sehe mir die bewußtlose Gestalt an. Sie ist nur mit einer ausgeblichenen kurzen Hose bekleidet. Eine Hand ist mit einem blutbefleckten Taschentuch umwickelt. Auf den ersten Blick erkenne ich, daß dem Mann ein Finger fehlt. Und noch etwas. Er ist über und über mit Tätowierungen bedeckt.

Kein Stückchen Haut ist ohne Tätowierung. Da gibt es zahnlos grinsende Totenschädel. Tiger im Urwald. Dolche, um die sich Schlangen winden. Ein großes Herz, in dem »Sophie« steht. Wassernixen und Adler. Selbst auf eine kahle Stelle am Kopf ist etwas tätowiert, ein Auge. Der Mann sieht gräßlich aus. Aber ob er noch lebt?

Ich strecke die Hand aus und will seinen Puls fühlen. Betaste seinen Hals. Und da passiert es. Ihr glaubt es vielleicht nicht, aber es passiert wirklich.

Die Tätowierungen verschieben sich langsam! Es ist so ähnlich, wie wenn man den Stöpsel aus der Badewanne zieht und beobachtet, wie das Wasser abläuft. Die Tätowierungen wirbeln und gleiten über die Haut des Mannes. Sie bewegen sich rasend schnell. Strömen alle zu derselben Stelle. Zu seinem Hals. Vom Hals aus rutschen sie weiter - und von dem Mann herunter. Wimmeln an meinem Arm hinauf und verteilen sich über meine Brust. Bevor ich blinzeln kann, hat mich das ganze Zeug bedeckt. Ich bin tätowiert. Und er, der Mann, hat reine, weiße Haut. Keine einzige Tätowierung mehr. Nicht eine.

Ich schreie auf und stürze kopfüber in das kleine Boot. Ein Zoo voller Tiere, Vögel, Gewächse und Gestalten bedeckt meinen Körper.

Dad kommt ins Boot und hält dem nicht mehr tätowierten Mann Wasser an die Lippen. Der Mann schluckt. Er lebt.

Die Rückfahrt ist ein einziger Alptraum. Der Mann ohne Tätowierungen liegt bewußtlos in der Kabine. Dad bringt den Motor auf Hochtouren. Ich sitze da und starre in den Spiegel. Mein Gesicht ist mit Tätowierungen vollgepflastert. Auch die Ohren, die Nase, die Wangen und sogar die Augenlider. Die Tätowierungen ziehen sich über meine Brust, den Rücken, die Arme und die Beine. Ich werfe einen heimlichen Blick in meine Unterhose, aber darunter sind Gott sei Dank keine Tätowierungen.

Schließlich sind wir an Land. Der Mann wird ins Krankenhaus gebracht.

Ich auch.

Die Ärzte können nichts für mich tun. Tätowierungen gehen nicht mehr ab. Keiner glaubt unsere Geschichte von dem Hai und den Tätowierungen. Die Ärzte sind alle der Meinung, Dad und ich sind entweder verrückt oder wir phantasieren. Besonders böse sind sie auf Dad, weil er seinem Sohn erlaubt hat, sich am ganzen Körper tätowieren zu lassen. Sie reden davon, daß sie mich Dad wegnehmen und in ein Heim stecken wollen.

Der Mann ohne Tätowierungen wacht nicht auf. Er liegt im Koma.

Endlich lassen sie Dad und mich gehen. Ich setze mich in mein Zimmer und tu mir schrecklich leid, das könnt ihr glauben. Ich reibe und schrubbe an mir herum, aber die Tätowierungen bleiben, wo sie sind. Das Herz, in dem »Sophie« steht, ist mitten auf meiner Stirn. Ich kann mir schon vorstellen, was meine Freundin Cheryl davon halten wird. Ich bin so niedergeschlagen, daß ich überhaupt nicht rausgehen will - niemand soll mich so sehen.

Der kleine Bär ist noch auf meinem Finger, obwohl er zwischen all den Tigern und Schlangen schwer zu erkennen ist. Er lächelt mir scheinbar zu. Den Bär würde ich sogar ganz gern behalten, aber all das andere Zeug nicht. Diese Tätowierungen haben mir das Leben verpatzt. Ich kann nicht zur Schule. Ich kriege nie eine richtige Stelle. Im Zirkus werde ich auftreten müssen, als Tätowierter. Mich hinstellen und von jedem anstarren lassen. Wie peinlich! Langsam laufen Tränen über die Wassernixen auf meinen Wangen.

6

Wochen vergehen, ich verlasse nicht das Haus. Sitze in meinem Zimmer und rede mit keinem Menschen. Ab und zu scheint mir der kleine Bär zuzuwinken. Er ist mein einziger Freund. Den Bär würde ich nicht gern verlieren, aber ich würde alles drum geben, damit ich die anderen Tätowierungen loswerde.

Dann, eines Tages, klopft es an der Tür. Es ist der Mann ohne Tätowierungen. Er ist wieder aus dem Koma erwacht. Dad bittet ihn herein und schiebt ihm einen Stuhl hin.

Der Mann bedankt sich bei uns, weil wir ihm das Leben gerettet haben. Er ist froh, daß wir ihn in dem kleinen Boot gefunden haben. Er war mit seinem Boot aufs offene Meer hinausgetrieben worden, und er wäre umgekommen, wenn mein kleiner Bär uns nicht die Stelle gezeigt hätte. Nach einer Weile höflichen Geplauders kommt der Mann ohne Tätowierungen zur Sache. »Sieh mal, Lukas«, sagt er, »du hast da verschiedenes, was mir gehört, und das möchte ich wiederhaben.«

Er meint die Tätowierungen. Es stellt sich heraus, daß er als Schausteller arbeitet. »Es sind die besten Tätowierungen der Welt«, sagt er. »Sie haben mich Tausende Dollars gekostet. Und die Qualen. Oh, diese Qualen. So eine Tätowierung tut scheußlich weh. Stundenlang habe ich mich zerstechen lassen. Und alles umsonst. Jetzt hast du sie. Die Tätowierungen haben sich einfach davongemacht und mich verlassen. Bis auf den Bär. Den hat sich ein Hai geschnappt, als ich meine Hand aus dem Boot habe hängen lassen.«

»Aber warum?« frage ich. »Warum sind sie fort?«

»Hast du dir schon mal überlegt«, sagt der Mann ohne Tätowierungen, »wie es Tätowierungen ergeht, wenn ihr Mensch stirbt? Sie haben gedacht, ich bin am Ende. Sie wollten von mir runter wie Ratten von einem sinkenden Schiff. Wollten nicht mit mir verschrumpeln. Da sind sie abgehauen und zu dir hin. Aber jetzt will ich sie wiederhaben.«

»Und wie?« will ich wissen. Mir fällt etwas Widerliches ein. Ich hab mal einen Mann gesehen, der einem Kaninchen die Haut abgezogen hat.

»Kann sein, sie kommen zu mir zurück«, sagt der Mann ohne Tätowierungen. »Immerhin herrscht bei dir ziemliches Gedrängel. Du bist nicht so groß wie ich, und die Tätowierungen haben nicht genug Platz.«

Da hat er recht.

»Streck deine Hand aus«, befiehlt er. Ich halte sie ihm hin, und wir schütteln uns die Hände wie alte Freunde. Nichts geschieht. Wir stehen da und halten uns eine ganze Weile an den Händen. Plötzlich fangen die Tätowierungen an, sich zu verschieben. Das ganze Zeug wackelt und ruckelt herum wie Lichtbilder, wenn sie auf einen Vorhang geworfen werden, der sich bewegt. Sie gleiten über meinen Arm zu ihrem Eigentümer hinüber.

Wir grinsen. Ich bin die Tätowierungen los, und der Mann hat sie wieder. Wie vorher ist sein ganzer Körper davon bedeckt. Die Tätowierungen haben mich verlassen und sind nach Hause zurückgekehrt.

Der Mann steht auf und geht zur Tür. »Warten Sie«, sagt Dad. »Gehen Sie noch nicht. Ich möchte mich überzeugen, daß nichts zurückgeblieben ist. Sie könnten vielleicht eine Tätowierung übersehen haben.« Dad sagt, ich soll mich ausziehen. Ich streife meine Sachen ab bis auf die Unterhose, und Dad sucht nach Tätowierungen. Er findet keine.

»Gut«, sagt er zu dem tätowierten Mann. »Jetzt können Sie gehen.«

Der Tätowierte streckt mir die Hand hin, aber ich schüttle sie nicht. Dad auch nicht. Wir verzichten auf das Händeschütteln und verabschieden uns nur mit Winken.

7

Damit ist die Geschichte beinahe zu Ende. Dad sucht mich noch einmal nach Tätowierungen ab, aber er findet nichts mehr. Zum Glück schaut er nicht hinten in meiner Unterhose nach.

Da könnte er nämlich meinen kleinen Bär entdecken.

Ein guter Tip für Geister

1

Dad suchte im Müll herum.

»Mann, ist das peinlich!« sagte Pete. »Ein Glück, daß uns hier keiner sieht.«

Ich warf einen Blick über die Müllkippe. Er hatte recht. Kein Mensch außer uns lud Abfall ab. Nur Dad, ich und mein Zwillingsbruder Pete waren hier. Der Mann auf der Planierraupe zählte nicht. Er war es vermutlich gewöhnt, daß Leute mit Abfällen zum Müllplatz kamen und dann Berge von Gerümpel mit nach Hause nahmen.

Es war eine riesige Halde mit einem großen, dreckigen Tümpel in der Mitte. Auf einem Pfahl mitten im Wasser steckte ein Ochsenschädel. Überall waren Fliegen, die summend auf den ekligen Müllbergen herumkrochen. Schwärme von Möwen folgten der Planierraupe auf der Suche nach angefaulten Leckerbissen.

»Diese Müllplätze auf dem Land sind phantastisch«, rief Dad. »Helft mir mal mit dem Ding hier!« Mühsam zerrte er an einem alten Kinderwagen. Ich sah mich um und stöhnte. Gerade war ein Auto aufgetaucht. Ein richtig protziges Auto. Ein Mercedes.

Wir waren gestern erst in Allansford angekommen. Es ist ein kleines Landstädtchen, in dem jeder über alles Bescheid weiß. Pete und ich sollten am nächsten Tag in der neuen Schule anfangen. Das letzte, was wir gebrauchen konnten, war, daß uns jemand auf der Müllkippe herumstöbern sah.

Ein Mann und ein Junge stiegen aus dem Mercedes. Sie hatten einen ordentlichen kleinen Müllsack dabei, den der Mann auf die Erde fallen ließ. Eine Wolke von Fliegen stieg auf. »Mach schon, daß wir hier wegkommen«, sagte der Mann zu dem Jungen. »Hier stinkt's.«

Der Junge war etwa in meinem Alter, aber er war doppelt so groß wie ich. Er hatte rotes Haar und sah aus wie ein Schlägertyp. Grinste übers ganze Gesicht und starrte unser Auto an. Der Rücksitz unserer alten Rakete war gerammelt voll mit Dads Fundstücken. Eine defekte Schreibmaschine, ein Baseballschläger, zwei zerbrochene Stühle, ein eingerissenes Bild einer grünen Dame, die auf einem Ast lag, und ein Fahrrad ohne Räder. Ich wurde rot. Dad konnte auf keine Müllkippe fahren, ohne die Hälfte von dem alten Zeug, das dort lag, mit nach Hause zu nehmen.

Ich sah wieder zu dem Rothaarigen hin. Er zeigte auf Dad und konnte sich kaum halten vor Lachen. »O nein!« stöhnte Pete. »Sieh nur, was er jetzt hat!«

Dad war zu der Planierraupe gelaufen, hatte die Hand erhoben und dem Fahrer ein Zeichen zum Anhalten gegeben. Jetzt grub er an einer Stelle vor der Planierraupe herum. Er hatte einen Arm entdeckt, der aus dem Müll ragte. Er sah wie ein menschlicher Arm aus, war aber keiner. Es war der Arm von einer dieser Puppen, die, mit Kleidern angezogen, ins Schaufenster gestellt werden. Dad keuchte und zog und zerrte, bis er das Ding befreit hatte. Dann stellte er sich hin und hielt es hoch, damit alle

Welt es sehen konnte. Eine weibliche Schaufensterpuppe ohne Kleider!

Sie hatte eine Perücke auf, aber sonst war sie splitterfasernackt. Ihr linker Arm deutete zum Himmel. Es sah aus, als stünde Dad mit einer nackten Frau da. Der Rothaarige und sein Vater lachten inzwischen alle beide. Der Junge beugte sich vor und hob etwas von der Erde auf. Dann stiegen sie in ihren Mercedes und verschwanden durch das Tor. Pete und ich ließen vor Scham die Köpfe hängen. Wir brachten es nicht fertig hinzusehen, als Dad die Schaufensterpuppe zum Auto schleppte. Inständig hoffte ich, daß der rothaarige Junge nicht in Allansford auf die Schule ging.

»Großartig!« verkündete Dad, während er die Schaufensterpuppe prüfend musterte. »Eure Mutter wird sich freuen. Sie kann die Puppe zum Schneidern gebrauchen.«

»Sag doch nicht so was!« rief Pete. »Du hast Mum versprochen, daß du keinen Schrott vom Müllplatz zurückbringst!«

Dad sah ein bißchen verlegen aus. »Das ist doch was anderes, Jungs! Das ist kein Schrott. Das ist wirklich was Wertvolles. Helft mir lieber, die Puppe im Auto unterzubringen.«

»Ich nicht«, sagte ich.

»Ich auch nicht«, fügte Pete hinzu. »Ich rühr sie nicht an. Sie hat ja nicht mal was an. Das gehört sich nicht.«

2

Hinten im Auto war kein Platz für die Puppe, also setzte Dad sie auf den Vordersitz. Er legte ihr den Sicherheitsgurt um, so daß sie nicht vornüberfallen konnte. Ihr erhobener Arm ragte durch ein Rostloch im Autodach.

»Und wo sollen wir sitzen?« fragte ich. »Hinten ist kein Platz.«

»Auf jeder Seite einer«, sagte Dad. »Wir sitzen alle vorn. Da ist massenhaft Platz.«

So fuhren wir also nach Hause. Schande über Schande! Autofahren auf der Landstraße, mit einer nackten Schaufensterpuppe zwischen uns! Wenn wir an jemandem vorbeifuhren, duckten wir uns jedesmal, um nicht gesehen zu werden. Dad lachte nur. Er fand das alles ganz normal. Er mußte nicht am nächsten Tag in eine neue Schule.

Da geschah es. Zuckendes Blaulicht. Eine Sirene. Eine laute Stimme, die sagte: »Fahren Sie an den rechten Straßenrand!«

Polizei.

Ein Uniformierter stieg von seinem Motorrad und kam langsam auf unser Auto zu. Er zog seine Handschuhe aus und rückte seine Schutzbrille zurecht. Dann beugte er sich durch das Fenster. »Was soll das hier, eine nackte Frau . . .?« begann er aufgebracht. Aber dann fing er an zu lachen. Er krümmte sich vor Lachen, hielt sich die Seiten und zeigte auf die Schaufensterpuppe. »Wir hatten eine Meldung, daß hier eine nackte Frau sei«, brachte er zwischen glucksendem Gelächter hervor. »Aber es ist nur eine Schaufensterpuppe!«

Ich dachte schon, er würde nie aufhören zu lachen, aber schließlich sagte er: »Woher haben Sie denn all das Zeug?«

»Von der Allansforder Müllhalde«, antwortete Dad.

»Die Einheimischen sagen ›Spukhalde‹ dazu«, grinste der Polizist. Anscheinend hatte er das Bedürfnis zu einem kleinen Schwatz. Wollte wahrscheinlich rauskriegen, ob Dad ein Spinner war oder nicht. Pete und ich saßen da und versuchten, uns unsichtbar zu machen. »Bei Dunkelheit geht da kein Mensch hin«, erzählte der Polizist. »Man sagt, der Geist von Old Man Chompers geht nachts auf dem Müllplatz um.«

»Old Man Chompers?« sagte Dad.

»Ja. Er war früher mal Aufseher dort. Man erzählt sich, daß er eines Tages seine beiden Enkelkinder bei sich auf der Müllkippe hatte. Die Kinder sind verschwunden und nie gefunden worden. Auf dem Gelände gab es damals einen Erdrutsch, und der ganze Plunder stürzte in ein großes Loch. Die Leute glauben, daß die Kinder von den Müllbergen verschüttet worden sind. Ihre Leichen sind nie gefunden worden, weil sich das Loch mit Wasser gefüllt und einen See gebildet hat. Old Man Chompers ist nicht lange danach gestorben. Leute haben erzählt, sie hätten ihn bei Nacht über die Müllkippe irren sehen. Er stochert im Schrott rum, dreht alles um. Er sucht nach seinen verschwundenen Enkelkindern, ächzt und stöhnt und ruft nach ›seinen Lieblingen‹.«

Mich schauderte, und ich sah Pete an. »Da geh ich nicht noch mal hin!« sagte ich.

»Gut so«, sagte der Polizist. »Ist ein gefährlicher Ort. Nichts für Kinder. Jedenfalls wird behauptet, daß Old Man Chompers die Kippe nicht verlassen kann, bis er seine Enkel findet. So lange muß er dort bleiben und seine einsamen nächtlichen Gänge über den Müllplatz machen. Könnte sein, er hält euch für die Richtigen, wenn er euch erwischt.« Und dann sagte er etwas, das mir die Knie schlottern ließ.

»Seine Enkelkinder waren Zwillinge. Und Old Man Chompers war ziemlich kurzsichtig. Könnte leicht sein, daß er euch beide versehentlich für seine Enkel hält.« Der Polizist sah uns tief in die Augen, dann wandte er sich ab, ging davon und lachte leise in sich hinein.

3

Am nächsten Tag gingen Pete und ich zum ersten Mal in Allansford in die Schule. Es war schlimmer als wir gedacht hatten. Der Rothaarige wartete mit seinen rauhbeinigen Kumpeln am Tor. »Da sind sie!« rief er schadenfroh. »Die Zwillinge vom Müllplatz!« Und lautstark fing er an, allen von unserem Vater und der Schaufensterpuppe zu erzählen. Pete und ich sahen uns hilflos an. Wir konnten die Geschichte nicht abstreiten. Es stimmte. Ich spürte, wie mir langsam Tränen in die Augen stiegen. Um sie zurückzudrängen, blinzelte ich ein paarmal heftig. Pete ging es genauso.

Schlimm genug, wenn man auf einer neuen Schule anfangen muß - selbst unter besten Voraussetzungen. Aber es ist einfach schrecklich, wenn man noch dazu etwas wie diese Müllplatzgeschichte ausbügeln muß. Zum Glück klingelte es bald, und wir mußten rein.

In der Pause war es noch schlimmer. »Ich bin hier der

Boß«, sagte der Rothaarige. Er hieß James Gribble. Er stieß Pete vor die Brust. »Wie heißt du, Kleiner?« fragte er grob.

»Pete.«

Ein verzerrtes Grinsen machte sich auf Gribbles Gesicht breit. »Der hier heißt Pete, also muß der andere Pete 2 sein«, sagte er und zeigte auf mich. »Pete 1 und Pete 2, die räudigen Zwillinge von der Müllkippe.« Alle fingen an zu lachen. Manche immerhin nicht sehr überzeugend. Ich ahnte, daß sie Gribble nicht besonders mochten, aber daß sie zu viel Angst vor ihm hatten, um etwas gegen ihn zu unternehmen.

Nachdem das Gelächter verebbt war, brachte Gribble einen Schuhkarton an, der an einem Ende ein kleines Loch hatte. »Ich bin hier der Boß«, sagte er. »Jeder Neue muß eine Mutprobe bei mir machen. Besteht ihr sie, seid ihr okay. Verweigert ihr sie, kriegt ihr jeden Tag Prügel von mir. So lange, bis ihr die Mutprobe macht.« Er reckte seine geballte Faust hoch. Die anderen drängten sich heran, damit ihnen nichts entging.

Der Schuhkarton hatte einen Deckel, der mit Schnur festgebunden war. Gribble schob mir den Karton in die Hand. »Hab gesehen, Pete 2, daß ihr euch besonders gern auf dem Müllplatz aufhaltet«, höhnte er. »Da hab ich euch gleich was mitgebracht. Einer von euch muß den Mut aufbringen, daß er die Hand hier reinsteckt und das geheimnisvolle Ding rausholt, das ich auf der Kippe gefunden habe.«

Pete und ich sahen das Loch im Schuhkarton an. Es war gerade groß genug, daß man eine Hand hineinstecken konnte.

»Los«, sagte Gribble. »Oder ihr kriegt eure erste Abreibung!«

Ich gebe zu, daß ich Angst hatte. In dem Karton war etwas von der Müllkippe. Es konnte alles sein. Eine tote Ratte. Oder schlimmer noch: eine lebendige Ratte. Oder vielleicht eine präparierte Mausefalle. Mir kamen die gräßlichsten Sachen in den Sinn. Ich wollte es nicht tun, aber dann merkte ich, wie mir einer zunickte. Ein Kleiner mit einem freundlichen Gesicht. Anscheinend wollte er mir mitteilen, daß es nichts Schlimmes war.

Abschätzend sah ich Gribble an. Ich habe oft gehört, daß man sich gegen brutale Typen zur Wehr setzen soll, wenn sie es auf einen abgesehen haben. Und daß sie einen in Ruhe lassen, wenn man es ihnen nur ordentlich gibt und ihnen weh tut. Und daß man von jedem respektiert wird und die ganze Sache ausgestanden ist, auch wenn man den Kampf verliert. Ich seufzte. Gribble war doppelt so groß und stark wie Pete und ich zusammen. Und seine Freunde sahen genauso aus. Die würden uns beide glatt als Wischlappen benutzen. So brutale Typen eine Lektion zu erteilen – das gab es nur im Fernsehen.

Langsam schob ich meine Hand in den Karton. Erst fühlte ich überhaupt nichts, aber dann stieß ich gegen etwas Festes, Schmieriges. Hatte ungefähr die Form eines Hufeisens. Mich schauderte. Es war widerlich. Ich spürte eine Reihe kleiner, spitzer Dinger und dann noch etwas, das sich genauso anfühlte. Zweimal das gleiche. Es erinnerte mich an eine zerbrochene Kaninchenfalle. Das fühlte sich hier an wie aus Plastik mit angetrocknetem Dreck drauf. Ich hatte nicht die leiseste Ahnung, was ich da in der Hand hielt.

Langsam zog ich die Hand aus dem Karton und sah hin: Ein altes, zerbrochenes Gebiß.

Es war angeschlagen, rissig und bräunlich vor Dreck. Es fühlte sich eklig an, aber ich lachte den anderen zu, die im Kreis um mich herumstanden. Pete grinste auch. Ich hatte die Mutprobe bestanden. Dachte ich jedenfalls.

»Gut, Pete Nummer 2«, sagte Gribble, und seine Stimme triefte vor Spott. »Den ersten Teil der Probe hast du bestanden.« Meine Hoffnung schwand. Pete ging es genauso. Ich hatte nicht erwartet, daß noch mehr dazugehören sollte.

Gribble schob sein Gesicht dicht an meins. Er hatte einen üblen Mundgeruch. »Und jetzt, ihr beiden«, knurrte er, »müßt ihr das Gebiß dort hinbringen, wo es herkommt. Zur Müllkippe.« Er machte eine Pause, dann ergänzte er: »Nachts.«

Pete und ich sahen einander an. Gänsehaut kroch uns über die Arme. Bevor wir etwas sagen konnten, kam Gribble schon zum nächsten Punkt. »Und um sicher zu sein, daß ihr wirklich geht, daß ihr nicht nur so tut, müßt ihr etwas mitbringen. Und zwar den Ochsenschädel, der in der Mitte vom Tümpel auf einem Pfahl steckt. Morgen früh. Den Ochsenschädel als Beweis.«

Für den Rest des Schultags grübelten Pete und ich hin und her. Wir konnten uns überhaupt nicht auf den Unterricht konzentrieren. In Mathe brachte ich nur zwei von zwanzig Aufgaben zustande. Pete vier von zwanzig. Der Lehrer muß die neuen Schüler für ganz schön blöd gehalten haben.

Am Nachmittag schob mir der Junge, der mir im Schulhof zugenickt hatte, einen Zettel hin, darauf stand:

Besser, ihr holt den Schädel. Gribble ist echt gemein. Er hat mich einen Monat lang jeden Tag geschlagen, bis ich seine bescheuerte Mutprobe bestanden hatte.

Euer Freund Troy.

Ich gab die Nachricht an Pete weiter. Er sagte nichts, aber er sah nicht sehr erfreut aus.

In ziemlich mieser Stimmung gingen wir nach dem Unterricht durch das Schultor. Gribble schrie hinter uns her: »Eine angenehme Nacht wünsche ich euch, *meine Lieblinge!*«

Keiner von uns beiden brachte an diesem Abend einen Bissen runter. Mum sah uns merkwürdig an, aber sie sagte nichts. Sie glaubte, wir seien nach dem ersten Tag auf der neuen Schule mit den Nerven fertig. Sie hatte recht. Aber nur zum Teil. Wir dachten auch an den Geist von Old Man Chompers und seine einsame Suche nach seinen verschwundenen Lieblingen. Ich sah Pete an, und er sah mich an – als sehe jeder von uns in einen Spiegel. Und dabei fiel mir wieder ein, daß die Enkelkinder von Old Chompers auch Zwillinge gewesen waren.

»Wir könnten morgen so tun, als wären wir krank«, sagte ich nach dem Tee zu Pete.

»Das haut nicht hin«, erwiderte er. »Mum läßt sich durch so was nie täuschen. Und früher oder später müssen wir ja doch wieder in die Schule.«

»Wir könnten es Dad sagen, dann . . .«

»Klar«, unterbrach mich Pete. »Er würde es den Lehrern erzählen, und alle in der Schule würden ›Feiglinge‹ hinter uns herrufen.«

»Und wenn wir das Gebiß einfach in den Mülleimer schmeißen und uns von woanders einen Ochsenschädel besorgen?« rief ich verzweifelt. »Gribble kriegt doch nie raus, daß wir in Wirklichkeit gar nicht auf dem Müllplatz waren.«

Pete sah mich an, als hätte ich nicht alle Tassen im Schrank. »Super«, sagte er, und seine Stimme hörte sich gereizt an. »Und wo willst du heute nacht einen Ochsenschädel herkriegen? Du weißt doch, daß es nicht einfach irgendein Ochsenkopf sein darf. Er muß weiße Hörner haben und fürchterliche Zähne. Nein, wir werden es schon tun müssen. Wir bringen das Gebiß zur Müllkippe und nehmen den Ochsenschädel mit. Ist ja eigentlich nichts, wovor man richtig Angst haben muß. Das mit den Geistern stimmt nicht. Es gibt keine Geister. Menschen bilden sich nur ein, Geister zu sehen, wenn sie Angst haben.«

Ich nickte wortlos. Die Angst war schon da. Und ich wollte mir nicht mal einbilden, daß ich einen Geist sah. Aber ich spürte, daß Pete recht hatte. Wir mußten gehen. Eine andere Möglichkeit blieb uns nicht.

4

In der Nacht, als Mum und Dad schlafen gegangen waren, schlüpften wir aus dem Fenster und machten uns auf den Weg zur Müllkippe. Wir trotteten über die staubige Landstraße, die sich zwischen mondbeschienenen Weiden hinzog. Pete hatte ein Seil mit einem Haken dabei, mit dem wir den Ochsenschädel von der Mitte des Tümpels zu uns heranziehen wollten. Ich hatte in einer Hand eine Taschenlampe und in der anderen das Gebiß. Es fühlte sich dreckig und widerwärtig an. Klar, ich war froh, es endlich loszuwerden.

Keine Seele war zu sehen. Grillen zirpten wie verrückt, und ab und zu schrie eine Eule. Kühe lagen reglos im trokkenen Gras auf der anderen Seite der Stacheldrahtzäune. Ich hatte wirklich Angst, aber aus irgendeinem Grund ging es mir plötzlich besser, als ich die Kühe sah. Keine Ahnung, warum, helfen konnten uns die Kühe nicht, falls etwas passieren sollte. Eine Kuh ist schließlich nur eine Kuh.

Je weiter wir uns von zu Hause entfernten, desto mehr zitterten mir die Knie. Bald glaubte ich, hinter jedem Schatten verbarg sich etwas Böses und Grauenvolles. Ich hatte das Gefühl, in meinem Magen kritzelte ein Frosch mit vier Bleistiften herum.

Die erste Schwierigkeit tauchte schon auf, als wir vor der Müllkippe standen. Sie war von einem hohen Drahtzaun umgeben, und obendrauf war Stacheldraht. Die Tore waren verschlossen. Ein leichter Wind wehte, und das Rascheln der Zettel, die am Zaun befestigt waren, hörte sich wie Seufzen an.

»Wie sollen wir reinkommen?« fragte ich Pete. Insgeheim hoffte ich, daß wir wieder nach Hause gehen müßten.

»Rüberklettern«, sagte er.

Wir warfen das Seil mit dem Haken hinüber und hangelten uns am Zaun hoch. Der Draht war nicht sehr fest gespannt, und er begann unter unserem Gewicht von einer Seite auf die andere zu schwanken. Schließlich stützten wir uns oben auf und versuchten, unsere Beine über den Stacheldraht zu schwingen. Da neigte sich plötzlich der ganze Zaun nach innen, und wir krachten auf die Erde. Dann schnellte der Zaun wieder zurück und mit ihm das Seil, das auf der anderen Seite hing.

»Au, aua . . . hat das weh getan«, rief ich. Ich fuhr mir über den schmerzenden Kopf.

»Still!« zischte Pete. »Du machst ja einen Lärm, daß Tote aufwachen!«

Bei seinen Worten lief mir ein Schauder über den Rükken. »Sag doch so was nicht!« zischelte ich zurück.

Pete sah am Zaun hoch. Wir waren gefangen. »Da kommen wir nie wieder rüber«, sagte er. Bestimmt dachte er dasselbe wie ich. Wie blöd waren wir nur? Was hatten wir mitten in der Nacht auf einer verlassenen Müllkippe zu schaffen? Es gab niemanden, der uns helfen könnte. Hier war doch keine Seele. Oder doch?

Nicht weit weg, hinter alten, rostigen Schrottautos, glaubte ich ein Geräusch zu hören. Pete starrte in dieselbe Richtung. Ich war vor Schreck wie gelähmt. Wollte davonlaufen, aber meine Beine funktionierten einfach nicht. Ich machte den Mund auf und wollte schreien, aber kein Laut kam heraus. Pete stand da wie angenagelt.

Da war ein raschelndes, tappendes Geräusch, es hörte sich an, als ob jemand im Abfall herumsuchte und dabei Sachen hin und her drehte. Jetzt kam es in unsere Richtung. Ich stand da und stellte mir vor, ich sei ein toter Baum oder ein Pfahl. Wenn doch der Mond verschwinden und nicht mein weißes Gesicht beleuchten würde! Das Tappen wurde lauter. Kam näher.

Dann sahen wir es. Oder ihn. Oder was immer es war.

Ein alter Mann mit verbeultem Hut. Er tastete mit einem krummen Stock über den Boden. Raschelte im Müll herum. Kam nur langsam vorwärts. Hinkte. Er ging gebückt und schien mit einer Hand seine alte, schmutzige Hose festzuhalten. Er kam auf uns zu. Mit unheimlich schlurfenden Schritten.

Pete und ich sahen ihn im selben Augenblick. Seine Füße berührten die Erde nicht. Er schwebte ungefähr dreißig Zentimeter über der Mülloberfläche!

Es war der Geist Old Man Chompers.

Im selben Moment schrien wir beide los: »Weg hier!«

Und wir rannten. Wühlten uns durch hüfthohen Abfall. Kletterten. Schrien. Stürzten. Wir achteten nicht auf die Scharen von Ratten, die lautlos vor uns auseinanderliefen. Wir spürten nicht die Kratzer, die wir uns an dem herumliegenden Schrott holten. Wir wagten uns nicht umzudrehen und einen Blick auf die gräßliche Erscheinung zu werfen, die hinkend hinter uns hersprang.

Endlich - wir hatten das Gefühl, die Lungen müßten uns platzen - krochen wir hinten in ein altes Auto hinein. Es hatte keine Türen und Fenster, wir kauerten uns dicht an den Boden, atmeten nicht, schauten nicht auf, erwarteten nicht mal was.

Warum waren wir an diesen fürchterlichen Ort gekommen? So was von blöd! Plötzlich schien der Gedanke an Gribble, den Ochsenschädel und das Gebiß albern. Lieber hätte ich gegen tausend Gribbles gekämpft, als hier zu sein.

Eingesperrt mit einem Geist auf einer Müllhalde!

Ich spürte Pete neben mir zittern. Und ich hörte eine fremde Stimme. Einen knarrenden, krächzenden Ruf.

»Meine Lieblinge . . . meine Lieblinge . . . meine Lieblinge . . . meine Lieblinge.«

5

Ich hatte es geahnt. Ich hatte es gewußt. Der Geist von Old Man Chompers hatte uns gesehen. Er hielt uns für seine verschwundenen Lieblinge. Für seine toten Enkel. Er wollte uns holen. Dann erst konnte er von diesem Müllplatz weg.

Ich dachte an Mum und Dad. Ich dachte an mein schönes, warmes Bett. Ich würde die Eltern nie wiedersehen. Nie würden sie erfahren, was mit uns geschehen war. Nie erfahren, daß wir im Labyrinth der Müllkippe von Allansford unser Ende gefunden hatten.

»Endlich, endlich . . . meine Lieblinge . . . endlich!« Die klagende Stimme war ganz nah. Er hatte uns entdeckt. Ohne ein Wort stürzten wir aus dem Auto hinaus. Wir flohen blindlings über den stinkenden Müllplatz, bis wir an den Tümpel kamen. An den tiefen Tümpel, auf dessen schwarzer Oberfläche ekelhaftes, fauliges Zeug schwamm.

Hinter uns her kam langsam hinkend und hüpfend die suchende Gestalt von Old Man Chompers. Wir waren zwischen ihm und dem Tümpel gefangen.

In panischer Angst sahen wir uns nach einer Fluchtmöglichkeit um. Links und rechts von uns ragten undeutlich Berge von Schrott und Gerümpel auf. Vor uns war der Tümpel und hinter uns . . . wir wagten keinen Blick zurück.

»Schnell!« schrie Pete. »Hilf mir!« Er zerrte an einer alten, verrosteten Badewanne. Schleifte sie zum Wasser hin.

»Die schwimmt nicht«, keuchte ich. »Sieh doch den Stöpsel! Da kommt Wasser rein. Die geht unter.«

Pete bückte sich und kratzte einen Klumpen feuchter Erde vom Rande des Tümpels. Er stopfte das Zeug ins Abflußloch der Badewanne. »Los!« rief er hastig. »Beeil dich!«

Die Badewanne war schwer, aber der Schrecken gab uns ungeahnte Kräfte. Wir schoben die Wanne in das trübe Wasser. Dann kletterten wir hinein. Gerade rechtzeitig. Die Wanne schaukelte gefährlich von einer Seite auf die andere, aber sie schwamm langsam vor dem näherkommenden Gespenst davon.

Angestrengt paddelten wir mit den Händen, bis die Badewanne in der Mitte des Tümpels war. Da hielten wir an und sahen uns nach Old Chompers um. Er hinkte zum Rand des Gewässers. Torkelte weiter, uns entgegen. Er ging auf dem Wasser! Mit ausgestreckten Händen. »Meine Lieblinge«, stöhnte er. »Meine lang vermißten Lieblinge.« Pete und ich klammerten uns mit steifgefrorenen Fingern an den Rand der Badewanne.

Der Mond verschwand, und ringsum wurde alles schwarz.

Plötzlich machte es »plopp«. Der Stöpsel aus Erde schoß in die Luft, gefolgt von einem Wasserstrahl. Braune Nässe strömte in die Badewanne. Wir sanken. Und schon lagen wir in dem dreckigen Wasser und schwammen. Wir steuerten auf das Ufer zu, spritzend, schreiend, strampelnd. Pete war ein besserer Schwimmer als ich. Er verschwand in der Finsternis.

Mein Pullover saugte sich voll und zog mich immer tiefer ins Wasser. Ich ging unter. Tauchte wieder auf und spuckte die klumpige braune Brühe aus. Wenn ich nicht schnell etwas zum Festhalten fände, würde ich ertrinken. Die Badewanne war weg.

Da stieß meine Hand gegen etwas. Ein Pfahl mit was dran. Ich packte ihn und stieß mich damit in Richtung Ufer. Sobald ich Grund unter den Füßen spürte, erkannte ich, daß der Pfahl Hörner hatte. Dann sah ich auch ein Gesicht. Ein starres, totes Gesicht mit scharfen Zähnen. Es war der scheußliche, boshaft grinsende Ochsenschädel.

Ich schrie auf und schleppte mich ans Ufer, wo Pete lag.

Wir waren naß bis auf die Haut, durchgefroren und erschöpft. So sehr, daß wir wie zwei nasse Säcke am Boden lagen.

Der Geist von Old Man Chompers glitt mit ausgestreckten Armen über das Wasser. Sein Gesicht war runzlig wie ein hart und kalt gewordener Pudding. Und sein Mund war wie ein schwarzes Loch, das ein fehlgeschlagener Golfball in einen Pudding gebohrt hat. Old Man Chompers kicherte, als er mich sah.

In der linken Hand hatte ich immer noch das Gebiß. Die ganze Zeit hatte ich es beim Laufen festgehalten. Eine andere Waffe hatte ich nicht, also streckte ich die Hand mit dem Gebiß aus. Meine Finger zitterten so, daß die falschen Zähne gegeneinander klapperten.

Ich schrie wie am Spieß, als der Geist von Old Man Chompers auf mich zusprang. Ich schrie und versuchte, ihn mit dem Gebiß wegzustoßen.

Da riß er mir die falschen Zähne aus den zitternden Fingern und schob sie sich in den Mund. »Endlich habe ich sie gefunden!« sagte er. »Meine Lieblinge.« Genüßlich klappte er den Mund auf und zu und machte dabei ein schnalzendes Geräusch.

Nach einer Weile zog er einen Geisterapfel aus der Tasche und biß hinein. »Herrlich!« sagte er gackernd. »Herrlich! Ihr könnt euch nicht vorstellen, was das für ein Leben war ohne meine Lieblinge ... ich schulde euch einen großen Gefallen dafür, daß ihr mir mein Gebiß wiedergebracht habt.«

Wir lagen da und starrten den grinsenden Geist an. Er schien plötzlich gar nicht mehr so zum Fürchten. Pete fand zuerst seine Stimme wieder. »Du meinst«, sagte er, »deine Lieblinge sind deine falschen Zähne? Nicht deine vermißten Enkel?«

Der Geist gackerte und kicherte noch lauter. »Die!« grollte er. »Diese Bälger! Wofür brauch ich denn die? Hab ihnen ausdrücklich gesagt, daß sie hier nicht spielen dürfen. Hab ihnen erklärt, daß es gefährlich ist. Nein, nein, das hier hab ich gesucht.« Wieder schnalzte er mit den Lippen und bleckte das bräunliche, gesprungene Gebiß. »Ohne das konnt ich hier nicht weg. Hab schon jahrelang danach gesucht. Jetzt kann ich gehn. Jetzt kann ich weg von dieser gammeligen Müllhalde und zu den andern.« Und während er so sprach, verblaßte seine Gestalt allmählich. Ich ahnte, daß wir ihn nie wiedersehen würden.

»Warte mal«, schrie Pete. »Geh nicht weg. Komm zurück!«

Chompers hielt inne und sah Pete an. »Was ist los?« sagte er. »Was wollt ihr?« Er hatte es eilig, das sah ich. Er wollte keine Minute länger als unbedingt nötig auf dem Müllplatz herumhängen.

Pete sah dem Geist direkt in die Augen. »Du hast gesagt, du schuldest uns einen großen Gefallen dafür, daß wir deine Zähne wiedergebracht haben. Also, dann wollen wir unsere Bezahlung. Wir wollen einen Gefallen von dir, bevor du gehst.«

»Gut«, sagte Old Chompers und lächelte mit seinen angeschlagenen Zähnen. »Was ist es?«

6

Old Man Chompers war nicht der einzige, der möglichst schnell hier weg wollte. Er zeigte uns ein Loch im Zaun, und wir rannten, so schnell wir konnten, über die Landstraße zurück. Als wir wieder in Allansford waren, kletterten wir auf einen ganz bestimmten Baum und schauten durch ein ganz bestimmtes Fenster.

Gribble lag tief schlafend in seinem Bett. Ein breites Lächeln zog sich über sein Gesicht. Er war mit dem Gedanken eingeschlafen, wie klug er es doch angefangen hatte, diese dämlichen Zwillinge mitten in der Nacht auf die Müllkippe zu schicken.

Plötzlich erwachte er von einem Geräusch. Ein tastendes Geräusch wie von jemandem, der am Stock ging. Es kam auf sein Fenster zu. Dann hörte er eine krächzende Stimme. »Mein Liebling«, sagte die Stimme. »Endlich habe ich meinen Liebling gefunden.«

Gribble war entsetzt. Er wollte schreien, aber kein Laut kam aus seinem Mund.

Eine gräßliche Gestalt drang durch die Wand. Sie hatte ein Gesicht, das runzlig wie ein hart und kalt gewordener Pudding war. Der Mund darin war wie ein schwarzes Loch, das ein fehlgeschlagener Golfball in den Pudding gebohrt hatte. Und in diesem schwarzen Loch saß ein altes, angebrochenes Gebiß.

Der Geist kicherte vor sich hin und hielt dabei den widerlichen Ochsenschädel über Gribbles Kopf. »Das wolltest du, glaube ich, haben«, sagte er, während er den Schädel auf Gribbles Gesicht fallen ließ.

»Das war von Pete 1«, krächzte er. »Und das« - er hob den Schädel noch einmal hoch und ließ ihn wieder fallen - »ist von Pete 2!«

Das zweite Mal spürte Gribble nichts mehr von dem Ochsenschädel. Er sah auch nicht, wie sich der Geist in nichts auflöste. Er war in Ohnmacht gefallen.

Doch am nächsten Tag war James Gribble sehr freundlich zu mir und Pete. Ein höflicherer Junge ist mir nie begegnet. Und noch was kann ich hier mitteilen, er hat nie mehr ein Wort davon gesagt, daß er der Boß ist.

Tiefgefroren

1

»Wo soll ich sie hintun?« fragte Old Jack Thaw mit knarrender Stimme.

Ich sah mir die Maus an. Ihr gefrorener Schwanz klebte wie ein Bogen hinten an ihrem Körper. Eins der gefrorenen Beinchen hatte sie erhoben, als wolle sie damit die Luft prüfen. Ihre gefrorenen Augen sahen starr geradeaus.

Jack Thaw war nie zur Schule gegangen, er konnte nicht besonders gut lesen und schreiben. Deshalb brauchte er mich. Ich ging auf dem Nachhauseweg von der Schule immer kurz bei ihm rein.

»Maus fängt mit M an«, sagte ich. »Das kommt zwischen L und N. Du hast also den Laubenvogel auf der einen Seite und den Nasenbeutler auf der anderen.« Ich deutete auf eine Lücke zwischen den kleinen Eisblöcken.

Ein Grinsen machte sich über Jacks zerknittertem Gesicht breit. Sein zahnloser Kiefer kam zum Vorschein, weil er vergessen hatte, sein Gebiß einzusetzen. Er nahm den Eisblock mit dem Laubenvogel und schob ihn ein Stück nach links. Dann stellte er die eingefrorene Maus auf ihren Platz auf dem Regal. Sie schien uns aus ihrem eisigen Gefängnis anzustarren.

Wir ließen unsere Blicke über die Sammlung eingefrorener Kleintiere schweifen. Vögel, Spinnen, Fledermäuse, Ratten, Grashüpfer, Goannaechsen, Flöhe, Fliegen. Alles, was klein und tot war, wurde bestimmt und in die Sammlung aufgenommen. An den Wänden des Gefrierraums standen ringsum Regale. Auf den Regalbrettern waren Hunderte von kleinen Eisblöcken - jeder mit einem eingefrorenen Tier in der Mitte.

Früher mal war das Gebäude eine Eisfabrik gewesen. Und Jack Thaw der Eismann. Er hat mit einem alten Lastwagen Eisblöcke zu den Leuten gebracht. Aber mit der Zeit brauchten die Leute kein Eis zum Kühlen mehr. Sie verkauften ihre Truhen, in denen sie das Eis aufbewahrt hatten, und kauften sich dafür Kühlschränke. Schließlich wollte überhaupt keiner mehr Eisblöcke haben.

Da hatte Jack zu arbeiten aufgehört und mit seiner Sammlung angefangen. Immer, wenn er ein kleines, totes Tier fand, nahm er es mit in die alte Eisfabrik und fror es in einem Eisblock ein. Dann stellte er es auf ein Regalbrett in seinem riesigen Gefrierraum. Der Raum war so groß, daß man mit einem Lastwagen hineinfahren konnte.

Ein Kälteschauer lief mir über den Rücken. »Komm, wir gehen raus«, sagte ich. »Ich friere.«

Wir gingen aus dem Gefrierraum in die Fabrik. Jack schlug die massiven Türen zu. Dann deutete er auf den Verband an meinem Finger. »Hast du dir weh getan?« fragte er.

Ich nickte und nahm den fleckigen Verband ab. Mein Finger blutete aus einem tiefen Riß. »Stacheldraht«, sagte ich. »Ich bin am Stacheldraht von Gravels Zaun hängengeblieben.«

Jack führte mich zu einem riesigen Stahlfaß auf Rädern.

Es war mit Salzwasser gefüllt. Sonst ließ mich Jack nie in die Nähe dieses Fasses. Damit hatte es etwas Besonderes auf sich. Um die Tiere einzufrieren, nahm Jack Leitungswasser. Einmal - Jack hatte nicht geahnt, daß ich da war - hatte ich gesehen, wie er einen Schluck von dem Salzwasser trank.

Jack stieg an dem Faß hoch und schöpfte ein Glas Wasser. Er hielt es mir hin. »Steck deinen Finger hier rein«, sagte er.

Ohne ein Wort tauchte ich meinen blutenden Finger in das Glas.

Als ich ihn wieder herauszog, hatte er zu bluten aufgehört.

Jack grinste. »Wunderbares Mittel, dieses Salzwasser«, sagte er. Dann drohte er mir mit seiner knotigen, alten Hand. »Daß du ja keinem was davon sagst!« krächzte er. »Auch nichts von meiner Sammlung.«

»Keine Angst«, sagte ich seufzend. »Ich hab's dir schon tausendmal gesagt. Ich kann ganz gut ein Geheimnis für mich behalten. Kein Mensch erfährt was von deinem gefrorenen Zoo. Nicht mal meine Mutter.«

In der Schule behaupteten manche, Jack sei zweihundert Jahre alt. Sie fürchteten sich vor ihm. Ich war der einzige, den er je in seine Eisfabrik gelassen hat.

Ich ging zur Tür.

»Komm morgen wieder«, sagte Jack. »Ich fahre an die Küste. Vielleicht finde ich einen toten Fisch. Du mußt mir zeigen, wo er hin soll.« Er war schon ein komischer Kauz. Seine Gedanken drehten sich ausschließlich um seine kostbare Sammlung. Aber er hatte ein goldenes Herz. Und er war ein guter Kumpel.

Ich winkte ihm zu. »Bis dann«, sagte ich. »Ich muß jetzt los. Hab mich nicht mal von Jingle Bells verabschiedet. Bin einfach weg, als ich mir den Finger aufgerissen habe.«

2

Jingle Bells war eine Kuh. Ihr fragt euch vielleicht, was eine Kuh mitten in der Stadt macht. Nun, das war eine traurige Sache. Die arme alte Jingle Bells war in einen Stall gesperrt. Im Schatten der Hochhäuser. Zwischen Fabriken und Autobahnen. In die schmutzige, stinkende Großstadt gezwängt. Von Smog eingehüllt. Wie wir.

Nur, für eine Kuh war das noch viel schlimmer.

Jingle Bells hatte nie auf einer Wiese gegrast. War nie auf eine Blume getreten. Hatte nie ein Fetzchen Himmel gesehen. Sie war eine Gefangene in Gravels Stall. Er war ein ganz gemeiner Kerl.

Während der letzten zwei Wochen hatte sie jeden Tag gebrüllt. Ein trauriges, langgezogenes Muhen. Ununterbrochen.

Jack hatte gemeint, das hinge mit dem Frühling zusammen. »Es ist der Geruch nach Land«, hatte er gesagt. »Zwischen den Abgasen und der schlechten Luft kommt mit dem Wind ein bißchen Blütenstaub vom Land her. Weht durch eine Ritze in den dunklen Stall. Fliegt über den betonierten Boden. Kitzelt Jingle Bells in den Nüstern. Und da riecht sie den Blütenstaub - die kleine Botschaft vom offenen Land. Die Botschaft sagt ihr, daß weit weg andere Kühe sind. Sie erzählt von sanften Winden und von Blüten an den Bäumen, die die Äste so weit niederbeugen, bis sie den kühlen Klee berühren. Jingle Bells muht nach dem Mond und den Sternen und nach dem Tau der kühlen, stillen Nächte.«

Möglich, daß Jack nicht lesen konnte. Aber ganz gewiß konnte er gut mit Worten umgehen. Jedesmal, wenn ich nach dieser Beschreibung von Jack an Jingle Bells dachte, kamen mir die Tränen.

Etwas mußte geschehen. Es war nicht richtig, eine Kuh ständig in einem schmuddeligen Stall eingesperrt zu halten.

Jack Thaw war mein bester Freund und Jingle Bells meine beste Freundin. Dabei hatte sie mich noch nie gesehen. Nur immer meine Stimme gehört. Und in mein Auge geschaut.

Jeden Tag nach der Schule schlich ich durch das Gäßchen auf der Rückseite von Gravels Haus und stieg über den Zaun. Dann huschte ich zum Kuhstall und blinzelte durch einen Spalt in den Latten. Jingle Bells sah mich durch den Spalt an, und ich sah sie an. So standen wir immer eine Ewigkeit – Auge in Auge. Ohne uns zu rühren.

Man kann eine Menge erfahren, wenn man einer Kuh ins Auge sieht. Ich konnte sehen, daß Jingle Bells rauswollte. Daß sie davonlaufen wollte. Ich spürte, daß sie sich nach dem Sonnenschein sehnte. Ich spürte, daß sie Gravel haßte, der sie in dieses dunkle Loch gesperrt hatte.

Jeden Abend, bevor ich sie verließ, steckte ich ihr ein kleines Büschel frisches Gras durch den Spalt. Alles, was Gravel ihr gab, war Heu und trockener, alter Häcksel. Wenn Jingle Bells das Gras sah, ließ sie immer ein kurzes, erfreutes Muhen hören, sechsmal hintereinander. Das klang ein bißchen wie die ersten Takte des Liedes ›Jingle

Bells‹. Deshalb habe ich sie nach dem Weihnachtslied genannt.

Gravel nannte sie einfach »die Kuh«. Immer, wenn er sich in der Nähe des Stalls zu schaffen machte, konnte man Jingle Bells' langes, trauriges Muhen durch den Lärm der Autohupen und der kreischenden Bremsen hören.

3

An dem Tag jedenfalls, als alles anfing, sah ich etwas besonders Trauriges. Ich spähte durch die Ritze und sah, wie sich Jingle Bells mit ihrem Seil abmühte. Sie zog und zerrte. Wollte zu einem winzigen kleinen Sonnenfleck, der durch ein Loch im Dach gedrungen war. Er war nur etwa so groß wie eine Zwanzig-Cent-Münze, aber Jingle Bells wollte so gern in diesem Fleckchen stehen. Stellt euch das vor. Das arme Tier wollte nichts weiter, als in einem winzigen Fleck Sonnenschein stehen.

Ich legte den Kopf zurück und stieß einen Wutschrei aus. Dann drehte ich mich um und rannte los. Kletterte über Gravels Zaun. Raste durch das Gäßchen. Lief über die Straße zu den Hochhäusern, wo wir wohnten. Meine Lungen brannten wie Feuer, aber nichts konnte mich zurückhalten.

Der Aufzug schien eine Ewigkeit zu brauchen, aber schließlich erreichte ich den fünfzehnten Stock. Nummer 20 war unsere Wohnung. Ich hämmerte gegen die Tür, bis Mum endlich aufmachte. »Warum denn so stürmisch?« fragte sie.

»Der Hammer«, keuchte ich. »Wo ist der Hammer?«

»Unter der Spüle«, antwortete Mum.

Ohne noch ein Wort zu verlieren, rannte ich in die Küche und schnappte mir unseren Tischlerhammer. »Bin gleich zurück«, schrie ich. So schnell ich konnte, sprintete ich wieder zum Kuhstall.

Von Gravel war keine Spur zu sehen. Drinnen brüllte Jingle Bells noch immer ihr langgezogenes, trauriges Muhen und strebte angestrengt dem schmalen Streifen Sonnenlicht zu. »Keine Sorge, altes Mädchen«, sagte ich. »Gleich kommst du zu deinem Vergnügen.«

Ich kletterte oben auf den Stall und fing mit dem Kombi-Tischlerhammer an, die Nägel aus dem Dach zu ziehen. Es war ein schweres Stück Arbeit, aber nach einer halben Stunde etwa hatte ich die meisten Nägel aus einem der Wellblechteile entfernt.

Noch immer keine Spur von Gravel.

Schließlich war es geschafft. Ich hatte ein großes Stück Wellblech gelöst. Ich riß es vom Dach und schleuderte es in den kleinen Garten hinunter. In den Kuhstall strömte Sonnenschein. Eimerweise Sonne. Badewannen voll Sonne. Ein gewaltiger Wasserfall aus Licht. Es stürzte und flutete in den Stall hinein. Übergoß Jingle Bells mit seiner wohltuenden Wärme. Sie hob den Kopf und muhte kurz und vergnügt, sechsmal hintereinander. Dann noch sechsmal und noch mal und noch mal. Zum ersten Mal in ihrem Leben spürte sie das lebenspendende Geschenk der warmen Sonne.

Ich lag vielleicht eine Stunde da oben auf dem Dach. Vielleicht zwei. Genau kann ich das nicht sagen. Ich sah auf Jingle Bells hinunter, während sie sich sonnte. Sie legte sich auf den Boden und käute wider. Wahrscheinlich stellte sie sich vor, daß sie in einem kleinen Wiesental graste. Ich sah ihr an, daß sie glücklich war.

Aber da – Jingle Bells' Sonnenfleck hatte angefangen, an den Wänden emporzukriechen – spürte ich einen eisernen Griff um mein Fußgelenk. Ich wurde rücksichtslos nach hinten gezerrt. Mein Bauch scheuerte über das heiße Dach. Meine Nase holperte über das Wellblech. »Hilfe!« schrie ich. »Aufhören! Aufhören!« Jemand, der unten stand, zog mich vom Dach. Ich versuchte, mich mit den Fingern festzuhalten, aber ich fand nirgends Halt.

Plötzlich flog ich durch die Luft. Ein, zwei Sekunden schien ich zu schweben, dann stürzte ich ab. Ich knallte auf den Kies neben dem Stall. Die Luft blieb mir weg, ich konnte nicht atmen.

Aber sehen konnte ich. Und es gefiel mir gar nicht, was ich sah. Gravel starrte auf mich herunter, Wut im Gesicht. Seine große rote Nase sah unförmig aus. Sein künstliches Gebiß schien ein Eigenleben zu führen. Es klapperte und sprang vor und zurück, während er mich anbrüllte: »Du Vandale! Du . . . du Rowdy! Was denkst du dir eigentlich, meinen Stall zu zertrümmern, he?«

»Jingle Bells«, stieß ich hervor. »Sonne . . . ich wollte Sonne zu ihr reinlassen.«

Einen Augenblick stand er da und klappte den Mund auf und zu wie ein Goldfisch. »Für eine Kuh hast du das Dach von meinem Stall abgerissen? Für eine elende, alte Kuh, die nicht mal Milch gibt?«

»Es ist gemein«, schrie ich. »Gemein ist das, Jingle Bells im Dunkeln einzusperren!«

»Ich werd dir zeigen, was gemein ist«, rief er, und seine Stimme schnappte über. Er hob ein altes Seilende auf und drosch damit auf meine Beine ein. Ich robbte aus seiner Reichweite und kletterte über den Zaun, bevor er mich noch mal erwischen konnte. Ich rannte durch das Gäßchen. Hinter mir hörte ich noch Gravels boshafte Worte: »Lang sehnt sich die Kuh nicht mehr nach Sonne! Morgen kommt sie in die Abdeckerei!« Seine Stimme schwoll zu einem gellenden Gelächter an.

4

Die Abdeckerei. Die Leimfabrik. Er wollte Jingle Bells umbringen lassen. Und alles wegen mir. Es war meine Schuld. Ich fing an zu weinen, während ich nach Hause lief. Salzige Tränen rannen mir über das Gesicht und in den Mund.

Ich mußte Jingle Bells retten.

Am Abend machte ich Pläne. Ich sah aus dem Fenster meines Zimmers auf die nächtlichen Lichter der Stadt. Die Ölraffinerie war erleuchtet wie ein Märchenland. Näher zu uns hin konnte ich die West Gate Brücke erkennen, die sich über den Yarra wölbt. Die Brücke in die Freiheit. Die Straße ins offene Land hinaus.

Ich stellte meinen Radiowecker auf Mitternacht. So würde ich jede Menge Zeit haben, Jingle Bells durch die Stadt und über die West Gate Brücke zu bringen. Wir würden die Hauptstraße hinter uns haben, bevor der Verkehr einsetzte.

Als ich die Hand ausstreckte und das Licht ausknipsen wollte, fiel mir auf, daß mein verletzter Finger wieder einwandfrei aussah. Keine Spur mehr von dem Riß. Er war völlig geheilt.

Bald war ich eingeschlafen. Unruhig warf ich mich von einer Seite auf die andere. Träumte von einer Geisterkuh, die durch den Nebel nach mir brüllte und brüllte und brüllte.

In dieser Nacht gab es einen Stromausfall. Während ich schlief, gingen in der Stadt die Lichter aus. Und mein Radiowecker blieb stehen.

Mum weckte mich wie gewöhnlich - um sieben Uhr dreißig. »Los, los«, sagte sie, »du kommst zu spät zur Schule.«

Ich sah zum Fenster. Heller Sonnenschein fiel herein. »O nein!« schrie ich auf. »Der Lastwagen ist womöglich schon auf dem Weg zur Abdeckerei!«

»Was redest du da?« sagte Mum.

»Nichts«, sagte ich. »Nichts. Frühstücken will ich nicht.« Ich zog mich an, hetzte davon, sagte nicht mal »Tschüs«.

Ich schlich um die Rückseite von Gravels Haus. Hoffentlich war er noch im Bett!

Die Stalltür war verschlossen. Aber ich hatte Glück, mein Tischlerhammer lag noch dort, wo er gestern hingefallen war. Ich zertrümmerte das Schloß und ging in den dunklen Stall. Jingle Bells ließ sechsmal ein kleines, freudiges Muhen hören, als sie mich sah.

»Pst!« zischte ich und hielt den Finger über die Lippen. Jingle Bells verstand nichts. Sie freute sich, mich zu sehen, und muhte weiter.

»Sei doch still!« sagte ich unterdrückt. »Gravel hört dich. Oder willst du in der Leimfabrik enden?« Ich nahm das Seil, das um Jingle Bells' Hals hing, und dirigierte sie aus dem Stall in den hinteren Hof. Der einzige Weg, der hinausführte, war ein Trampelpfad seitlich am Haus. Er ging am

Vorgarten vorbei zur Straße. Leise schoben wir uns auf dem schmalen Weg vorwärts. Und ausgerechnet, als wir unter einem niedrigen Fenster waren, stieß Jingle Bells ein dröhnendes Gebrüll aus. Ein so gewaltiges Muhen, daß einem der Verstand stehenblieb.

5

Es hatte keinen Zweck mehr, leise zu sein. »Lauf weg!« schrie ich.

Aber Jingle Bells hatte keine Lust. Sie blinzelte in die Sonne. Noch nie war sie draußen gewesen. Sie betrachtete die Straße und die Autos. Dann sah sie etwas, das sie auf der Stelle in Trab brachte. Gravels aufgedunsenes, fleckiges Gesicht. Es sah aus wie das Gesicht des Teufels. Jingle Bells warf ihm nur einen einzigen Blick zu, dann lief sie aus dem Gartentor und die Straße hinunter. Sie hatte richtig Angst. Ihr Euter schwankte beim Laufen von einer Seite auf die andere. Sah aus wie ein Gummihandschuh, der bis obenhin mit Wasser gefüllt war.

Kühe können schnell laufen, wenn sie wollen. Jingle Bells verschwand die Straße hinunter. Aus den Augenwinkeln sah ich, daß Gravel zu seinem Auto stürzte.

Jingle Bells kam an eine Kreuzung. »Nach rechts!« schrie ich. »Lauf zur West Gate Brücke!« Jingle Bells lief nach links und steuerte auf der Hauptstraße in Richtung Innenstadt. Ich versuchte sie einzuholen, aber sie war zu schnell. Sie wackelte die Straße hinunter und an Jack Thaws alter Eisfabrik vorbei. Jack stand draußen und spritzte mit einem Schlauch den Gehweg ab.

»Hilf mir!« rief ich Jack zu. »Hol deinen Lastwagen!« Verblüfft sah Jack auf, aber dann verschwand er so schnell er konnte in der alten Fabrik. Jingle Bells lief weiter und weiter, das Seil an ihrem Hals schleifte hinter ihr her. Sie hielt direkt auf das Stadtzentrum zu. Ich konnte sie einfach nicht einholen.

Die erschreckte Kuh rannte jetzt mitten auf der Flinderstreet. Autos und Lastwagen machten einen Bogen um sie. Fahrer hupten und schrien. Auf den Gehwegen wimmelte es von Menschen, die auf dem Weg zur Arbeit waren. Alle blieben stehen und starrten die Kuh an, die mitten durch die Stadt trabte.

Endlich war Jingle Bells im Stadtzentrum. Sie drehte sich um und sah zum Bahnhof Flinderstreet hinüber. »O nein!« stöhnte ich. »Bloß nicht die Treppe rauf!« Aber sie war schon unterwegs. Machte sich auf den Weg über die Treppe in den Bahnhof hinein. Trauben von Menschen quollen durch die Sperren. Eben mußten mehrere Züge angekommen sein. Die arme, alte Jingle Bells blieb mitten auf der Treppe stehen und muhte, während die Menschenmenge an ihr vorbeiströmte wie eine Herde Schafe, die sich auf der Landstraße um ein Auto drängt.

Ich kämpfte mich durch das Gewühl und griff nach Jingle Bells' Seil. Da sah ich einen Polizisten auf uns zukommen. Er schrie irgendwas von Kühen auf Gehwegen. Wenn der uns erst erwischte, würde er meinen Namen und meine Anschrift notieren, das stand fest. Dann würde man Jingle Bells zu ihrem Eigentümer zurückbringen. Und zur Leimfabrik.

Hastig sah ich mich. Es gab nur eine Möglichkeit. »Los, komm!« sagte ich. »In den Bahnhof!«

Ich zerrte Jingle Bells die Treppe hinauf und durch eine der Sperren. Der Mann, der die Fahrkarten kontrollierte, sprang auf und fing an zu zetern. »He!« brüllte er. »Komm sofort zurück! Wo ist die Fahrkarte für die Kuh?«

Wir liefen weiter. Ich zerrte Jingle Bells durch die Menschenmenge auf einen Bahnsteig. Ein Zug war gerade am Abfahren. »Rauf hier!« sagte ich. Jingle Bells folgte mir in den Zug.

Der Zug war rappelvoll mit Menschen, die zur Arbeit fuhren. Sauber gekleidete Leute saßen auf den Bänken und standen im Mittelgang. Alle machten Platz für mich und Jingle Bells. Die meisten Leute auf den Sitzplätzen lasen unbeirrt in ihren Zeitungen weiter. Die auf den Stehplätzen standen da und bemühten sich, einander nicht anzusehen - wie sich Menschen in Zügen eben verhalten. Niemand schien irritiert, daß eine Kuh im Zug mitfuhr.

Der Zug rollte aus dem Bahnhof.

In einer Ecke saß ein Junge in Schuluniform. Plötzlich stieß ihm der Kerl, der neben ihm saß, in die Rippen und deutete auf Jingle Bells' Euter. »Siehst du nicht, daß da eine Dame steht?« sagte er. »Steh auf und überlaß ihr deinen Platz!«

Alle drängten heran. Der ganze Wagen brach in Gelächter aus. Außer mir. Ich war verlegen und wurde rot im Gesicht.

»Also, ich finde das eklig«, sagte eine Frau in weißem Kleid. »Man darf doch hier keine Kuh reinbringen. Nicht in die Erste Klasse.« Sie stand direkt hinter Jingle Bells. Stieß der armen Kuh mit einem spitzen Regenschirm in die Seite. Jingle Bells tat nur, was jede Kuh machte, wenn sie Angst hat. Sie hob ihren Schwanz und ließ eine umfangreiche Ladung fallen. Es spritzte nur so über das weiße Kleid der Frau. Die brüllte Zeter und Mordio und sprang wie verrückt hin und her.

Der Zug fuhr langsamer. Spencer Street. Das war nicht sehr weit von der West Gate Brücke. »Los, komm!« sagte ich zu Jingle Bells. »Hier steigen wir aus!«

Die Menschen waren so perplex über eine Kuh im Bahnhof, daß sie keinen Finger rührten. Unbehelligt zogen wir davon und auf die Straße hinaus.

6

Ich nahm Jingle Bells am Seil und führte sie auf der Schnellstraße entlang. Wir hielten uns an der Seite – außer Reichweite von Sattelschleppern und Lastautos, die an uns vorüberdonnerten. Nach Ewigkeiten sah ich die West Gate Brücke vor uns auftauchen. Sie wölbte sich vor dem Industriegelände hoch in den Himmel.

Die Straße stieg jetzt allmählich an. Wir waren auf der Zufahrt zur Brücke. Nach einer Weile kamen wir an ein großes grünes Schild. Darauf stand:

Für Fahrräder und Pferde verboten

»Das geht«, sagte ich zu Jingle Bells. »Du bist kein Pferd. Und bestimmt bist du kein Fahrrad.«

Inzwischen war die Sonne höhergestiegen, und es wurde heiß. Wir machten uns auf den Weg über die Brücke. Last- und Personenautos hupten. Fahrer drohten uns. Keiner hatte jemals einen Jungen mit einer Kuh über die West Gate Brücke laufen sehen. Es gab hier keinen Gehweg, also mußten wir uns auf dem Seitenstreifen halten.

Allmählich bildete sich Schweiß um Jingle Bells' Hals. Jedesmal, wenn ein besonders schwerer Lastwagen vorbeidonnerte, lief ein nervöses Zucken über ihren Körper. Sie hatte Angst vor dem Verkehr. Sie wollte grüne Felder, doch bis jetzt hatte sie nur schwarzen Asphalt gesehen. »Keine Angst, altes Mädchen«, sagte ich. »Auf der anderen Seite wird es besser. Ein paar Stunden nur noch, dann sehen wir die Wiesen.« Es klang munter, aber ich machte mir Sorgen. Kühe eigneten sich nicht für lange Fußmärsche auf harten Straßen. Und Jingle Bells war noch nie irgendwohin gelaufen. Wenn sie schlappmachte? Wenn sie mir durchging?

Ich zog Jingle Bells in eine Parkbucht, so daß wir uns eine Weile ausruhen konnten. Da sah ich etwas sehr Erfreuliches. Mein Herz machte einen kleinen Hüpfer. Ziemlich weit hinter uns an einer roten Ampel stand ein Lastwagen mit einem kleinen Kran auf der Ladefläche.

Es war Jack Thaw.

Und dann sah ich etwas sehr Betrübliches.

Gravel in seinem Volvo. Er fuhr trotz roter Ampel weiter. Noch war er weit weg, aber er kam hinter uns her.

»Es ist Gravel!« rief ich keuchend. Jingle Bells begriff sofort. Fragt mich nicht, warum, aber sie begriff es.

Sie stieß ein angstvolles Brüllen aus und fing an zu traben. Ich merkte, daß ich nicht mit ihr Schritt halten konnte. Ich würde sie verlieren. Da tat ich es. Da sprang ich auf ihren Rücken.

Jingle Bells trabte auf dem Seitenstreifen der Brücke dahin, und ich ritt auf ihr. Klammerte mich verzweifelt an ihre Hörner. Die Luft war erfüllt von Gehupe und Geschrei. Der Verkehr stockte. Jeder wollte den Cowboy sehen.

Junge, hatte ich eine Angst! Wir befanden uns direkt neben dem Brückengeländer. Die Leute in den Booten unten sahen wie winzige Insekten aus. In der Ferne konnte ich einen Ozeandampfer erkennen, der auf dem Fluß in Richtung Meer fuhr. Wir waren hoch, hoch oben. Oder anders ausgedrückt, der Fluß war weit, weit unten.

Auf einer Kuh zu reiten ist nicht einfach. Ich wurde auf und ab geschüttelt. Rutschte von einer Seite auf die andere. Mein Hinterteil war wund vom Aufprall auf Jingle Bells' Knochen. Jeden Moment dachte ich, ich würde runterfallen. Weiter und weiter trabte Jingle Bells. Zum höchstgelegenen Teil der Brücke. Ich konnte nicht nach hinten schauen, aber ich ahnte, daß Gravel nicht mehr weit war.

Plötzlich schwenkte quer vor uns ein Auto ein und kam kreischend zum Halten. Es war Gravel. Er hatte uns den Weg abgeschnitten. Jingle Bells legte ihre Bremse ein. Sie kam hart zum Stehen, und ich flog über ihren Kopf weg. Ich landete auf der Asphaltstraße. Schürfte mir Hände und Gesicht auf. Mein Schädel brummte wie verrückt.

»Hab ich dich!« schrie Gravel. Er war so außer sich vor Wut, daß er geiferte. »Diese Kuh kommt in die Leimfabrik«, stieß er hervor. »Und du kommst auf die Polizeiwache!«

7

Jingle Bells sah mich mit ihren sanften braunen Augen an. Sie wollte, daß ich ihr half. Aber tief in ihrem Herzen spürte sie, daß ich nichts tun konnte. Ich war nur ein Junge. Die arme Kuh stieß ein langgezogenes Muh aus, dann stieg sie mit den Vorderbeinen am Brückengeländer hoch. Sie wollte runterspringen. Es gelang ihr, die Vorderbeine über das Geländer zu strecken. Dann stieß sie sich mit den Hinterbeinen ab. Schon kam sie ins Kippen.

»Nicht!« schrie ich. »Nein, nein, nein!« Ich packte ihren Schwanz und wollte sie zurückziehen. Sie war zu schwer. Ich konnte sie nicht halten. Sie rutschte quer über das Geländer. Ich klammerte mich an ihren Schwanz. Konnte nicht loslassen. Sie stürzte über das Geländer in die Luft. Stürzte, überschlug sich, trudelte. Und fiel und fiel und fiel.

Und mit ihr, an ihrem Schwanz hängend, stürzte ich.

Während wir dem braunen Wasser in der Tiefe entgegenflogen, glaubte ich, von oben eine boshafte Stimme zu hören, die zu meckerndem Gelächter anschwoll.

Scheinbar segelten wir endlos lange durch die Luft. Eine Kuh mit einem Jungen am Schwanz fliegt durch die verpestete Luft! Mir saß der Schreck in allen Gliedern. Und doch fand ich es auf eine eigenartige Weise auch friedvoll. Ich sah ein Stückchen Himmel. Ein Stückchen braunen Fluß. Ein Stückchen fliegende Kuh. Wir schwebten. Taumelten. Fielen. Tiefer, tiefer und immer tiefer.

Peng.

Wir knallten auf das Wasser. Es war der lauteste, härteste Schlag, den ich je erlebt hatte. Der Fluß war wie aus Beton. Er schlug mir die Knochen platt. Zerquetschte mich. Umnebelte mir das Hirn.

Einen Augenblick nahm ich noch wahr, daß ich gurgelnd im tiefen Wasser trieb. Dann spürte ich nichts mehr. Ich mußte das Bewußtsein verloren haben.

Als nächstes erinnere ich mich daran, daß ich durch den Fluß geschleift wurde. Ich hielt immer noch Jingle Bells' Schwanz umklammert. Ermattet schwamm sie auf das Ufer zu. Mein Kopf befand sich manchmal über Wasser, manchmal unter Wasser. Ich hatte Wasser in der Lunge. Hustete und spuckte. Zum Schwimmen war ich zu erschöpft. Ich schaffte es gerade noch, den Schwanz mit meinen wunden Fingern festzuhalten.

Jingle Bells hat mir das Leben gerettet. Ohne sie wäre ich ertrunken. Sie war sehr schwach. Dutzende Male sank ihr Kopf unter die Wasseroberfläche, aber jedesmal fand sie wieder neue Kraft. Endlich erreichte sie das Ufer. Sie taumelte ein paar Schritte die schlammige Böschung hinauf und zerrte mich hinter sich her. Sie drehte sich um und sah mich aus ihren braunen Augen ein paar Sekunden lang an. Dann brach sie zusammen.

Sie war tot.

»Jingle Bells!« schluchzte ich. »Jingle Bells! Laß mich doch nicht allein!« Sie blinzelte nicht mehr, ihr Blick war starr in die Ferne gerichtet. Meine Augen füllten sich mit Tränen.

Nun würde sie nie die grünen Wiesen sehen, nie das kühle Gras schmecken. Nach all dem! Nach all dem, was geschehen war. Ich kroch zu ihr hin und drehte ihren Kopf. Was sollte ich tun? Mein Erste-Hilfe-Kurs fiel mir ein. Ich preßte den Mund auf ihr Maul und blies. Mund-zu-Mund-Beatmung.

Aber es klappte nicht. Sie war zu groß. Luft strömte seitlich an ihrer schäumenden Zunge vorbei und zwischen ihren milchweißen Zähnen hindurch. Ich hatte einfach nicht genug Puste, um die Lungen einer Kuh mit Luft zu füllen.

Dann hörte ich eine Autotür klappen. Es war Jack Thaw. Er sah auf Jingle Bells' reglosen Körper und hastete zu seinem Lastwagen zurück. Riß den Außenspiegel von der Autotür. Dann hielt er ihn vor Jingle Bells' starren Mund.

»Was machst du da?« fragte ich schluchzend.

»Nach Atemdunst sehen«, sagte er. »Wenn der Spiegel anläuft, heißt das, sie atmet. Wenn nicht, ist sie tot.«

Wir sahen den Spiegel an. Kein Dunst.

»Komm«, sagte Jack. »Hier können wir nichts mehr machen.«

»Und Jingle Bells?« rief ich. »Was wird mit Jingle Bells?«

»Sie wird von der Flut rausgeschwemmt«, sagte Jack. »In die Bucht raus. Eine Art Seebestattung.«

»Nein!« schrie ich. Immer noch liefen mir die Tränen über das Gesicht. »Ich will sie nicht den Haien überlassen! Oder irgendwelchen Krabben. Wir nehmen sie mit.«

»Wie denn?« fragte Jack.

Ich deutete auf den Kran auf der Ladefläche von Jacks Lastwagen. »Wir legen ihr Seile um den Körper und ziehen sie auf den Laster.«

»Und wohin dann?« fragte Jack.

»Zu dir.«

Und so machten wir es. Behutsam ließen wir Jingle

Bells auf der Ladefläche des Lastwagens nieder und nahmen sie mit zur Eisfabrik.

8

Als wir ankamen, ging ich sofort zu der großen Stahltonne, in der Jack sein Wasser zum Einfrieren hatte. Sie stand auf Rädern. Ich wollte schieben, aber sie war zu schwer. Da stieg ich auf die kleine Leiter und sah ins Innere der Tonne. Sie war bis obenhin voll.

»Was machst du da?« sagte Jack.

»Wir tun Jingle Bells da rein«, sagte ich. »Frieren sie ein. Und stellen sie in die Sammlung.«

Jack sah mich eine ganze Weile sonderbar an. »Gut«, sagte er. »Aber das würde ich für keinen sonst auf der Welt machen.«

Er setzte den Kran in Bewegung und ließ Jingle Bells' toten Körper in das riesige Faß Wasser eintauchen.

»Und jetzt«, sagte ich, »schieb das Faß in den Gefrierraum. Mit dem Laster.« Ich machte die Türen zum Gefrierraum auf, und Jack stieß die Stahltonne hinein. Das Seil ließ er aus der Tonne heraushängen.

»Wenn wir den Eisblock später rausziehen wollen«, erklärte Jack.

Wir schlossen die Türen des Gefrierraums. »Wie lang wird es dauern, bis sie gefroren ist?«

»Morgen mittag. Morgen mittag ist Jingle Bells im größten, selbst hergestellten Eisblock der Welt eingefroren.« Wir grinsten uns an. So war es besser, als sie ins Meer schwemmen zu lassen.

In diesem Augenblick hörten wir lautes Klopfen von der Straße her. Jack ging und machte die Tür auf. Es war Gravel. Er war immer noch giftig wie eine Schlange. »Wo ist meine Kuh?« brüllte er. »Ich will meine Kuh wiederhaben!«

»Sie ist tot«, sagte Jack böse. »Bist du nun zufrieden?«

Gravel machte seine Augen schmal. »Eine tote Kuh ist achtzig Dollar wert. Für Tierfutter«, sagte er. »Ich will sie wiederhaben!«

Jack ballte die Fäuste. Einen Moment dachte ich, er wollte Gravel niederschlagen, aber er tat es nicht. Er schlug ihm nur die Tür vor der Nase zu. »Verschwinde!« schrie er. »Jingle Bells bleibt hier!«

Gravels laute Stimme drang durch die Tür. »Ich komme wieder. Ihr werdet's schon sehen! Ich komme wieder!«

»Scheißkerl!« murmelte Jack vor sich hin.

Ich ging nach Hause zum Schlafen. Jack schlief in der Eisfabrik, für den Fall, daß Gravel noch mal auftauchte.

Am nächsten Tag gegen Mittag machten wir den Gefrierraum auf. Jack fuhr wieder mit dem Kran hinein und befestigte das Seil am Haken. Der Kran ächzte und dampfte. Nichts geschah. So eine Last hatte er noch nie gehoben. »Noch mal!« schrie ich.

Diesmal bewegte sich der Eisblock. Langsam erst - doch dann flutschte er mit einem »Plopp« aus der Tonne. Jack setzte ihn vorsichtig auf dem Boden ab.

Da stand Jingle Bells. Im Innern des großen Eisblocks. Eine gefrorene Statue. Ihre starren Augen schienen auf uns gerichtet. Aber natürlich konnten sie nichts mehr sehen.

»Wo kommt sie hin?« fragte Jack.

»Also«, sagte ich, »Jingle Bells fängt mit J an. J kommt zwischen I und K. Du mußt sie zwischen den Ibis und den

Kookaburra, den Rieseneisvogel, stellen.« Jack ließ den Lastwagen an und schob Jingle Bells' eisiges Haus an die Wand vor den Kookaburra. Dann machte er sich daran, die Tonne wieder mit Leitungswasser zu füllen.

»Laß den Schlauch hängen, das Wasser läuft von allein«, sagte ich zu Jack. »Ich muß mit dir reden.«

Wir gingen hinaus und machten die Tür zum Gefrierraum zu. »Sieh mal«, sagte ich, »es ist nicht richtig, wenn wir die arme, alte Jingle Bells hierher stellen. Sie ist ja trotzdem eingesperrt. Es gibt keine Fenster im Gefrierraum. Genau wie im Stall. Sie soll aber unterm blauen Himmel sein. Auf einer Wiese. Und überhaupt, Gravel könnte zurückkommen und sie holen. Wir müssen Jingle Bells aufs Land bringen.«

Jack kratzte sich am Kopf. »Hast recht«, sagte er. »Dann wollen wir keine Zeit verlieren.«

9

Wir luden Jingle Bells' Eisblock auf den Lastwagen und fuhren los. Es war uns egal, was die Leute dachten. Wir fuhren mit Jingle Bells, die im Innern des Eisblocks hinten auf dem Laster stand, über die West Gate Brücke. Eine lange Autoschlange folgte uns. Jeder wollte einen Blick auf die Kuh im Eisblock werfen.

Nach ein paar Stunden bogen wir in eine Seitenstraße ab und steuerten die Berge an. Hier folgte uns keiner. Hoffte ich.

Wir kamen an kleinen Flüssen und vereinzelten Bauernhöfen vorbei, fuhren durch Eukalyptuswälder und über

Straßen, die von Akazien gesäumt waren. »Schon besser«, sagte ich. »Hier gehört Jingle Bells her.«

Schließlich kamen wir in ein stilles, schattiges Tal. Hier wuchs hohes, saftiges Gras, ringsum schattenspendende Eukalyptuswälder. Zäune gab es keine. »Das ist es, Jack«, sagte ich. »Genau das haben wir gesucht!«

Wir fuhren mit dem Lastwagen mitten in die Wiese hinein und hielten an. Dann hievten wir Jingle Bells auf das Gras. Das Eis war schon ziemlich geschmolzen. Die Hörner ragten aus dem Eisblock heraus. Ich holte eine Schaufel aus dem Laster.

»Was willst du damit?« fragte Jack.

»Sie begraben«, sagte ich. »Wenn das Eis geschmolzen ist.«

»Fang noch nicht mit buddeln an«, sagt Jack. »Laß uns eine Weile damit warten.«

Jack und ich setzten uns und schauten die arme, gefrorene Jingle Bells an, die in ihrem Eisblock mitten auf der Wiese stand. Wir schwitzten, und wir waren müde. Bienen summten. Vögel riefen. Die goldene Sonne brannte vom Himmel. Aus Norden wehte ein heißer Wind.

Wir saßen da und betrachteten lange Zeit die reglose, stumme Eiskuh. Dann schliefen wir beide ein.

Ich wachte davon auf, daß mir etwas über das Gesicht wischte. Im Nu saß ich bolzengerade. Es war Nacht. Kein Mond stand am Himmel. »Jack!« schrie ich. »Jack! Wach auf!« Ich konnte nichts sehen. Die Luft war immer noch warm, aber ringsum war alles schwarz.

Ich hörte schwere Schritte krachend durch ein Dickicht brechen.

»Was ist?« fragte Jack. »Was ist los? Wo bist du?«

Plötzlich kam der Mond hervor, und in seinem weichen Licht blinzelten wir einander zu. Dann sahen wir zum Eisblock hin. Besser gesagt, wir sahen dorthin, wo der Eisblock gewesen war. Er war weg. Geschmolzen. Und Jingle Bells war auch weg. Jack rannte hin und betastete das feuchte Gras. Dann zeigte er auf etwas. Es war ein matschiger Kuhfladen. Und Fußabdrücke, nein, keine Fußabdrücke - Kuhabdrücke. Sie führten in den Wald.

»Komm, wir suchen sie!« schrie ich.

Jack legte seine Hand auf meinen Arm. »Nein«, sagte er. »Unsere Arbeit ist getan. Wir wollen nach Hause fahren.«

Ich sah ihn lange an, ohne etwas zu sagen. Ich spürte, daß er recht hatte. Langsam nickte ich. Wir stiegen in den Lastwagen. Und kurz bevor der Motor ansprang, hörte ich etwas Wunderschönes. Ein kurzes, glückliches Muhen, sechsmal hintereinander. Es klang ein bißchen wie die ersten Takte des Weihnachtslieds »Jingle Bells«.

Wir lächelten, Jack und ich, während wir wortlos davonfuhren. Nach einer Weile sagte ich: »Hast du gewußt, daß es so kommen würde?«

Jack nickte. »Und warum«, fuhr ich fort, »taust du dann nicht alle Tiere deiner Sammlung auf und läßt sie wieder lebendig werden?«

»Weil«, sagte Jack bedächtig, »in diesem Faß anderes Wasser war. Und jetzt ist es alle. Ich hab's für eine besondere Gelegenheit aufgehoben.« Mehr sagte er darüber auch später nie.

10

Als wir wieder bei der Eisfabrik waren, ging Jack in den Gefrierraum, um nach seiner Sammlung zu sehen. »Schau dir das an!« schrie er. »Da hat einer eingebrochen!«

Im Dach des Gefrierraums war ein kleines Loch, und daraus hing ein Stück Seil herunter. Aber kein Mensch war in der Nähe. Und nichts war angerührt. Alle eingefrorenen Tiere standen stumm in ihren Regalen.

Direkt unter dem Loch im Dach stand die große Wassertonne. Ich kletterte daran hoch und sah hinein. »Da ist was drin!« rief ich. »Im Eis gefroren. Da ist was ins Wasser gefallen und hat nicht mehr rausgekonnt! Es ist mit dem Wasser in der Tonne gefroren.«

Jack kam mit seinem Lastwagen und kippte die Tonne um. Ein riesiger Eisblock krachte auf den Boden.

Wir starrten ihn an. Gravel war darin eingefroren. Er mußte auf seiner Suche nach Jingle Bells durch das Dach des Gefrierraums eingedrungen und ins Wasser gefallen sein. Jetzt war er in dem Eisblock eingefroren.

Seine gefrorenen Finger waren gekrümmt, als wolle er jemanden kratzen. Sein Mund war zu einem lautlosen Schrei verzogen. Seine Augen starrten blicklos in die Ferne.

»Was machen wir mit ihm?« fragte Jack keuchend.

»Warte«, sagte ich, »Gravel fängt mit G an. Das kommt zwischen F und H. Wir tun ihn also dort drüben hin.«

Und soweit ich weiß, ist er immer noch dort. Und starrt aus dem Eis. An der einen Seite einen eingefrorenen Fuchs, an der anderen einen Hasen.

UFH

1

Urteilt selber: Bin ich der größte Lügner der Welt, oder sage ich die Wahrheit? Eins steht fest - Dad glaubt mir. Egal, ich werde es euch überlassen. Ich erzähle, was passiert ist, dann könnt ihr euch eure eigene Meinung bilden.

Alles beginnt eines Abends um die Teezeit. Dad kocht Tee, und Mum sieht »Sixty Minutes« im Fernsehen. Plötzlich klopft es an der Tür. »Ich geh hin!« schreit mein kleiner Bruder Matthew. Er rennt immer, weil er erster an der Tür und erster am Telefon sein will. Geht mir echt auf die Nerven.

Wir hören, wie Matthew mit einem Erwachsenen redet. Dann kommen schwere Schritte über den Flur. Wir sehen zur Tür und starren den Mann in seiner hellblauen Uniform an. An der Brust hat er militärische Rangabzeichen. Eins sieht aus wie ein kleines, aneinanderhängendes Flügelpaar. Auf seiner Schulter ist ein Abzeichen, darauf steht *»Royal Australian Airforce«*. Wir haben den Mann noch nie gesehen.

»Ja, bitte?« sagt Dad.

»Mr. Hutchins?« sagt der Mann von der Luftwaffe.

»Ja«, sagt Dad.

»Mr. Simon Hutchins?«

»Nein«, sagt Dad und deutet auf mich. »Simon Hutchins, das ist der da.«

Ich spüre, wie mein Gesicht rot wird. Alle sehen mich an. Ich kann mir schon denken, worum es geht.

»Ich bin wegen des UFOs hier«, sagt der Mann in der Uniform.

»UFO?« sagen Mum und Dad gleichzeitig.

»Ja«, antwortet der Kerl in Uniform. »Ein Mister Simon Hutchins hat bei der Luftwaffe angerufen und ein UFO gemeldet.«

Dad sieht mich wütend an. Gleich wird er in die Luft gehen. »Dieser Junge«, sagt er langsam, »ist der größte Schwindler auf der ganzen Welt. Sie verschwenden Ihre Zeit. Er hat kein UFO gesehen. Er hat es geträumt. Immer denkt er sich die phantastischsten Geschichten aus. Ich fürchte, Sie haben den Weg umsonst gemacht.«

»Trotzdem«, sagt der Mann von der Luftwaffe, »ich werde einen Bericht schreiben müssen. Erlauben Sie, daß ich mich mit Simon unterhalte?« Dann streckt er Dad die Hand entgegen. »Ich bin Wing Commander Collins.«

»Tun Sie, was Sie nicht lassen können«, sagt Dad, während er Commander Collins die Hand schüttelt. »Und wenn Sie fertig sind, muß ich auch mal mit Simon reden. Und zwar ausführlich.« Er wirft mir einen unfreundlichen Blick zu. Ich merke schon, daß ich ganz schön in der Tinte sitze.

»Was ist ein UFO?« mischt sich mein kleiner Bruder ein. Matthew hat von nichts eine Ahnung. Eben ein kleines Kind mit großer Klappe.

»Das ist ein unbekanntes Flugobjekt«, erwidert Commander Collins.

»Wow«, macht Matthew, und der Mund bleibt ihm offenstehen. »Eine fliegende Untertasse. Hast du echt eine fliegende Untertasse gesehen?«

»Nicht direkt«, sage ich. »Aber ich hab ein UFO gesehen.«

Commander Collins setzt sich an den Tisch und fängt mit seinen Notizen an. »Wann hast du es gesehen?« fragt er.

Ich überlege einen Augenblick, dann sage ich: »Um sieben Uhr heute morgen. Ich weiß genau, daß es sieben Uhr war, weil mich die Bahnschranken geweckt haben. Der erste Zug fährt um sieben Uhr durch.«

Der Commander notiert es. Ich weiß nicht, ob er mir glaubt oder nicht. Aber es stimmt. Die Schranken schnellen hoch, wenn ein Zug durchgefahren ist. Danach ragen sie steil zum Himmel. Wenn sie auf dem Prellbock aufschlagen, machen sie einen unwahrscheinlichen Krach. Jeden Morgen wecken sie mich um sieben Uhr auf.

Der Mann von der Luftwaffe ist mit seiner Schreiberei fertig und stellt mir die nächste Frage. »Wo hast du es gesehen?«

Ich deute durch das Küchenfenster. »Da draußen. Ich war im Bett, und da habe ich es an meinem Fenster vorbeifliegen sehen.«

»Wie groß war es?«

»Einen Meter ungefähr.«

Er sieht mich mit einem merkwürdigen Ausdruck an, aber er sagt nichts. Schreibt nur immer in sein Heft. Nach einer Weile fragt er: »Was hatte es für eine Farbe?«

»Schwarz«, antworte ich.

»Und woraus war es?«

»Haut«, sage ich. »Haut und Haare.«

An dieser Stelle springen alle auf und schreien durcheinander. »Haut und Haare?« Als hätten sie noch nie was von Haut und Haaren gehört.

»Ja«, sage ich.

»Und welche Form hatte es?« knurrt der Commander.

»Wie ein Hund. Es hat die Form von einem Hund gehabt.«

»Wie ein Hund?« schreit wieder die ganze Familie. Mir kommt es allmählich vor, als lebe ich hier mit einer Horde Papageien. Ständig plappern sie nach, was ich sage.

»Du meinst«, sagt der Commander, »du hast ein Flugobjekt gesehen in Form eines Hundes und überzogen von Haut und Haaren?«

»Nein«, gebe ich zurück. »Es war kein Flugobjekt in Form eines Hundes. Es war ein Hund in Form eines Hundes. Ein richtiger Hund.«

2

Der Commander springt auf und knallt sein Heft zu.

»Menschenskind!« schreit er. »Du meinst wohl, ich komme extra an einem Sonntagabend hierher, nur weil du aus dem Fenster geschaut und einen Hund gesehen hast?« Der Commander gerät in Wut.

»Es war nicht nur so ein Hund«, berichte ich. »Er war lebendig. Und er ist geflogen. Er ist am Fenster vorbeigeflogen und über das Haus. Von dort unten ist er hergekommen, von der Bahnlinie her.«

Alle sehen über den Hang hinunter, aber ich bin überzeugt, daß mir keiner glaubt.

»Hatte er Flügel?«

»Nein!« brülle ich. »Natürlich nicht!«

»Oder vielleicht einen Propeller?« sagt Dad bissig.

»Nein!« schreie ich. Tränen steigen mir in die Augen. »Er hat mit den Beinen gerudert. Als ob er in der Luft schwimmen wollte. Richtig schnell. Mit den Beinen hat er gerudert, und er hat gebellt.«

Der Commander geht. Stürmt durch den Flur. Bevor er endgültig verschwindet, dreht er sich um und schnauzt Dad an. »Bringen Sie dem Jungen gefälligst bei, keine Lügen zu erzählen! So was! Stiehlt anderen Leuten die Zeit mit solch dummem Zeug über einen fliegenden Hund!« Er geht hinaus und schlägt die Haustür hinter sich zu.

Mum, Dad, Matthew - alle starren mich an. Ich spüre, daß sie kein Wort von meiner Erzählung glauben. Ich laufe in mein Zimmer und werfe mich aufs Bett. Ich höre, wie Dad in der Küche schreit: »Zwei Monate Hausarrest, Simon! Ich hab deine blöden Schwindeleien satt! Ich will dir schon beibringen, bei der Wahrheit zu bleiben, ein für allemal!«

Und ich hab es satt, Lügner genannt zu werden.

Tränen stehen mir in den Augen.

Dad kommt in mein Zimmer und sieht mich an. Er merkt, daß ich ihm nicht nur was vormache. Ich bin vollkommen durcheinander. Tu ihm allmählich leid. »Ach, komm schon, Simon«, sagt er. »Du kannst keinen fliegenden Hund gesehen haben. Es muß eine Spiegelung im Fenster gewesen sein oder so was.«

»Ich hab aber einen gesehen!« brülle ich ihn an. »Ich

hab einen unbekannten Flughund gesehen - einen UFH. Ich wette mit dir um tausend Dollar, daß ich ihn gesehen habe!«

»Du hast keine tausend Dollar«, sagt Dad. »Tatsache ist, daß du keinen einzigen Dollar hast.«

Da hat er recht. »Also gut«, sage ich. »Wenn ich beweise, daß es so was wie einen UFH gibt, mußt du mir tausend Dollar zahlen. Wenn ich es nicht beweisen kann, mach ich in den nächsten drei Jahren jeden Abend allein den Abwasch.«

Dad denkt eine Weile darüber nach, dann grinst er und streckt die Hand aus. »Okay«, sagt er, »wenn du beweist, daß es einen UFH gibt, kriegst du tausend Dollar. Wenn nicht - drei Jahre Abwasch. Du hast eine Woche Zeit, um es zu beweisen.« Er glaubt, ich würde einen Rückzieher machen und sagen, daß ich gar keinen fliegenden Hund gesehen habe. Aber da irrt er sich.

Bedächtig schüttle ich seine Hand. Aber allzu wohl ist mir nicht dabei. Wenn es etwas gibt, das ich nicht ausstehen kann, ist es Abwaschen. Es werden bestimmt nicht noch mehr fliegende Hunde hier auftauchen. Ich hab keinen Dunst, woher der eine gekommen war. Vom Mars vielleicht, oder von der Venus. Ob ein Raumschiff danach sucht, wie in »E.T.«?

3

»Komm«, sagt Dad. »Laß uns runtergehen und für alle ein Eis holen. Die Milchbar hat nur noch eine Stunde auf.«

Wir gehen zur Einfahrt, wo Dads teurer, neuer Wagen

steht. Es ist ein Holden Camira. Rot mit einer großen Delle im Kofferraum. Dad fährt mit der Hand über die Delle, er sieht unglücklich aus. Das mit der Delle ist vor einer Woche passiert, und es war nicht Dads Schuld. Die Schranken am Bahnübergang sind direkt vor seinem Auto niedergegangen. Unverschämt schnell. Dad ist auf die Bremse gestiegen, und - krach peng - ist ein gelber Ford hinten in unseren neuen Camira gefahren.

»Verdammte Schranken!« sagt Dad. Immer noch streicht er mit der Hand über die Delle, als sei es eine Wunde am eigenen Körper. »Das müßte man denen von der Bahn mal mitteilen. Die gehen auf und zu wie der Blitz, diese Schranken. Da hat man keine Chance.«

Besonders sauer ist Dad, weil es keine Zeugen für den Unfall gegeben hat. Keiner hat es gesehen. Hätte Dad einen Zeugen gehabt, hätte er den Besitzer des gelben Fords zur Kasse bitten können. Aber so muß er selber für die Reparatur blechen.

Wir fahren zur Milchbar runter. Als wir zum Bahnübergang kommen, sehe ich keine Spur von einem Zug. Und ich sehe Mrs. Jensen, die gerade mit ihrem Bullterrier über die Gleise gehen will. Dieser Bullterrier ist der bösartigste Hund auf der ganzen Welt. Sie hat ihn an einer langen Leine. Das ist gut. So kann das tückische Vieh immerhin nicht jeden im Vorbeigehen beißen.

Mrs. Jensens Bullterrier heißt Ripper. Ein guter Name für das gemeine Ungeheuer. Einmal hat er mir ein großes Loch in die Hose gerissen. Er ist bekannt dafür, daß er auch Löcher in Beine reißt.

Ripper knurrt und schnappt und versucht, von der Leine zu kommen, während Mrs. Jensen weitergeht.

Wir fahren hinter einem großen Lastwagen. Der Fahrer sieht sich Mrs. Jensens Hund an. Wahrscheinlich ist er froh, daß er sicher und gemütlich in seiner Fahrerkabine sitzt. Plötzlich fallen direkt vor dem Lastwagen die Schranken runter. Hastig steigt der Fahrer auf die Bremse. Dad steigt überhaupt nicht auf die Bremse. Unser Camira kracht mit einem scheußlich knirschenden Geräusch hinten auf den Lastwagen.

Dad stöhnt und läßt seinen Kopf auf das Lenkrad sinken. »Nicht schon wieder!« sagt er. »Doch nicht zweimal in einem Monat!« Da fällt ihm plötzlich etwas ein. »Schnell!« schreit er. »Laß Mrs. Jensen nicht fort! Sie ist unsere Zeugin. Sie hat die ganze Sache gesehen. Lauf hin und hol sie!«

Der Lastwagenfahrer steigt aus. Ein großer, kräftiger Bursche.

»Hol Mrs. Jensen!« schreit Dad. »Laß sie nicht gehen!«

Ich mache ein paar Schritte. Ripper knurrt und schnappt nach mir. Er erkennt meine Beine. Will mal wieder davon abbeißen.

»Der Hund«, sage ich lahm. »Der Hund beißt mich ins Bein.«

Dad sieht den Lastwagenfahrer an. Wirklich ein großer, robuster Kerl. »Fang nicht an zu diskutieren«, zischt Dad, ohne den Mund zu bewegen, damit es der Fahrer nicht hört. »Hol Mrs. Jensen!«

Ich gehe also zu Mrs. Jensen und ihrem heimtückischen Hund. »Dad will mit Ihnen reden«, sage ich. »Aber bitte bringen Sie Ihren Hund nicht mit.«

Mrs. Jensen weiß nicht so recht. Sie mag mich nicht besonders. Schließlich schlingt sie die Hundeleine um das

Ende der Schranke, so daß mir der Hund nicht an die Beine kann.

Ein Zug rauscht über den Bahnübergang und verschwindet.

Die Schranken fliegen auf.

Ripper fliegt mit. Die Schranke läßt ihn und seine Leine hoch zum Himmel schnellen. Über die Bäume und am Küchenfenster unseres Hauses vorbei. Seine Beine rudern durch die Luft, als wolle er schwimmen. Und er bellt.

4

Auf dem Nachhauseweg ist Dad schlecht gelaunt. Er hat hinten eine Delle im Auto und vorn eine.

Ich muß übers ganze Gesicht grinsen. Und ich überlege, was ich mit den tausend Dollars machen werde.

P.S. Ripper ist im Swimmingpool unseres Nachbarn gelandet. Zuletzt hat man ihn gesehen, wie er irrsinnig schnell in Richtung Darwin gerannt ist.

Befreites Lachen

1

Jeder hat mal einen Lehrer, der ständig rumnörgelt. Klar. Man kann es sich ja ausrechnen: Im Lauf des Lebens hat man eine ganze Reihe von Lehrern. Einer davon muß einfach ein Nörgler sein, also bloß keine Aufregung.

Es sei denn, man hat einen Lehrer wie Mr. Snapper.

Mann, war der gemein! Jeden Schultag hat er mir vermiest. Aber auch jeden. Am schlimmsten war der 5. Mai. Ich erinnere mich deshalb so genau, weil wir an diesem Tag umgezogen sind. Folgendes hat er sich an diesem schwarzen Tag geleistet:

1. Er schlug mir mit einem Lineal auf die Finger, weil ich den Füller nicht richtig gehalten habe.
2. Er verdrehte mir das Ohr, bis es fast abfiel, weil ich Mike Dungey gefragt habe, wie man »urinieren« schreibt.
3. Er ließ mich vor der ganzen Klasse das Einmaleins mit Neun aufsagen, obwohl er wußte, daß ich es nicht kann.
4. Er ließ mich nachsitzen, weil ich mir Kaugummi hinters Ohr gesteckt hatte.
5. Er brachte mich ins Direktorat, weil ich gelacht hatte, als er mit mir schimpfte. Ich kann nichts dafür, wenn ich lache. Bin eben ein fröhlich veranlagter Typ. Ihm hätte es

jedenfalls nichts geschadet, mal ein bißchen zu lachen. Mr. Snapper hat in seinem ganzen Leben noch nie gelacht. Immer hatte er einen gehässigen Ausdruck im Gesicht, man sah ihm an, daß er Jungen nicht ausstehen konnte. Nach der Anzahl seiner Knitterfalten im Gesicht ließ sich seine Laune einschätzen. Es waren so viele, daß ich Ewigkeiten brauchte, sie zu zählen. Zweihundert waren es an einem guten Tag. Fünfhundert an einem schlechten. Sie zogen sich kreuz und quer über sein Gesicht wie Flüsse voll Wut.

6. Er ließ mich hundertmal schreiben: »Ich muß mich am Unterricht beteiligen.«

7. Er ließ mich seine blöde Topfpflanze über Nacht mit nach Hause nehmen.

Zwei Dinge gab es in der Klasse, die Mr. Snapper gern hatte. Lucy Watkins, die sein Liebling war, und der Frauenhaarfarn, der in einem kunstvoll verzierten Blumentopf auf seinem Tisch stand.

Lucy Watkins war echt eine eingebildete Gans. Sie wußte genau, daß sie gut aussah, und sie wußte, daß sie schlau war. Sie war der einzige Mensch in der Klasse, den Snapper mochte. Einmal hat er ihr beinahe zugelächelt, und daran sieht man, daß sie eindeutig seine Lieblingsschülerin war. Immer wählte er sie aus, um anderen Lehrern Nachrichten zu überbringen. Immer hielt er ihre Arbeiten hoch, damit alle sie sehen konnten. Und nie schimpfte er mal mit ihr. Auch nicht, wenn sie die gleichen Fehler machte wie wir anderen.

Jedenfalls, kurz vor Schulschluß an jenem verhängnisvollen Tag, sagte Mr. Snapper: »Lucy, du darfst bestimmen, wer den Frauenhaarfarn über Nacht mit nach Hause nimmt.« Es sollte eine große Ehre sein, den Frauenhaarfarn mitnehmen und gießen zu dürfen. Die dämliche Pflanze konnte nicht in der Schule bleiben wegen des Staubs, der beim Saubermachen immer aufgewirbelt wird.

Lucy Watkins trat vor die Klasse und sah langsam und genüßlich in die Runde. Ihr Blick blieb an mir hängen. Ich wollte den Frauenhaarfarn nicht mitnehmen. Da würde was schiefgehen, das ahnte ich irgendwie. Ich schüttelte den Kopf. »Nein!« zischte ich. »Nicht mich! Bitte nicht mich!«

Sie grinste boshaft und zeigte auf mich. »Er!« sagte sie. »Russell Dimsey. In seinem neuen Haus wird sich der Farn gut machen.«

2

Snapper schien nicht sehr überzeugt. Er traute es mir nicht zu, den Frauenhaarfarn zu versorgen. »Schon gut, Mr. Snapper«, sagte ich. »Geben Sie jemand anderem den Farn mit. Ich kenne mich nicht besonders mit Topfpflanzen aus.«

Lucy Watkins schmollte.

»Dimsey«, knurrte Snapper, »ich halte mein Wort. Lucy hat dich ausgesucht, also Schluß mit der Diskussion. Du nimmst den Frauenhaarfarn über Nacht mit nach Hause!« Er kam mit seinem Gesicht dicht an meins heran, so daß ich seinen Atem riechen konnte - er war widerlich. »Und paß bloß auf, daß ihm nichts zustößt! Wenn diese Pflanze eingeht, bringe ich dich um!« Er fuhr sich mit dem Finger quer über die Kehle wie einer, der ein Messer ansetzt.

»Der Topf ist eine Antiquität. Wenn etwas damit passiert, bist du Hackfleisch.« Seine Knitterfalten waren ungefähr einen Zentimeter vor meinen Augen. Ich konnte sehen, wie beim Atmen die Haare in seiner Nase vibrierten.

Mich schauderte.

Ich brauchte Ewigkeiten, bis ich zu Hause war. Den Bus verpaßte ich wegen der Nachsitzerei. Und dann mußte ich den Frauenhaarfarn in den Armen nach Hause tragen. Er war schwer, und die feinen Wedel kitzelten mich dauernd an der Nase und brachten mich zum Niesen.

Als ich endlich zu Hause ankam, wartete jemand auf mich. Lucy Watkins. Sie saß auf ihrem Fahrrad, einen Fuß auf dem Gehweg.

Sie hatte ein hinterhältiges Grinsen im Gesicht. »Na, das Gespenst schon gesehen?« sagte sie.

»Was?« rief ich.

»Das Gespenst. Den Geist von dem Jungen, der da drin gestorben ist.« Sie nickte zu unserem neuen Haus hin.

Ich starrte sie an. »In unserem Haus ist wer gestorben?«

»Warum glaubst du wohl, daß ihr es so billig gekriegt habt?« sagte sie höhnisch. »Wollte doch sonst keiner kaufen.«

»Wer ist da gestorben?« fragte ich. Es paßte mir nicht, mit Lucy Watkins reden zu müssen, aber das wollte ich schließlich wissen.

»Eigentlich zwei Leute. Ein Junge namens Samuel. Er ist kurz vor seinem Onkel gestorben. Den Onkel hat es später erwischt. Er war ein Zauberer, nannte sich ›Der Große Minto‹. Er hat Kunststücke gemacht. Und Sachen in Flaschen aufbewahrt.«

»Was für Sachen?« Ich gab mir Mühe, das Zittern in meiner Stimme zu unterdrücken.

Lucy Watkins setzte ein geheimnisvolles Lächeln auf.

»Alles mögliche. Gruseliges Zeug. Manche haben gesagt, er sei ein Hexer.« Die nächste Mitteilung war die schlimmste. Lucy zeigte auf das kleine Dachfenster des Hauses. Das Fenster von meinem neuen Zimmer. »In dem Zimmer da sind die beiden gestorben. Und einer von ihnen ist immer noch oben. In Nächten ohne Mond schaut Samuels Geistergesicht aus dem Fenster. Ein unglückliches, kleines Gesicht. Das Gesicht von Samuel, dem traurigen Gespenst.«

»Quatsch!« sagte ich. »Du denkst dir was aus. Willst mir ja nur Angst einjagen.«

»Wirst schon sehen«, sagte die abscheuliche Lucy Watkins. »Wart ab, bis die Nacht am dunkelsten ist. Dann kommt er raus.« Sie zeigte auf den Frauenhaarfarn. Seine spitzenblättrigen Wedel schwankten leicht im Wind. »Nimm ihn lieber nicht mit in dein Zimmer. Du willst doch wohl nicht, daß er vor Schreck verwelkt. Mr. Snapper wäre das gar nicht recht.« Und sie lachte vor sich hin. Gackernd wie ein Huhn. Dann fuhr sie davon, ohne noch ein Wort zu verlieren.

3

So schnell ich konnte, rannte ich ins Haus. »Mum!« schrie ich. »Hast du gewußt, daß in meinem Zimmer Leute gestorben sind? Zwei Leute?«

Mum sagte nichts. Kein Wort. Da wußte ich, daß es stimmte. Jetzt verstand ich, warum wir uns so ein feines Haus leisten konnten. Es war ein Spukhaus. Keiner wollte es kaufen, deshalb hat Mum es billig bekommen.

»Ich schlafe nicht da oben!« sagte ich. »Nicht mit einem Gespenst, das sich da rumtreibt!«

»Gespenster gibt es nicht!« sagte Mum. »Nach der ersten Nacht hast du dich an das neue Zimmer gewöhnt.«

»Es wird keine erste Nacht geben!« brüllte ich.

»O doch!« sagte Mum. »Und zwar heute.«

Ich nahm den Frauenhaarfarn mit hinauf. Stellte ihn auf das Nachttischchen, da war er gut aufgehoben. Ich wußte, daß ich die Nacht in diesem Zimmer würde verbringen müssen. Mum war sehr energisch. So war sie immer, seit Vater von zu Hause fort ist.

Ich sah den Frauenhaarfarn an. Eine hübsche Pflanze, das mußte ich zugeben. Selbst wenn sie Snapper gehörte. Ich goß ein bißchen Wasser in den Topf. Der Farn sollte nachts nicht vor sich hinkümmern. Schließlich hat es schon genug Todesfälle in diesem Zimmer gegeben, ich wollte nicht noch mehr.

Es war ungefähr Mitternacht, als ich den traurigen Samuel zum erstenmal sah. Irgendwie merkte ich im Schlaf, daß jemand im Zimmer war. Ich spürte die Anwesenheit von etwas Unsichtbarem. Eigentlich wollte ich es gar nicht so genau wissen, aber schließlich zwang ich mich doch, die Augen zu öffnen - und da sah ich ihn. Am Fenster. Ein kleines, jämmerliches Gespensterchen mit kummervoll nach unten gezogenem Mund. Ein Junge in meinem Alter ungefähr. Er stand einfach da und sah mich traurig an.

»Mum!« schrie ich los. »Ein Gespenst. Ein Gespenst. Es . . . ich . . .«

Das Gespenst wirkte kein bißchen überrascht. Es schüttelte den Kopf, als hätte es genau diese Reaktion von mir erwartet.

Mum kam im Morgenmantel in mein Zimmer gestürzt. »Was ist los, Russell?« rief sie. »Hast du einen Alptraum gehabt?«

Ich zeigte auf das Gespenst.

»Was?« sagte sie.

»Er! Der Geist!« brachte ich heraus.

Mum sah sich im Zimmer um. Dann starrte sie direkt auf den traurigen Samuel. »Ich kann nichts sehen«, sagte sie. »Es muß ein schlimmer Traum gewesen sein.«

»Es war kein Traum! Da ist er doch! Am Fenster drüben!«

Mutter ging zum Fenster. Sie lief mitten in Samuel hinein. Und wenn ich sage, in ihn hinein, dann meine ich tatsächlich: in ihn hinein. Sie stand mitten in dem Geist drin, als wäre er nur eine Wolke oder das Ende eines Regenbogens. Und sie sah ihn nicht mal.

Mir wurde schlecht. Mein Magen hüpfte auf und ab. Meine Beine schlotterten. Mit zitternder Hand zeigte ich auf den traurigen Samuel. »Du bist auf ihm drauf!« rief ich gellend. »In ihm drin. Du stehst mitten in ihm drin!«

Mum trat aus Samuel heraus und kam an mein Bett.

»Na, na«, sagte sie und strich mir über das Haar. »Da ist nichts. Es war nur ein böser Traum. Schlaf weiter. Ich laß das Licht brennen.«

Mum machte die Tür zu und ging wieder in ihr Zimmer. Samuel stand immer noch da. Ich weiß jetzt, daß man nur dann Geister sehen kann, wenn sie es wollen. Ich sollte Samuel sehen. Mum sollte ihn nicht sehen.

4

Das kleine Gespenst machte mir ein Zeichen mit dem Finger. Ich sollte zu ihm kommen. Es schwebte zur Tür hin und wackelte dabei mit dem Finger in meine Richtung.

Ich schüttelte den Kopf. »Denk bloß nicht, ich komme!« rief ich mit zitternder Stimme. »Ich bleib, wo ich bin!« Es kam ja wohl nicht in Frage, daß ich hinter einem Geist herlief. Der konnte sonstwohin gehen.

Er schien aufgeregt. Wieder machte er mir Zeichen. Diesmal fuchtelte er wie wild mit dem Arm. Er schien nicht sprechen zu können. Nur winken. »Du gehörst in einen Traum«, schrie ich. »In einen Alptraum. Du bist in Wirklichkeit gar nicht da! Ich schlafe jetzt weiter!«

Ich legte den Kopf auf das Kissen und zog mir die Decke über die Ohren. Dann machte ich die Augen zu und redete mir ein, daß es keine Gespenster gab.

Das Gespenst kam zu mir ins Bett.

Im Ernst. Es richtete sich gemütlich unter der Decke ein und fing an, mich mit einem kalten, kleinen Finger an den Fußsohlen zu kitzeln.

Es war nicht so, wie man von Mutter oder Vater gekitzelt wird, wenn sie einem die Finger in den Leib bohren, bis es weh tut. Nein. Es war anders. Es war, als würde man von einem Rauchwölkchen oder einem Federhauch gekitzelt. Ich wollte den Kerl wegwischen, aber meine Hand konnte nichts fassen. Sie griff einfach durch ihn durch.

Ich mußte kichern. Ob ich wollte oder nicht. Es kitzelte unerträglich. »Aufhören!« keuchte ich. »Bitte, hör auf!«

Er hörte nicht auf.

Da mußte ich lachen. Lauter und lauter. Ich warf und drehte mich im Bett herum. Die Bettdecke flog hoch und runter. Ich kreischte und kicherte. Ich johlte und schrie. Das ganze Bett bebte, ich krümmte mich vor Lachen. »Nicht!« stieß ich aus. »Bitte nicht!« Aber Samuel, das traurige Gespenst, hatte kein Erbarmen. Er kitzelte weiter und weiter und weiter. Das Bettzeug lag im ganzen Zimmer verstreut. Ich hopste auf und ab. Lachend und prustend.

Plötzlich knallte etwas. Ich war gegen den Nachttisch gestoßen. Der Topf mit dem Frauenhaarfarn fiel auf den Boden und zerbrach in tausend Stücke.

Alles war aus. Um mich her erstarrte die Welt.

Das Gespenst interessierte mich nicht mehr. Wenn es außer Kitzeln nichts konnte, gab es für mich nicht viel zu befürchten. Aber Snapper - der brachte viel Schlimmeres fertig als Kitzeln. Ein einziger Blick von ihm konnte einem das Blut in den Adern gefrieren lassen. »Das ist deine Schuld!« schrie ich Samuel an. »Jetzt sieh dir an, was du gemacht hast! Zerbrochen hast du ihn!« Junge, war ich wütend. Samuel huschte wieder ans Fenster. Jetzt sah er vollends niedergeschlagen aus. Er war das unglücklichste Gespenst auf der ganzen Welt. Und ich der unglücklichste Junge.

Reparieren konnte ich den Blumentopf nicht, deshalb ging ich in die Küche, um etwas anderes zu suchen. Ein leerer Margarinebehälter war alles, was ich fand. Ich schaufelte die Erde vom Boden auf und stopfte den Farn in den Behälter. Verzweifelt hoffte ich, daß er das überstehen würde.

Der traurige Samuel folgte mir durch das ganze Haus, während ich mit der Pflanze zu tun hatte. Als ich fertig war, fing er wieder mit seinen Zeichen an. Ich sollte zu ihm kommen. »Du machst wohl Witze!« schrie ich. Ich warf mein Kissen nach ihm, aber es flog einfach durch seinen Kopf durch. Jetzt wirkte er noch zerknirschter. Ein kleines Tränenband löste sich aus seinen Augen und rann ihm über die Wange.

Er drohte mir mit dem Finger und schüttelte wieder den Kopf. Irgend etwas wollte er von mir, und er würde nicht aufgeben, ehe er es erreicht hatte. Ich vergrub meinen Kopf unter der Decke und versuchte zu schlafen. Hoffentlich wachte ich am Morgen auf und stellte fest, daß alles nur ein böser Traum gewesen war.

Aber es war kein Traum. Am Morgen war das Gespenst immer noch da. Und der zerbrochene Blumentopf. Und der abgestorbene Frauenhaarfarn. Ja, er war eingegangen. Braun und verdorrt. Und ich würde genauso aussehen, wenn Snapper mit mir fertig war.

Ich brachte den Margarinebehälter und die Erde in den Hof und suchte nach einer anderen Pflanze. Ich hoffte, daß ich den toten Frauenhaarfarn durch etwas anderes ersetzen konnte. Alles, was ich fand, war ein Stengel Mais. Ein einsamer Stengel Mais. Ich zog ihn aus der Erde und steckte ihn in den Margarinebehälter. Es sah aus wie ein Laternenpfahl, der aus einem Fingerhut hervorwuchs.

Das Gespenst saß mit uns beim Frühstück. Mum konnte es natürlich nicht sehen. Sorgenvoll saß es am Tisch und sah mir zu, wie ich mein Müsli aß. Es tat mir kein bißchen leid. Nach allem, was es angestellt hatte. Ich konnte an nichts anderes denken als an die Schule. Und an einen langsamen, schleichenden Tod.

Der traurige Samuel folgte mir zur Schule. Keiner außer mir konnte ihn sehen. »Hau ab!« schrie ich. »Mach dich davon! Verschwinde!«

Miss Stevens, die Bibliothekarin, war direkt hinter mir. Sie dachte, ich rede mit ihr. »Was für ein unverschämter Lümmel!« sagte sie. »Das werde ich Mr. Snapper sagen.«

Mein elender Begleiter folgte mir in die Schule hinein und setzte sich auf den freien Platz neben mir. Keiner außer mir konnte ihn sehen.

»Dimsey«, knurrte Snapper, »wo ist mein Frauenhaarfarn?«

5

Ich hielt ihm den Margarinebehälter mit dem Maisstengel hin. Snappers Nase fing an zu beben. »Was ist das?« krächzte er.

»Es ist Ihre Pflanze«, sagte ich matt. Mein Magen hüpfte auf und ab wie ein Basketball. Mir war schlecht.

Snappers Gesicht hatte Ähnlichkeit mit einer Mauer, wenn sie gesprengt wird. Eben sah es noch aus wie immer. Im nächsten Augenblick aber war es mit Millionen von

Sprüngen bedeckt. Sogar bis unter die unecht aussehende Perücke zogen sich die Knitterfalten.

»Was?« rief er schrill. »Wo ist mein Blumentopf?«

»Zerbrochen«, murmelte ich. »Das Gespenst hat ihn zerbrochen. Es hat mich im Bett gekitzelt.«

»Gespenst!« brüllte er. »Gekitzelt!« Er zischte und sprudelte. Er war am Explodieren.

Ich zeigte auf Samuel. »Er hier! Der ist es gewesen.«

Alle starrten auf den leeren Platz. Ich war der einzige, der das traurige Gespenst sehen konnte. Samuel sah mich düster an. Dann glitt er aus seiner Bank und kam mit ausgestreckten Händen auf mich zu. »Nein!« schrie ich. »Nicht! Bloß das nicht! Nicht jetzt!«

Snapper sah mit seinem krebsroten Gesicht auf mich herunter.

Der traurige Samuel begann, mich mit seinen kleinen Fingern in den Achselhöhlen zu kitzeln.

Ich biß mir auf die Zunge. Tat, was ich konnte, um nicht zu lachen. Ein kleiner Pruster entkam mir. Nur ein kleiner, aber in meinen Ohren klang es wie das Gebrüll einer Herde Bullen. Kein Mensch wußte, warum ich lachte.

Snapper packte mich vorn am Hemd und ließ mich durch das Klassenzimmer segeln. »Du meinst wohl, das ist witzig, was? Du, du . . .« Er beendete seinen Satz nicht. Unter der Decke des Klassenzimmers hing ein großes Fischernetz. Muschelschalen und alles mögliche Zeug waren drin. Von diesem Netz hing auf der einen Seite ein Stück Angelschnur herunter - mit einem Haken dran. Der Haken war mir vorher noch nie aufgefallen.

Der vor Wut tobende Lehrer sprang auf und ab. Der Haken erfaßte Snappers Perücke und ließ sie wie an einem Gummiband durch die Luft schnellen. Snappers kahler Schädel glänzte nackt wie ein Entenei.

Totenstille. Snappers Augen funkelten. Sein eisiger Blick schweifte durch den Raum. Jeder, der auch nur ein Lächeln andeutete, war erledigt. Ausgelöscht. Vergangenheit. Jeder hielt den Blick gesenkt. Jeder hatte weiche Knie.

Sams federleichte Fingerchen machten sich an die Arbeit. Ich unterdrückte ein Kichern. Erstickte ein Lachen. Quälte mich mit einem Grinsen. »Nein!« schrie ich. Dann fing ich an zu lachen. Schnaubendes, keuchendes Riesengelächter. »Oh, ooh. Haaa. Har. Har. HaaaaaHaaaaa. Ahhhhh.«

Snapper schnappte. Mit ausgestreckten Armen kam er auf mich zu. Ein Irrer. Ein Monster.

Das Lachen breitete sich aus wie die Masern. Die ganze Klasse brach in Gelächter aus. Alle röhrten und wieherten. Lucy Watkins als einzige lachte nicht. Sie sprang auf und griff nach der Perücke. Der Angelhaken blieb an ihrem Ärmel hängen. Sie zog und zerrte. Das ganze Netz krachte herunter und begrub alle unter sich. Ein Fang aus zappelnden, gackernden Schülern.

Ich kroch unter dem Netz vor und machte mich aus dem Staub. So schnell ich konnte, rannte ich aus der Schule. Das Lachen verfolgte mich noch auf der Straße.

Ich konnte es selbst nicht glauben, da rannte ich einfach aus der Schule davon. Das hatte ich noch nie gewagt. Ich war ganz allein - wenn man das miesepetrige Gespensterchen nicht rechnete, das hinter mir herschlich. Mir war klar, daß ich jetzt ganz schön im Schlamassel steckte. Und alles wegen diesem jämmerlichen, kleinen Gespenst.

6

Ziellos durchstreiften wir den Park. Nach Hause konnte ich noch nicht. Es war zu früh, Mum käme womöglich dahinter. Plötzlich entdeckte ich einen Schlauch. Ich griff danach und richtete den Wasserstrahl auf Sam. »Verschwinde!« schrie ich. »Hau ab und mach jemand anderen unglücklich!« Das Wasser lief mitten durch ihn durch. Immer noch stand er da mit seinem kleinen, nach unten gezogenen Mund und machte mir Zeichen, ihm zu folgen.

Ich reagierte nicht. Auf der anderen Seite der Straße war der Friedhof. Mir kam eine Idee. Vielleicht würde das kleine Phantom in einem Grab verschwinden, wenn ich über den Friedhof ginge? Einen Versuch war es wert.

Eine Weile liefen wir zwischen den Gräbern umher. Man sollte meinen, auf dem Friedhof würde sich ein Gespenst wohler fühlen - aber nein. Er wirkte trübsinniger denn je. Eine richtige Trantüte.

In der Nähe fand eine Beerdigung statt. Trauernde, in Schwarz gekleidet, senkten einen Sarg in ein Grab. Ich ging still vorbei. Wollte nicht stören. Der Priester sprach gerade ein paar Worte. »Freunde«, sagte er, »das ist für uns alle ein trauriger Anlaß.«

Kleine, kalte Finger machten sich plötzlich emsig in meinen Achselhöhlen zu schaffen. »O nein!« stöhnte ich. »Nicht schon wieder! Nicht hier!« Ich fiel auf den Boden. Das war Folter. Das war Mord. Das Gespenst kitzelte mich während einer Begräbnisfeier. Ich wälzte mich lachend und brüllend auf der Erde. Tränen rannen mir über das Gesicht. Ich kullerte bis an den Rand des Grabes, kichernd und schnaubend. Wie ein Wald standen die Beine der Trauernden um mich herum.

Plötzlich war es vorbei. Er hörte auf zu kitzeln. Es war wie ein Unwetter, das ebenso schnell vergeht wie es gekommen ist. Die Menschen in Schwarz sahen auf mich herab. Sie waren böse. Sie waren wütend. Auf Beerdigungen lacht man nicht.

»Der Satan«, sagte der Priester.

»Der kleine Wilde«, sagte ein anderer.

»Packt ihn!«

»Gebt es ihm!«

Ein großer Mann ergriff mich und zerrte mich am Kragen hoch. Ich zappelte, ich krümmte mich und riß mich los. Machte mich davon. Rannte wie der Leibhaftige. Ein paar der Trauernden stürmten hinter mir her, aber schließlich gaben sie auf. Wie peinlich!

Ich jagte die Straße entlang. Samuel immer hinter mir her. Dann blieb ich stehen. Er machte mir Zeichen mit seinem wackelnden Finger. »Ich hab's kapiert«, sagte ich. »Du wirst mich so lange kitzeln, bis ich mit dir komme. So ist es doch, oder?« Er nickte.

»Okay«, sagte ich. »Hast gewonnen. Geh voran. Ich komme.« Ich konnte keine Kitzelattacke mehr riskieren. Dieses kleine Gespenst richtete mich zugrunde.

Ich folgte ihm. Er ging nach Hause und in unseren hinteren Schuppen. Es zeigte auf einen Spaten. »Ich soll den Spaten nehmen?« fragte ich. Es nickte. Ich ahnte, daß seine federleichten Fingerchen keine Kraft hatten. Sie konnten kitzeln, aber nichts Schweres heben.

Ich nahm den Spaten und folgte dem dahinhuschenden Gespenst. Es schwebte durch den Zaun. Ich kletterte über den Zaun. In den Wald. Über einen schmalen Pfad und auf eine Lichtung. Mitten auf der Lichtung deutete Samuel auf die Erde. Ich fing an zu graben. Ungefähr nach einer Stunde traf mein Spaten auf etwas. Ich hievte es hoch. Ein schwarzes Lederkästchen.

Ohne zu lächeln nickte Sam. Anscheinend brachte er nicht einmal ein Grinsen zustande. Er steckte den Finger in den Mund und pustete. Zumindest hielt ich es dafür. Es sah aus, als wolle er pfeifen. Ein lautloser Geisterpfiff.

Wir setzten uns und warteten. Nach einer Weile kamen noch zwei Gespenster. Jämmerliche, kleine Burschen. Inzwischen war ich an traurige Gespenster gewöhnt. Sie brachten mich nicht mehr aus der Fassung.

Sam zeigte auf das Kästchen. Ich machte es auf. Innen auf dem Deckel stand:

DER
GROSSE MINTO
ZAUBERMEISTER

Das Kästchen war mit Baumwolle gefüllt. Ich tastete in der Baumwolle herum und zog vier kleine blaue Fläschchen hervor. Auf dreien war ein Etikett mit je einem Wort.

GRINSEN

stand auf der einen Flasche.

LACHEN

stand auf der zweiten Flasche.

stand auf der dritten Flasche.

Auf der letzten Flasche stand nichts.

7

Ich zog den Stöpsel aus der ersten Flasche. Nichts geschah. Dann ein Wispern, ein Seufzen, ein kleines Wölkchen. Es drehte sich und summte. Und steuerte das nächstbeste Gespenst an. Verschwand in dessen offenem Mund. Der traurige Ausdruck in seinem Gesicht änderte sich und wurde zu einem geisterhaften Grinsen.

Ich machte die zweite Flasche auf. Ein Wispern, ein Seufzen, ein kleines Wölkchen. Es drehte sich und summte. Und strebte direkt auf das zweite Gespenst zu. Fuhr in dessen rechtes Ohr und war wie weggeblasen. Der Ausdruck des Jammers verschwand von seinem Gesicht. Das zweite Gespenst setzte das breiteste Lachen auf, das ich je gesehen hatte.

Mit der dritten Flasche - die mit dem Kichern - ging es genauso. Sobald ich sie aufgemacht hatte: ein Wispern, ein Seufzen, ein kleines Wölkchen. Es drehte sich und summte. Und wirbelte direkt in Sams linkes Ohr. Da war er keine Minute länger der traurige Sam. Er kicherte leise in sich hinein.

Ich sah ihnen eine Weile zu. Sie waren so vergnügt. So froh, daß sie tot waren (wenn ihr versteht, was ich meine). »Jetzt begreife ich«, sagte ich schließlich. »Minto, der Zauberer, hat euch irgendwie eure Fröhlichkeit gestohlen.

Euer Lachen. Er hat es in Flaschen gesteckt und euch in eurem Jammer alleingelassen. Jetzt habt ihr es wieder.«

Die drei grinsenden Gespenster nickten. Ich hielt ihnen die letzte Flasche hin. Die ohne Etikett. »Hier«, sagte ich, »nehmt die hier auch.« Sie schüttelten die Köpfe. »Wem gehört sie?« fragte ich.

Sam faltete die Hände und legte den Kopf darauf, wie um zu schlafen. »Einem toten Menschen?« sagte ich.

Er schüttelte den Kopf.

»Einem toten Geist?«

Er nickte.

»Können Geister sterben?«

Alle drei nickten.

»Aber dann sind es ja Gespenster von einem Geist?«

Sie hörten mir inzwischen nicht mehr zu. Sie hatten angefangen, sich langsam um sich selbst zu drehen. Dann schneller und schneller. Und schließlich wurden sie – wie Propellerflügel – unsichtbar. Lösten sich in nichts auf. Waren einfach weg.

Ich habe sie nie mehr gesehen.

Meine Füße schlurften über den Boden, während ich nach Hause ging. Den traurigen Sam war ich losgeworden. Aber jede Menge Scherereien standen mir noch bevor. Morgen mußte ich wieder zur Schule. Und dann war ich dran.

Als ich nach Hause kam, wartete Mum schon auf mich. Sie sah mich eine ganze Weile an, ohne ein Wort zu sagen. Das machte sie immer, wenn ich wegen irgendwas ein schlechtes Gewissen haben sollte. Schließlich sagte sie: »Von der Schule haben sie angerufen. Sie haben mir alles erzählt, was du angestellt hast. Schlimme Geschichte.

Bilde dir bloß nicht ein, daß ich dich da raushole. Morgen früh wirst du dich vor der ganzen Schule hinstellen und deine Strafe in Empfang nehmen müssen. Und jetzt kannst du auf dein Zimmer gehen, Tee kriegst du heute keinen.«

Ich ging in mein Zimmer. Es hatte keinen Zweck, Mum etwas von Gespenstern zu erzählen. Sie würde mir nie glauben. Ich dachte an Weglaufen. Doch zuletzt beschloß ich, die Suppe auszulöffeln. Das hieß, Snapper gegenüberzutreten.

8

Es war schlimmer, als ich gedacht hatte. Die ganze Schule war versammelt. Ich wurde nach vorn gerufen. Zweihundert Augenpaare starrten mich an. Snapper fauchte. »Dieser Junge hier«, sagte er mit lauter Stimme, »hat uns alle tief enttäuscht. Er ist aus der Schule weggelaufen. Er hat bei einer Beerdigung gelacht. Er hat meinen antiken Blumentopf zerbrochen. Er hat Miss Stevens aufgefordert abzuhauen. Er redet mit sich selber. Und das schlimmste ... er lügt wie gedruckt.«

Alle starrten mich an. Alle Schüler. Alle Lehrer. Mir war schwindlig. Es war nicht fair. Ich war unschuldig. Da überkam mich etwas, ich weiß auch nicht was, und ich brüllte los: »Es war das Gespenst. Das kitzelnde Gespenst!« Ich zog die blaue Flasche hervor und schwenkte sie umher. »Sein Lachen war ihm gestohlen worden. In eine Flasche eingesperrt. Ich hab es ihm wieder verschafft.«

Die Knitterfalten in Snappers Gesicht vereinigten sich

zum finstersten Blick, den die Welt je gesehen hat. Seine Falten sahen wie tausend umgekehrte Hufeisen aus. »Halt den Mund! Das reicht«, stieß er kreischend aus. Er riß mir die Flasche aus der Hand und schleuderte sie auf den Boden. Sie zersprang in tausend Stücke.

Da entstand ein Wispern, ein Seufzen, ein kleines Wölkchen. Es drehte sich und summte. Und glitt geradewegs in Snappers Nasenlöcher hinein. Es war auf den nächstbesten Griesgram losgegangen.

»Deine Strafe . . .« sagte er. Da hielt er plötzlich inne wie ein erschrecktes Kaninchen. Mit seinen Knitterfalten passierte etwas. Sie zuckten. Bewegten sich. Krümmten sich langsam nach oben. Fast hörte man es knacken. Jahre über Jahre hatten sie sich schlaff und mißmutig in Richtung Kinn hängen lassen. Jetzt bogen sie sich nach oben. Aus seinen Knitterfalten wurden Lachfältchen.

Snapper lächelte. Das eingesperrte Lachen in der Flasche hatte ein neues Zuhause gefunden.

Snapper strahlte mich an. »Es gibt keine Strafe«, sagte er großzügig. »Für einen netten Jungen wie dich gibt es keine Strafe.«

Ich ging nach hinten und setzte mich.

Mr. Snapper war ein toller Lehrer. Der beste, den ich je hatte. Die Klasse hat ihm sogar einen Spitznamen gegeben.

Smiley.

Der explodierte Wal

1

Mein Spitzname war Greensleeves (Rotzärmel), und das gefiel mir gar nicht. Kein bißchen. Aber er bedeutete nicht das, was ihr vielleicht denkt! Er hatte nichts zu tun mit der Art, wie ich mir die Nase putzte. Überhaupt nichts.

Ich hatte den Spitznamen wegen der Armbanduhr.

Aber ich erzähle besser von Anfang an. Ihr könnt ruhig die ganze Geschichte erfahren.

Dad und ich wohnten auf dem Wohnwagenplatz in Port Niranda. Wir waren sehr arm. Ewig knapp bei Kasse. Dad verdiente damals unseren Lebensunterhalt damit, daß er auf Farmen Baumstümpfe entfernte. Er machte ein Loch unter den Baumstumpf und steckte ein paar Dynamitstangen hinein. Dann rannte er in Deckung, weil die ganze Sache mit einem mächtigen Knall in die Luft flog. Danach suchte er die Teile des Baumstumpfs zusammen, die noch zu finden waren, und verkaufte sie als Feuerholz.

Viel brachte das nicht. Und deshalb war ich so erstaunt, als er mir die Armbanduhr schenkte. »Mensch, Dad, vielen Dank!« rief ich. »Ist ja super! Eine Digitaluhr mit Alarm!«

»Probier den Alarm mal«, sagte Dad mit einem Grinsen. »Er spielt eine Melodie.«

Ich drückte auf ein paar Knöpfe und stellte den Alarm ein. Fünf Minuten später, Punkt sechzehn Uhr, ging er los. Er spielte eine kleine, klimpernde Melodie, »Greensleeves«.

Ich fiel Dad um den Hals. Er war wirklich der Größte. Das Geld hätte er leicht für sich selber ausgeben können. Er sparte auf die Anzahlung für ein Haus, damit wir nicht mehr auf dem Wohnwagenplatz leben mußten. Armer, guter Dad. Er besaß nur seine Arbeitsklamotten. Alte Stiefel, einen runden Wollhut, dreckige Jeans und eine alte Uniformjacke. Er war nicht gerade der bestangezogene Mann der Stadt. Aber soweit es mich betrifft, war er der beste Mann der ganzen Stadt.

»Wo hast du das Geld her?« fragte ich. »Du hättest es nicht für mich ausgeben sollen, Dad. Hättest dir lieber neue Sachen zum Anziehen kaufen sollen.«

»Ich hab gerade eine große Sache an Land gezogen«, sagte er und lachte dabei unnatürlich. »Eine ganz große Sache. Wir werden bald zu Geld kommen.«

2

Es gefiel mir nicht, wie er das sagte: eine ganz große Sache. Ein dummer Gedanke drängte sich mir auf. »Was für eine Sache?« fragte ich.

»Der Wal. Ich will sehen, daß der Wal verschwindet.«

»O nein!« stöhnte ich. »Nicht der Wal! Bloß nicht!«

Mit Grauen sah ich Dad an. Um die Wahrheit zu sagen, ich hätte die Armbanduhr am liebsten zurückgegeben. Auch wenn sie ›Greensleeves‹ spielte.

An unserer Küste war vor ungefähr drei Wochen ein Wal gestrandet. Der größte Pottwal, der je gesehen worden war. Er war länger als drei große Häuser nebeneinander. Und genauso hoch. Bevor etwas zur Rettung des armen Burschen getan werden konnte, war er eingegangen.

Von überall her waren Leute gekommen, um diesen Wal anzuschauen. Die Motels waren mit Neugierigen voll. Sie waren zur Küste geschwärmt und hatten Fotos gemacht. Aus Melbourne waren Touristen in Sonderbussen angekarrt worden. Niemand hatte je einen so großen Wal gesehen.

Dann war der Strom der Touristen plötzlich versiegt. Niemand wollte mehr zum Strand gehen oder auch nur in die Nähe. Die Verwesung hatte eingesetzt.

Welch ein Gestank! Es war grauenhaft. Wenn der Wind aus Süden kam - was fast immer der Fall war -, lag die ganze Stadt im Gestank. Es war unerträglich. Die Leute sperrten sich in ihre Häuser ein und schlossen die Fenster. Aber es hatte keinen Zweck. Die widerliche Ausdünstung drang unter Türen und durch Schornsteine in die Häuser. Wehte und kroch durch jeden Ritz. Man konnte nicht entkommen. Es war scheußlich. Als hätte man dauernd einen Eimer Kotze unter dem Bett stehen.

Seeleute hatten versucht, den Wal mit einem Schlepper auf die offene See hinauszuziehen, aber das Tau war gerissen. Der Wal war einfach zu schwer.

Männer von der Stadtverwaltung - Gasmasken vorm Gesicht - hatten es mit Bulldozern versucht. Der Wal hatte sich keinen Millimeter von der Stelle gerührt. Schließlich hatten sie aufgegeben und sich geweigert, in die Nähe des Wals zu gehen.

Und jetzt hatte Dad angeboten, die Sache zu übernehmen. »Fünftausend Dollar«, sagte er. »Soviel kriege ich, wenn ich den Wal wegschaffe. Alles andere ist fehlgeschlagen. Der Bürgermeister ist verzweifelt.«

»Fünftausend Dollars«, echote ich. »Das reicht ja für . . .«

»Ja«, unterbrach mich Dad. »Das reicht für die Anzahlung auf ein Haus.«

Ich sah mich in unserem kleinen Wohnwagen um. Ich würde schon gern in ein Haus ziehen. »Aber wie willst du ihn bewegen?« fragte ich.

»Nicht ich«, sagte Dad. »*Wir*. Du wirst mir helfen.« Er grinste von einem Ohr zum anderen.

»Ich?« rief ich verblüfft. »Was kann ich denn machen? Ein Seil um einen der Zähne binden und ihn rausziehen? Nichts kann ich dabei machen!«

»Du kannst in sein Maul steigen«, sagte Dad, »und tief ins Innere kriechen. Wie Jonas. Und dann kannst du die Dynamitstangen in die Eingeweide stecken.«

»Was?« schrie ich. »Du willst ihn sprengen? Den Wal sprengen?«

»Jawohl«, sagte Dad leichthin. »Das wird ein Kinderspiel. An Sprengen hat noch keiner gedacht. Das Dynamit reißt ihn in Stücke, die Flut spült alles ins Meer hinaus. Und wir sind um fünftausend Dollar reicher.«

Ich stand da und überlegte mir das Ganze eine Weile. Ich stellte mir vor, in die Eingeweide eines Wals zu kriechen. Ich stellte mir den gräßlichen Gestank vor. Dann dachte ich an den armen, guten Dad, der auf ein Haus sparen wollte. Ich sah seine abgetragenen Kleider an und seinen verblichenen Hut.

»Okay«, sagte ich schaudernd. »Ich mach's.«

»Schlag ein, Troy«, sagte Dad und hielt mir seine große, braungebrannte Hand hin.

Und ich schüttelte sie. Abgemacht. Ein Junge, ein Wort. Jetzt konnte ich nicht zurück.

3

Am nächsten Tag fuhren Dad und ich mit unserem alten Lastwagen zum Strand. Hinten drauf waren Kisten mit Dynamit, Zündschnüre, Seile, Äxte und anderes Werkzeug. Als wir näher zur Küste kamen, wurde der Geruch immer stärker. Was für ein Gestank! Es war gräßlich. Dad fuhr an den Straßenrand, und wir legten unsere Gasmasken an. Mit der Gasmaske vor dem Gesicht war es etwas besser, aber verständigen konnte man sich nur mühsam. Wir mußten uns anschreien.

Am Strand waren weit und breit nur zwei Menschen zu sehen. Ich konnte nicht feststellen, wer sie waren, weil auch sie Gasmasken trugen.

»Es ist der Bürgermeister, Mr. Steal«, sagte Dad. »Und sein Junge.«

Ich unterdrückte ein Stöhnen. Nick, der Sohn des Bürgermeisters, war ein Mistkerl. Ständig klaute er irgend etwas. Aber auf die Schliche kam man ihm nie. Er war zu schnell. Legte man in der Schule seinen besten Kugelschreiber auf den Tisch, wenn Nick in der Nähe war, konnte man ihn gleich abschreiben. Der Kuli verschwand spurlos. Den Lehrern was zu sagen, hatte keinen Zweck. Wenn man nicht beweisen konnte, daß Nick den Kuli geklaut hatte, durfte man sich nicht beschweren. Dann kriegte man höchstens selber den Tadel, nicht Nick.

»Wir wollen hier niemanden haben, während wir arbeiten«, sagte Dad zu Mr. Steal. »Das ist zu gefährlich mit dem vielen Dynamit überall.«

»Ich will mich nur überzeugen, ob ihr eure Sache gut macht«, sagte Mr. Steal. »Ich paß schon auf Nick auf. Er wird euch nicht im Weg sein.«

»Also, dann bleibt hier beim Lastwagen«, sagte Dad. »Keiner soll näher an den Wal ran.«

Ich sah zu dem verwesenden Wal hin. Seine toten weißen Glotzaugen sahen aus wie Untertassen. Möwen saßen auf seinem berghohen Rücken und hackten auf der zähen Haut herum. Selbst mit der Gasmaske spürte ich den Gestank. Die Ausdünstung war so dicht, daß man sie beinahe sehen konnte.

»Also«, sagte Dad und blinzelte mir durch seine Gasmaske zu. »Du nimmst immer zwei Stangen Dynamit mit ins Maul. Sechzehn im Ganzen. Ich lasse sechzehn durch das Atemloch fallen. Für jede Ladung, die du hinbringst, legst du eine Zündschnur hier in die Kiste.« Er stellte – neben Nick – eine kleine Holzkiste auf die Ladefläche des Lastwagens.

Wir nannten sie »Zählkiste«. Mit dieser Methode behielten wir immer den Überblick, wieviel Dynamitstangen wir schon untergebracht hatten.

»Wenn wir nicht genug reinstecken«, sagte Dad, »sind die gesprengten Stücke nicht klein genug. Leg also ganz bestimmt für jede Stange Dynamit eine Zündschnur in die Kiste! Dann wissen wir genau, daß wir die richtige Anzahl haben.«

Ich nickte Dad zu. Seine Stimme in der Gasmaske klang komisch.

Nick betrachtete prüfend unsere Zählkiste. Ich hätte schwören können, daß er über uns spottete. Nick war ein gehässiger Kerl. Soviel stand fest.

Dad lehnte eine lange Leiter gegen den Wal und stieg auf den Rücken hinauf. »Ganz schön glitschig«, schrie er, »aber wird schon gehen.« Ich sah zu, wie er die ersten beiden Dynamitstangen im Atemloch des Wals versenkte. Dann ging ich an dem Wal entlang bis zum Maul.

Mein Mut sank, als ich durch die auseinanderklaffenden Kiefer spähte. Sah aus wie eine große, feuchte Höhle. Ab und zu brach ein Klumpen fauliges Fleisch vom Gaumen und klatschte mit schmatzendem Geräusch auf die Zunge. Mich schauderte. Dann ging ich zum Laster und holte meine ersten zwei Dynamitstangen.

Ich legte zwei Zündschnüre in die Zählschachtel und ging langsam zu dem stinkenden Kadaver zurück.

4

Dad gab mir Anweisungen. »Sieh zu, daß du tief in die Eingeweide reinkommst. Sonst explodiert er nicht richtig. Ich würd ja selber gehen, aber ich bin zu groß, ich komm nicht richtig rein. Macht dir doch nichts aus, oder?«

Um ehrlich zu sein - es machte mir schon was aus. Was war denn, wenn ich steckenblieb? Wenn ich mich nicht zurechtfand? Wenn die Innereien über mir zusammenbrachen und mich lebendig begruben? Durch die Gasmaske suchte ich Dads Augen, ich dachte an unseren Handschlag. Abmachung bleibt Abmachung. Mit klopfendem Herzen stieg ich in das glitschige, feuchte Maul des toten Wals.

Dad ging wieder zu seiner Leiter, um das restliche Dynamit ins Atemloch zu werfen. Ich war allein.

Vorsichtig balancierte ich über die durchhängende, stinkende Zunge. Bei jedem Schritt sank ich bis über die Knöchel ein. Mein Herz hämmerte vor Entsetzen. Ich leuchtete mit der Taschenlampe in die Schwärze und erkannte, daß sich der Gaumen abwärts neigte. Auf jeder Seite waren weiße, glänzende Knorpelreihen. Ich zwang mich vorwärts. Bald wurde das Gaumendach so niedrig, daß ich auf Knien weiterrutschen mußte. Meine Jeans waren von schleimigem Zeug durchweicht.

Plötzlich verengte sich das Ganze zu einer matschigen Röhre, ähnlich einer Wurst. Ich würde mich auf den Bauch legen und weiterschlängeln müssen. Durch die Gasmaske konnte ich das Saugen und Pressen meines Atems hören. Die Schutzbrille lief in der feuchten Luft allmählich an. Ich konnte nicht. Ich konnte einfach nicht. Ich konnte mich nicht in diesen gigantischen, wurstähnlichen Eingeweiden vergraben.

Da dachte ich wieder an den armen Dad und den alten, zerbeulten Wohnwagen. Mit einem energischen Stoß schob ich mich vorwärts und glitt in die Röhre hinein. Das Dynamit hatte ich in der einen Hand, die Taschenlampe in der anderen. Aber sehen konnte ich nichts. Ich war von gurgelnder Finsternis umgeben. Immer weiter arbeitete ich mich hinein. Tiefer und tiefer in die dunkelsten Abgründe, und überall um mich her das vergammelte Zeug, das der tote Wal gefressen hatte.

Plötzlich stieß ich mit der Hand gegen etwas Festes. Wie an eine schleimige Mauer. Mir schien, als kröche hier etwas. Tatsächlich - es kroch und krabbelte. Es wimmelte von Maden! Ich ließ das Dynamit fallen, und schreiend vor Entsetzen schob ich mich rückwärts. Würgend und strampelnd krümmte ich mich wie ein dicker Schmetterling im Finger eines Gummihandschuhs.

Ich flutschte ins Maul und schlitterte über die Zunge in das grelle Sonnenlicht hinaus. Dann, bevor mich der Mut verlassen würde, taumelte ich zum Laster hin und griff nach vier Stangen Dynamit - soviel ich tragen konnte. Ich warf vier Zündschnüre in die Zählkiste und machte mich noch einmal auf den Weg durch die unbeschreiblichen Kiefer.

Wieder hinein in die grauen Gedärme. Wieder hinaus. Wieder hinein. Wieder hinaus. Wie viele Male ich durch diesen widerlichen Schlund glitt, kann ich nicht sagen. Jedes Mal warf ich Zündschnüre in die Zählkiste, aber der Haufen schien nicht größer zu werden. Ich quälte mich in den Wal rein und raus und rein und raus. In meinem Kopf drehte sich alles. In meinem Hirn hämmerte es. Schließlich konnte ich nicht mehr. Ich stürzte neben dem Lastwagen zu Boden. Nichts würde mich da noch mal reinbringen.

Dad zählte die Zündschnüre. »Vierzehn«, sagte er. »Noch zwei.«

Ich konnte es nicht fassen. Ich hatte das Gefühl, als hätte ich eine Million Dynamitstangen dort unten abgeladen.

Dad sah, daß ich am Ende war. »Keine Angst«, sagte er. »Du hast deine Sache großartig gemacht. Die letzten beiden Ladungen stecke ich einfach ins Maul. Das wird reichen.«

Er ging zum Wal hinüber und schob die letzten Stangen sachte hinein. »Fertig!« rief er Mr. Steal und Nick zu. »Geht jetzt weg hier. Wir sind soweit, daß wir sprengen können.«

Nick und Mr. Steal wandten sich zum Gehen. Und dabei sah ich, wie sich Nick etwas in seine Brusttasche schob. Ein kleines Bündel Zündschnüre.

Das Herz schlug mir bis zum Hals. Er hatte Zündschnüre aus unserer Zählkiste genommen. Das hieß, daß ich zu viele Dynamitstangen im Innern des Wals deponiert hatte. Ich war öfter als nötig zwischen den Eingeweiden gewesen! Mir wurde schwach vor Wut. Am liebsten wäre ich hinter ihm hergerannt und hätte ihm meine schmierigen Hände um den Hals gelegt. Aber ich rührte mich nicht. Wenn ich Dad davon erzählte, würde er mich nochmal in den Walbauch schicken und die Dynamitstangen zählen lassen. Das konnte ich einfach nicht.

5

Wir fuhren den Laster ein Stück an der Küste weiter zu einer sicheren Stelle. Alle aus der Stadt hatten sich hinter dem Küstenstreifen versammelt, sie wollten bei der großen Explosion zusehen. Mit Taschentüchern vor den Nasen standen sie da, um den Gestank ein wenig zu dämpfen.

Dad zündete die lange Zündschnur an, die aus dem Atemloch des Wals hing, dann rannte er zum Laster zurück. Ich fragte mich, welchen Unterschied es wohl machen würde, wenn zuviel Dynamit im Wal war. Wahrscheinlich würde er jetzt in noch kleinere Teile zerfetzt, die noch leichter fortgeschwemmt werden würden.

Die Zündschnur zischte und spuckte. Das orangefarbene Flämmchen kroch seitlich am Wal hoch und ins Atemloch hinein. Ich schob meinen Ärmel zurück, weil ich sehen wollte, wie spät es war.

Meine Uhr war weg! Sie war im Innern des Wals abgegangen.

O nein! Das hielt ich nicht aus! Meine neue Armbanduhr.

Ich war völlig durcheinander. Wütend. Außer mir. Kopflos. Ich sprang auf und rannte zum Wal hin. »Meine Uhr! Meine Uhr! Meine Uhr!« schrie ich.

Hinter mit hörte ich Dads Stimme. Er schrie gellend. »Zurück, Troy! Zurück! Er explodiert gleich!«

Ich wußte nicht, was ich tat. Ich stürzte in das Maul und rutschte hinein. Mit einem festen Griff packte mich Dad an den Fußgelenken und riß mich heraus. Er schleifte mich über den Sand zurück. Es holperte und ruckelte, der Sand scheuerte an meinem Bauch. Mund und Augen füllten sich mit Sand, Muschelschalen und Steinchen zerkratzten mir das Gesicht. Tränen strömten mir über die Wangen.

Mit einem Ruck stieß mich Dad unter den Lastwagen. Gerade noch rechtzeitig.

Puff-Boing! Der Himmel verfinsterte sich. Die Sonne war wie ausgelöscht. Sand und Walinnereien peitschten wie ein schwarzer Sturm durch die Luft. Es hagelte Wal. Es pustete Wal. Es spritzte Wal.

Da mußten fünfzig Dynamitstangen drin gewesen sein!

Das Dröhnen ließ uns fast die Trommelfelle platzen. Der Laster bebte unter dem gewaltigen Druck. Sandstrahlen bliesen ihm jeden Strich Farbe von der Karosserie.

Als sich die Luft endlich wieder klärte, hatte sich am Strand ein Krater und darin ein großer See gebildet. Kein noch so winziges Teilchen Wal war auf dem Sand zurückgeblieben.

»Jipiiiee!« schrie Dad. »Wir haben es geschafft! Geschafft! Geschafft!«

»Das ist noch nicht alles, was ihr geschafft habt«, sagte hinter uns eine kalte Stimme. Da stand Bürgermeister Steal mit Nick, seinem hämischen Sohn. Der Bürgermeister deutete zur Stadt hin.

Wir drehten uns um - und erstarrten. Die ganze Stadt war von den stinkenden Teilen des Wals bedeckt. Fetzen von Walgedärm hingen von Laternenmasten und Fernsehantennen. Überall auf den Dächern lag ekelhaftes rotes und graues Zeug. Fenster waren zerbrochen. Elektrische Leitungen waren mit Walinnereien garniert. Brokken und Klumpen von verwestem Fleisch übersäten die Straßen.

War der Gestank vorher schon schlimm gewesen - jetzt war er noch viel schlimmer. Er war so übel, daß er einem die Tränen in die Augen trieb. Auf jedem Haus häuften sich zerfetzte, zerrissene Überbleibsel des Wals.

»Glauben Sie nur nicht, daß Sie dafür Geld bekommen!« sagte Bürgermeister Steal unbarmherzig. »Fünftausend Dollar wird es kosten, diese Schweinerei wieder wegzuräumen! Ich glaube kaum, daß in dieser Stadt noch jemand mit Ihnen reden will!«

»Ich verstehe das nicht«, sagte Dad kopfschüttelnd. »Mit solcher Wucht hätte es nicht hochgehen dürfen. 32 Stangen Dynamit - das hätte nie so hochfliegen dürfen.«

»Er war's!« schrie ich und zeigte auf den grinsenden Nick. »Er hat Zündschnüre gestohlen. Aus der Kiste hat er sie genommen. Sie sind in seiner Hemdtasche.«

»Gib dir keine Mühe, meinem Jungen was anzuhängen!« sagte der Bürgermeister. »Versucht bloß nicht, die Schuld auf einen unbeteiligten Zuschauer zu schieben!«

»Durchsuchen Sie ihn!« sagte Dad. »Schauen Sie mal in seine Hemdtasche!«

»Nein«, sagte Bürgermeister Steal.

Ehe sich Nick umdrehen konnte, packte ihn Dad und durchsuchte seine Taschen.

Sie waren leer.

6

»Er hat sie weggeworfen!« rief ich. »Das macht er immer, wenn er was geklaut hat. Nie erwischt man ihn! Ich hab Zündschnüre bei ihm gesehen. Ich hab's gesehen! Ich hab's gesehen!« Ich weinte, aber das war mir egal. Ich war umsonst in den Eingeweiden des Wals herumgekrochen. Jetzt würden wir nie zu einem Haus kommen. Nie.

»Was für ein gemeiner Trick!« sagte Bürgermeister Steal. »Erst beschuldigst du Nick, und dann durchsucht ihn dieser dreckige Abbruchheini. Und findet nichts. Ich verlange eine Entschuldigung!«

Dad ließ den Kopf hängen. Dann sah er Nick an. »Tut mir leid«, sagte er. »Hätte ich nicht machen sollen.«

Wir wandten uns ab, und niedergeschlagen gingen wir durch die walverseuchte Stadt nach Hause. Die Arbeiter von der Stadtreinigung waren schon dabei sauberzumachen. Uns war elend zumute. Wir hatten unsere Chance vertan, fünftausend Dollar zu verdienen. Und alles wegen diesem gemeinen Nick.

»Jetzt werden wir nie ein Haus kriegen«, sagte ich traurig. »Höchstens, wir gewinnen im Lotto.«

»Oder finden einen Klumpen Ambra«, antwortete Dad bedächtig.

»Was ist Ambra?« fragte ich.

»Wenn ein Wal krank ist«, sagte Dad, »erzeugt er in seinem Magen manchmal diesen Stoff, den man Ambra nennt. Ist einen Haufen Geld wert. Aber nur in einem von tausend Walen kommt Ambra vor.«

Ich wurde munter. »Wie sieht das aus?«

»Weiß ich nicht. Hab nicht die leiseste Ahnung«, sagte Dad und sah auf die Fetzen des gesprengten Wals, die den Boden bedeckten.

Als wir zu unserem Wohnwagen kamen, sah ich Stücke vom Wal auf dem Dach liegen. Eines der Fenster war zerbrochen. Ich ging hinein und fand auf meinem Kopfkissen einen runden, grauen Klumpen. Ungefähr so groß wie ein Kricketball. Es war irgendwas Schwabbeliges, Glattes aus dem Innern des Wals. Ich brachte es nach draußen und legte es auf die Stufen des Wohnwagens.

Dann gingen Dad und ich zu den städtischen Arbeitern, um beim Saubermachen zu helfen. »Ist das Mindeste, was wir tun können«, sagte Dad.

Als wir den Wohnwagenplatz verließen, sah ich Nick, wie er von seinem Zimmerfenster aus zu uns herüberstarrte. Er beobachtete uns mit dem Fernglas. Ich tat, als sähe ich ihn nicht.

Wir arbeiteten den ganzen Tag und halfen den Leuten, ihre Häuser sauberzumachen. Wir sammelten die ekligen Innereien ein und warfen sie in Abfalltonnen. Dann brachten wir sie zum Kipplaster. Die Leute aus der Stadt redeten nicht viel. Fast alle mochten Dad gern, und sie konnten sehen, daß er den Schaden wiedergutmachen wollte, indem er beim Aufräumen half.

Mitten am Nachmittag, während wir auf dem Schulhof fegten, hielt Bürgermeister Steal in seinem Jaguar neben uns an. Er hatte einen kleinen, grauhaarigen Mann bei sich. »Das ist Mr. Proust«, sagte der Bürgermeister. »Er will mit euch sprechen.«

Mr. Proust sprach mit hoher, piepsiger Stimme. Er sah mich offen an. »Bist du der Junge, der im Innern des Wals war?« fragte er.

»Ja«, sagte ich lahm.

»Hast du vielleicht etwas Ähnliches wie das hier gesehen?« Er zeigte mir ein Farbfoto.

»Was ist das?« fragte ich.

»Es ist Ambra. Das kommt aus dem Innern des Pottwals. Wir machen Parfüm damit. Das beste Parfüm der Welt. Aber jetzt, wo Wale nicht mehr getötet werden dürfen, ist es sehr schwer zu bekommen.«

Ich starrte auf das Foto von etwas Grauem, Schwabbeligem aus dem Innern des Wals. Ungefähr so groß wie ein Kricketball.

Der kleine Mann wurde immer aufgeregter. »Ein Stück dieser Größe«, sagte er, »ist zehntausend Dollar wert. Und soviel gebe ich dir dafür.«

Ich hatte im Innern des Wals nichts gesehen. Es war zu dunkel gewesen. Ich schüttelte den Kopf. Und in diesem Augenblick fiel es mir ein. »Beim Wohnwagen!« rief ich. »Ich hab so ein Teil bei unserem Wohnwagen, und das sieht genauso aus.«

Wir zwängten uns in den Jaguar, und Bürgermeister Steal fuhr mit uns zum Wohnwagenplatz. Aus irgendeinem Grund schien er diesem kleinen Mann einen Gefallen tun zu wollen. Als wir an Steals Haus vorbeikamen, sah ich Nick im oberen Zimmer. Er warf etwas mit den Händen hoch. Sah aus wie ein Ball.

Als wir beim Wohnwagen ankamen, lag der Batzen Ambra nicht auf der Treppe. »Das hat einer geklaut«, sagte Dad. Er sah niedergeschlagen und erschöpft aus.

»Und ich weiß auch, wer!« rief ich. »Ich hab Nick damit gesehen, als wir vorbeigefahren sind. Es ist in seinem Zimmer.«

Mr. Proust tänzelte aufgeregt hin und her und wedelte mit seinem Scheckbuch.

Mr. Steal machte seine Augen schmal. »Wollt ihr schon wieder meinen Sohn beschuldigen?« zischte er mit unterdrückter Stimme. Er war sehr zornig.

Dad sah mich an. »Bist du sicher? Bist du ganz sicher?«

Ich holte tief Luft. »Ja!« sagte ich.

»Wir wollen Nicks Zimmer durchsuchen«, sagte Dad. »Troy lügt nicht.«

»Und Nick stiehlt nicht!« sagte der Bürgermeister.

Die beiden Männer sahen einander an. Schließlich sagte der Bürgermeister: »Gut, ich erlaube euch, Nicks Zimmer zu durchsuchen. Wenn ihr aber nichts findet, müßt ihr mir eins versprechen.«

»Was denn?« fragte Dad.

»Daß ihr beide, falls ihr das Ambra nicht in Nicks Zimmer findet, morgen die Stadt verlaßt und nie mehr zurückkommt.«

Wir blinzelten einander zu, Dad und ich. Wir hatten denselben Gedanken. Wir wollten nicht fort aus der Stadt. Wir lebten gern in Port Niranda. Unsere Freunde wohnten alle hier. Meine Mutter war hier auf dem Friedhof begraben. Wir wollten nicht fort.

Ein langes Schweigen entstand. Dann sagte Dad: »Okay, wir durchsuchen das Zimmer, und wenn wir nichts finden, verlassen wir Port Niranda morgen.« Seine Augen waren feucht.

7

Wir drängten alle in Nicks Zimmer. »Ich hab nichts genommen!« schrie er seinem Vater entgegen. »Ihr könnt nachsehen, wo ihr wollt!« Und er setzte ein dämliches Grinsen auf. Mir wurde flau im Magen. Er wirkte kein bißchen besorgt.

Dad und ich durchsuchten das Zimmer, während die anderen herumstanden und uns zusahen. Wir verbrachten eine ganze Stunde mit Suchen. Nichts. Wir suchten unter der Matratze. In Schränken und Schubkästen. Überall.

»Ich hab gesehen, wie du einen Ball oder was Ähnliches hochgeworfen hast«, sagte ich zu Nick.

»Einen Ball besitz ich nicht mal!« grinste er. »Stimmt's Dad?«

»Stimmt«, sagte Mr. Steal. »Und jetzt ist genug gesucht.

In diesem Zimmer ist kein Ambra. Ich erwarte, daß ihr morgen in aller Frühe aus der Stadt seid!«

Ich sah Dad an. Er wirkte plötzlich sehr alt. »Darf ich mal kommen und das Grab meiner Frau besuchen?« fragte er.

Bürgermeister Steal schüttelte den Kopf. »Ein Mann, ein Wort«, antwortete er.

Nick grinste über sein ganzes, boshaftes Gesicht.

Ich sah auf die Uhr an der Wand. Sechzehn Uhr. Zeit zu gehen.

Als wir uns zum Aufbruch wandten, hörte ich einen feinen Klang. Etwas, das ich schon mal gehört hatte. Eine kleine Melodie. Ganz schwach. Es war ›Greensleeves‹.

»Da!« schrie ich. »Unter dem Teppich!«

Dad lief hin und zerrte hastig den Läufer zurück. Eine kleine Klapptür war darunter. Mit einem Ruck riß er sie auf und zog den Ambraklumpen hervor. Ein kleines, glänzendes Stückchen einer Armbanduhr ragte daraus hervor. Es war meine Uhr. Die, die ich im Wal verloren hatte. Sie mußte, als der Wal explodiert ist, in das Ambra hineingedrückt worden sein. Der Alarm war noch auf sechzehn Uhr eingestellt gewesen, und jetzt war er losgegangen.

Nick rannte heulend aus dem Zimmer. Sein Dad lief ihm nach, brüllend und Fäuste schwenkend, und rief Nick »Dieb« und »Lügner« hinterher.

Mit breitem Lächeln machte sich Mr. Proust daran, seinen Scheck auszustellen. »Zehntausend Dollar«, sagte er, als er Dad den Scheck überreichte. »Und die Uhr hast du obendrein.«

Mit erleichtertem Grinsen sahen Dad und ich die verschmierte Uhr an. Sie spielte immer noch »Greensleeves«.

Onkel Maus

1

»Diesen Mistkäfer nimmst du nicht mit!« sagte Mutter.

»Aber Mum, Onkel Sid findet Mistkäfer gut. Er hat nichts dagegen.«

»Aber Tante Scrotch hat was dagegen. Sie findet nicht mal Jungen gut. Du hast Glück, daß du jedes Jahr in den Ferien zu Besuch kommen darfst. Du läßt diesen Mistkäfer bei mir zu Hause!«

»Okay«, sagte ich. Ich steckte meinen Mistkäfer wieder in die Streichholzschachtel und schob sie in meine Tasche. Tante Scrotch würde gar nichts davon merken.

Die erste Nacht bei Tante Scrotch war fürchterlich. Da lag ich nun in der Dunkelheit im Bett. Tante Scrotch hatte mir nicht erlaubt, das Licht anzulassen. Sie war zu geizig, um dafür Strom zu verbrauchen. Im Zimmer war es fast schwarz. Gerade hell genug, daß man Schatten an der Wand sehen konnte. Gerade hell genug, daß man fast die Augen erkennen konnte, die mich beobachteten.

Ich wußte nicht, was ich tun sollte. Wenn ich losschreien würde, stürzten sich die Augen vielleicht auf mich. Wenn ich reglos lag und kaum atmete, gingen sie vielleicht weg. Die Nacht war lang. Ich konnte die dahinschleichende Zeit mit meinen Atemzügen messen.

Die Augen starrten. Ich war überzeugt, daß sie starrten, wenn ich sie auch nicht sehen konnte. Etwas bewegte sich. Neben der Uhr auf dem Regalbrett. Ein Rascheln? Ein Raunen? Ein Schritt? Mein ausgetrockneter Mund formte einen lautlosen Schrei. Ich wollte losbrüllen. Ich wollte rufen: »Wer ist da?« Ich wollte Onkel Sid rufen, aber in panischer Angst verweigerte meine Kehle jeden Laut. Sie bebte und zitterte nur unter den Anstrengungen eines erstickten Schreis.

Zwei Lichtpünktchen. Jetzt konnte ich sie sehen. Sie bewegten sich lautlos. Gingen an und aus. Meine Hand schob sich leise zum Lichtschalter. Ich fummelte zwischen den Papiertaschentüchern herum. Ich fand meine Armbanduhr. Ich erwischte ein paar Münzen. Alles, außer dem Lichtschalter.

Blöder Lichtschalter! Lieber, guter Lichtschalter, wo bist du?

»Klick«. Da hatte ich ihn gefunden. Im Zimmer wurde es hell. Ich sah sofort, wem die Augen gehörten. Einer Maus. Einer kleinen, grauen Maus. Ohne sich zu bewegen, blinzelte sie mich an. Angst schien sie nicht zu haben. Dann stellte sie sich – zu meiner Verblüffung – auf die Hinterbeinchen und marschierte los. Spazierte auf den Hinterbeinen über das Regalbrett. Dann faltete sie ihre kleinen Pfötchen unter dem Kinn, wie um zu beten.

Ich nahm meinen Pantoffel und schmiß ihn nach der Maus. Sie machte einen Satz hinter die Uhr, und der Pantoffel knallte gegen die Wand.

Mit einem Seufzer drehte ich das Licht aus und legte mich wieder ins Bett. Ich hatte das Gefühl, als sei ich übergeschnappt. Mäuse laufen nicht auf zwei Beinen. Und ganz bestimmt beten sie nicht. Ich sagte mir, daß ich nur irritiert war wegen Onkel Sid. Tante Scrotch hatte gesagt, daß er nicht gestört werden dürfe. Und daß sie mich nicht zu ihm lassen wollte. Da war ich nun extra auf Ferienbesuch in ihr verlassenes, altes Haus gekommen, und jetzt durfte ich nicht mal zu Onkel Sid. Das war unfair.

Schritte. O nein, nicht schon wieder! Diesmal waren es wirklich Schritte. Menschenschritte draußen auf dem Gang. Leise stieg ich aus dem Bett und machte die Tür einen Spalt auf. Es war Tante Scrotch, die mit einer Taschenlampe über den Gang schlich. Warum hatte sie kein Licht gemacht? Warum schlich sie? Und warum standen an jeder Wand im ganzen Haus Käseschachteln? Von der Decke hingen Käselaibe herunter. Im Wohnzimmer stapelten sich Käseschachteln. Käse in Einkaufsnetzen. Käse mit roter Schutzhülle. Käse wie Plumpudding. Käse auf den Möbeln. Käse auf dem Tisch.

Käse, Käse überall.

2

Auf Zehenspitzen ging Tante Scrotch durch den Gang zur Kellertreppe. Sie nahm eine Packung Edamer von dem Käsevorrat, der an den Wänden aufgeschichtet lag, und hielt ihn mit beiden Händen fest. Obenauf balancierte sie die Taschenlampe, die fortwährend hin und her rollte. Sie ließ gruselige Schatten über die Kellerdecke zucken.

Tante Scrotch verschwand die Kellertreppe hinunter und ließ das Haus im Finstern. Ich zog meine Sandalen an und schlich zur Kellertreppe. Mit klopfendem Herzen ging ich hinter der Tante her. Unten blinzelte ich vorsichtig um die Ecke.

Da war eine Tür, die bei meinem letzten Besuch nicht dort gewesen war. Die Tür war von außen mit einem großen Riegel versperrt. Eine kleine, vergitterte Fensteröffnung war darin. Tante Scrotch riß den Pappdeckel von dem Karton und fing an, riesige Käsebrocken durch das Gitter zu werfen. Lautes Schmatzen und Schnüffeln kam von drinnen. Es hörte sich an wie ein hungriges Tier, das aus dem Trog frißt.

»Schwein«, sagte Tante Scrotch, als sie sich umdrehte, um wieder hinaufzugehen. Ich drückte mich neben ein paar Kisten an die Wand und hielt die Luft an. Tante Scrotch ging vorbei, ohne in meine Richtung zu schauen. Ihre Schritte schlurften die Treppe hinauf und wurden schließlich von dem leisen Klappern ihrer Zimmertür verschluckt. Sie war weg.

In der Dunkelheit drangen gedämpfte Schmatzlaute hinter der verschlossenen Tür vor. Ich knipste das Licht auf dem Gang an und spähte durch die Gitterstäbe. Fast wäre ich in Ohnmacht gefallen. Es war Onkel Sid. Sein Haar war lang und verwahrlost. Ein verfilzter Bart hing ihm um den sabbernden Mund. Käseflecken übersäten sein zerrissenes T-Shirt. Seine Füße waren nackt. Er hockte auf allen vieren und knabberte mit den Zähnen an dem Käse herum.

Das letzte Mal, als ich Onkel Sid gesehen hatte, war er gesund, stattlich und gepflegt gewesen. Er war so ein Onkel, der immer zehn Cents hinter deinem Ohr findet. Oder der sich die Daumenspitze abzieht und wieder dransetzt, bevor du sehen kannst, wie er es macht. Er war mein

Lieblingsonkel. Und nun hatte ihn die gräßliche Tante Scrotch in den Keller gesperrt!

»Onkel Sid!« krächzte ich. »Ich bin's, Julian!«

Er sah nicht mal auf. Onkel Sid knabberte einfach weiter an seinem Käsestück.

Es war wie verhext. Was war los mit ihm? Warum gab er keine Antwort? Mir stiegen vor Zorn Tränen in die Augen, als ich an dem Riegel zerrte und die Tür aufmachte. Diesmal sah er auf. Dann hüpfte er zur Ecke hin und blinzelte mich mit munteren, fremden Augen an. Bevor ich den Mund aufmachen konnte, rannte er auf die Tür zu und stürmte - immer noch auf allen vieren - auf den Gang hinaus und die Treppe hoch.

Ich rannte hinter ihm her. Traute meinen Augen kaum. Onkel Sid riß an einer großen Kiste. Auf der Seite stand *Blauschimmelkäse*. Er zerrte mit Fingern und Mund daran, er wollte an den Käse im Innern. Endlich hatte er es geschafft. Er zog den blauweißen Käse heraus und verschlang ihn gierig.

Der Geruch war schrecklich. Ich kann den Geruch nach Blauschimmelkäse nicht ausstehen. Doch Onkel Sid schwelgte darin. Er schmatzte und knabberte auf Teufel komm raus.

Scheinbar nach Ewigkeiten hörte er auf. Er reckte die Nase in die Luft und schnupperte. Er hielt seine Hände unter das Kinn wie ein Hund, der bettelt. Dann steuerte er die Treppe zum ersten Stock an. Plötzlich erstarrte er. Wich langsam zurück. Vor irgend etwas hatte er Angst.

Es war Tante Scrotch. Ihr Mund war hart und verzerrt. Und in den Armen hielt sie Tiger, ihren fetten Kater. »Fang ihn, Tiger!« zischte Tante Scrotch.

Sie setzte Tiger auf den Boden, und er duckte sich, zischend und fauchend. Onkel Sid war entsetzt. Langsam zog er sich wieder über die Treppe zurück und ließ dabei den heimtückischen Kater nicht aus den Augen.

Tiger drückte sich gegen den Boden und kroch langsam vorwärts. Sein Schwanz bebte. Seine Schnurrhaare zitterten. Er duckte sich sprungbereit. Onkel Sid schien wie hypnotisiert von dem Kater. Ich rieb mir über die Augen. Der arme Onkel Sid hatte Angst vor einer Katze! Mir war schwindlig. Wurde ich verrückt? War das alles ein schrecklicher Traum? Plötzlich drehte sich Onkel Sid um und rannte davon. Auf allen vieren. Er floh zu seiner kleinen Gefängniszelle zurück. Schoß mit unglaublicher Geschwindigkeit hinein.

Tante Scrotch war fast ebenso schnell. Sie griff nach Tiger, als er eben im Begriff war zu springen. Dann schlug sie die Tür zu und verriegelte sie. Onkel Sid war wieder eingesperrt.

»Du Dummkopf!« schnaubte Tante Scrotch, während sie mich aus meinem Versteck fischte. »Warum hast du ihn rausgelassen?«

»Er soll nicht eingesperrt sein!« schrie ich. »Warum ist Onkel Sid eingesperrt?«

Ihre Stimme hörte sich an wie Fingernägel, die über eine Tafel kratzen. »Kapierst du's nicht? Kannst du's dir nicht denken? Dein werter Onkel Sid hält sich für eine Maus.«

3

Ich gab mir Mühe, es zu verstehen. Ich gab mir Mühe, in dieser Erklärung einen Sinn zu finden. In meinem Kopf drehte sich alles. Es stimmte. Onkel Sid verhielt sich wie eine Maus. Er schnupperte in der Luft wie eine Maus. Er aß Käse. Er bewegte sich auf allen vieren. Er hatte Angst vor Katzen.

Mein armer, guter Onkel Sid hielt sich für eine Maus!

»Er gehört in ein Krankenhaus«, sagte ich langsam. »Nicht eingesperrt.«

Tante Scrotch packte mich am Kragen meines Schlafanzugs und zerrte mich in die Küche. Sie ließ mich auf einen Stuhl fallen. »Er war im Krankenhaus«, schnappte sie. »Sie können nichts für ihn tun. Jetzt hab ich ihn am Hals. Muß mich um ihn kümmern. Er handelt wie ein Tier, also behandle ich ihn wie ein Tier.«

»Das ist grausam!« schrie ich. »Du darfst nicht so gemein sein! Du darfst keine Katzen auf ihn hetzen!«

»Und du bleibst weg von ihm!« befahl Tante Scrotch. »Geh ja nicht in seine Nähe! Er versucht die ganze Zeit zu entwischen. Ist schwer wieder einzufangen, wenn er erst mal draußen ist. Und noch was. Ich brauche deine Hilfe. Ich suche etwas. Etwas, das spurlos verschwunden ist.«

»Was denn?« fragte ich. Aber was es auch sein mochte, ich würde Tante Scrotch bestimmt nicht helfen. Ich war wütend. Ich war richtig böse auf sie. Sie behandelte Onkel Sid gemein.

»Dein Onkel hat eine neue Art von Mausefalle erfunden«, sagte Tante Scrotch. »Sie sieht aus wie ein kleiner

Elektrozaun. Wenn eine Maus auf den Draht tritt, fließen ihre Gehirnströme durch den Draht in ein kleines Kästchen und dann wieder zur Maus zurück. Dann hat die Maus Visionen von Landschaft und frischer Luft. Von Feldern. Von Getreide und blauem Himmel. Sie läuft hinaus ins Freie und kommt nie wieder zurück. Der Elektrozaun bewirkt, daß sich Mäuse nach frischer Luft sehnen. In einem Haus halten sie es nicht mehr aus. Die Mäuse werden durch diese Falle nie verletzt. Diese Mausefalle wäre Millionen wert. Millionen Dollars. Aber seit der dumme Sid sich für eine Maus hält, ist sie verschwunden. Jemand hat sie gestohlen. Oder Sid hat sie irgendwo versteckt. Jedenfalls ist sie weg. Falls du sie findest, gib sie mir. Sie gehört mir.«

Meine geizige Tante stand auf und ging zum Vorratsschrank. Sie holte ein Glas mit Schokolinsen herunter und schüttete sie auf einen Teller. Alles, was sie überhaupt aß, waren Schokolinsen - kleine Knöpfe aus Schokolade, zu Hunderten und Tausenden. Ich bin nie dahintergekommen, warum sie so dünn geblieben ist. Man sollte meinen, daß sie dick und fett geworden wäre, weil sie nichts außer Schokolade aß. Sie aß ungefähr dreißig Schokolinsen und bot mir nicht mal eine an!

»Geh ins Bett«, befahl sie. »Und vergiß nicht: Wenn du diese Elektrozaun-Mausefalle siehst, gib sie mir.«

4

Ich ging schlafen und drehte das Licht aus. Aber ich konnte nicht schlafen. Kleine Augen beobachteten mich. Kleine Mäuseaugen. Es war dieselbe Maus, die mich vorher schon beobachtet hatte, davon war ich überzeugt.

Ich drehte das Licht an und blinzelte zu der kleinen grauen Maus hin. Sie saß in der Ecke. Und dicht daneben stand eine Mausefalle mit einem Stück Käse drin. Aber es war nicht Onkel Sids Elektrozaun-Falle. Es war eine gewöhnliche. So eine, die zuschnappt und die Maus zerquetscht.

Die Maus kroch dichter an die tückische Falle heran. »Nicht!« rief ich. Die Maus beachtete es nicht. Sie kroch weiter, bis sie die Falle fast berührte. Dann tat sie etwas, das ich kaum glauben konnte. Sie nahm ein Streichholz vom Boden auf und hielt es mit ihren kleinen Pfoten fest. Dann stieß sie den Käse in der Falle mit dem Streichholz an.

Klick. Wie der Blitz schnappte die Feder ein. Die Maus hatte die Funktion der Falle ausgelöst, ohne sich selbst zu verletzen! Es war die klügste Maus der Welt.

Ich reckte ein Bein aus dem Bett und setzte es auf den Boden. Die Maus saß genau an dieser Stelle. Schien überhaupt keine Angst zu haben. Schließlich trippelte sie langsam auf die andere Seite von meinem Bett. Ab und zu hielt sie an und blinzelte zu mir hoch. Schließlich, als sie sah, daß ich ihr folgte, huschte sie unter das Bett.

Ich kniete mich hin und sah ihr nach. Mäusegeruch kam unter dem Bett hervor. Mäuseköttel lagen auf dem gebohnerten Fußboden. Aber irgendwie anders, als man das normalerweise kennt, und ich kam erst nicht dahinter. Dann erkannte ich es: Die Mäuseköttel waren in einem Muster angeordnet. Sie bildeten ein Wort. Die Mäuseköttel ergaben das Wort HILFE.

Die kleine graue Maus hatte in der einzigen ihr möglichen Art eine Nachricht geschrieben!

Bevor ich Zeit hatte, es richtig zu begreifen, war die Maus schon wieder fort. Diesmal lief sie zu einem kleinen Loch in der Wand und verschwand darin. Nach ein, zwei Minuten kam sie heraus und schleifte mit den Zähnen ein Stück Papier hinter sich her. Sie ließ es vor meinen Füßen fallen.

Ich nahm das Papier und sah es an. Es war ein Stück aus der Seite eines Tagebuchs. Onkel Sids Tagebuch. Ich erkannte seine Schrift. Der Papierfetzen war von winzigen Zähnen aus dem Buch herausgenagt worden.

Folgendes stand darauf:

> *Ich habe eben entdeckt, daß die Elektrozaun-Falle gefährlich ist. Wenn zwei Wesen den Draht gleichzeitig berühren, vertauschen sich ihre Gehirne. Gestern kamen ein Frosch und eine Maus gleichzeitig an die Falle. Die Maus machte sich mit einem Luftsprung davon, und der Frosch huschte verstö . . .*

Den Rest der Seite konnte ich nicht lesen, weil er zernagt war. Wie wild fing es in meinem Kopf an zu arbeiten. Ich dachte an Onkel Sid, der sich für eine Maus hielt. Und ich sah die Maus an, die offenbar glaubte, sie sei ein Mensch. Plötzlich klickte es. Ich wußte, was passiert war. Onkel Sid und die Maus hatten zur gleichen Zeit die Elektrozaun-Falle berührt. Ihre Gehirne hatten sich vertauscht! Diese Maus hier war Onkel Sid!

5

»Keine Angst, Onkel«, sagte ich zu der Maus. »Wir verwandeln dich wieder zurück.«

Aber wie? Ich hatte nicht die leiseste Ahnung.

Die Maus sprang noch einmal davon, zurück in ihr Loch. Diesmal zerrte sie etwas anderes hervor. Ein Stück Draht. Ich wickelte den Draht auseinander. Er war ungefähr vier Meter lang, mit kleinen, daranhängenden Pfosten. Am Ende war ein schwarzes Kästchen befestigt. Es war die Elektrozaun-Falle.

Plötzlich wußte ich, was ich zu tun hatte. Ich nahm Onkel Sid hoch und steckte ihn in meine Tasche. Dann brachte ich die Elektrozaun-Falle in die Küche hinunter. Leise und langsam. Auf keinen Fall wollte ich Tante Scrotch wecken.

Ich stellte die Elektrozaun-Falle auf. Es dauerte eine ganze Weile, bis ich dahinterkam, wie sie funktionierte, aber schließlich hatte ich es herausgefunden. Der ausgespannte Draht bildete einen Kreis mit kleinen Zaunpfosten dran, die verhinderten, daß er den Boden berührte. Beide Enden waren mit dem schwarzen Kästchen verbunden, das einen Schalter an der Seite hatte.

Ich wollte den Draht anstellen, aber die Maus, das heißt Onkel Sid, schüttelte den Kopf. Er deutete an eine Stelle, wo der Draht durchhing und den Boden berührte. Ein Zaunpfosten fehlte. Der Strom würde in die Erde gehen.

Ich griff in meine Tasche und kramte eine Streichholzschachtel heraus. Mit einem Stück Kaugummi als Isolator machte ich sie unter dem durchhängenden Draht fest.

Als nächstes riß ich ein paar Packungen Blauschimmelkäse auf. Ich schüttete Berge davon ins Innere des Zauns. Dann lief ich in den Keller. Auf dem Weg ließ ich kleine Stückchen Blauschimmelkäse in einer Spur auf den Boden fallen. Ich machte die Tür der Gefängniszelle auf, wo Onkel Sid (besser gesagt, die Maus in Onkel Sids Körper) hungrig herumschnüffelte.

Er kam auf allen vieren heraus. Es war ein trauriger Anblick - ein Mann, der sich wie eine Maus bewegte. Er folgte der Spur aus Blauschimmelkäse bis zur Küche. Jedes Stückchen aß er auf, während er lief.

Neben dem Elektrozaun stand die Maus. Sie hatte eine Pfote auf dem Draht. Die andere Pfote hatte sie auf dem Knopf »AN«. Mit Blauschimmelkäse-verschmiertem Mund kam Onkel Maus näher. Sah den Käse im Innern des Zauns. Schnupperte. Schob sich weiter. Und berührte den Zaun. Die Maus schaltete an. Blaue Funken sprühten über den Draht. Die Maus wurde blau vom Strom. Der Onkel wurde blau vom Strom. Sie flackerten und blitzten. Sie knisterten wie Popcorn. Sie wurden hell wie Leuchtkugeln. Dann war alles vorbei. Onkel Sid stand auf und lächelte. Die Maus floh zur Tür hinaus. »Danke, Julian!« sagte Onkel Sid mit einem Grinsen. »Wir haben es geschafft! Wir haben es geschafft!«

Er war wieder der alte. Er hatte sein Gehirn wieder. Und die Maus auch.

Wir sahen die Elektrozaun-Falle an. »Sie ist gefährlich«, sagte Onkel Sid. »Die dürfen wir nie benutzen.«

»Sie gehört mir!« rief gellend eine andere Stimme. »Nach allem, was ich durchgemacht habe, gehört sie mir!«

Es war Tante Scrotch. Ihr Gesicht war verzerrt, sah aus wie ein nasses Hemd, das zusammengeknüllt in der Ecke zum Trocknen liegengeblieben war. Sie machte einen Satz auf die Elektrofalle zu.

In diesem Augenblick merkte ich, daß meine Streichholzschachtel offenstand. »O nein!« stöhnte ich.

Tante Scrotch faßte mit den Händen nach dem Draht.

Sie wurde blau vor Strom. Sie loderte und leuchtete. Sie strahlte und kreischte. Der Drahtzaun wurde zur Decke hochgeschleudert. Das schwarze Kästchen zerbrach in tausend Stücke. Alles war vorbei.

6

Ungefähr eine Woche später fuhr ich nach Hause. Onkel Sid wollte den Elektrozaun reparieren, hatte aber bis jetzt kein Glück damit gehabt.

Er schreibt mir oft, deshalb weiß ich, wie es steht. Sein letzter Brief war allerdings etwas kurz. Er hatte aufhören müssen und war hinausgehetzt, um Tante Scrotch zu suchen. Sie war wieder mal davongerannt und hielt Ausschau nach Kuhmist.

In meinem Antwortbrief schrieb ich ihm, daß es dem kleinen Mistkäfer gut ginge. Ich halte ihn immer noch in der Streichholzschachtel. Aber zu Mittag lasse ich ihn raus und gebe ihm so viele Schokolinsen, wie er mag.

Spaghetti-Wettessen

1

Guts Garvey war ein richtig gemeiner Kerl. Er machte mir das Leben zur Hölle. Ich weiß nicht, warum er mich nicht leiden konnte. Ich hab ihm nie was getan. Gar nichts.

Er ließ nicht zu, daß sich ein anderer mit mir abgab. Ich war allein. Jeder in der Schule, der mit mir sprach, stand auf seiner Schwarzen Liste. In den Pausen lief ich ziellos und allein über den Schulhof.

Ich habe alles versucht. Einmal habe ich ihm sogar mein Taschengeld geschenkt. Er hat sich eine Tafel Schokolade davon gekauft und sie vor meinen Augen aufgegessen. Ohne mir auch nur ein einziges Stück abzugeben! So ein fieser Kerl war das.

Nach der Schule hatte ich nur einen Freund. Meine Katze Stinker. Sie hieß so, weil sie ab und zu einen ziemlichen Gestank verbreitete. Na ja, sie konnte nichts dafür. Jeder hat seine Fehler. Stinker war eine Superkatze. Trotzdem. Eine Katze reicht nicht. Man braucht auch andere Menschen als Freunde.

Auch nach der Schule wollte niemand etwas mit mir zu tun haben. Für mich gab es nur eine Beschäftigung. Fernsehen. Aber das war auch nicht so toll. Am frühen Nachmittag liefen nur Kleinkindersendungen.

»Wenn wir doch ein Video hätten!« sagte ich eines Abends zu Mum.

»Das können wir uns nicht leisten, Matthew«, sagte Mum. »Du siehst sowieso schon viel zu viel fern. Warum gehst du nicht lieber raus und machst was mit einem Freund?«

Ich sagte nichts. Ich konnte ihr nicht erklären, daß ich keine Freunde hatte. Und nie welche haben würde, solange Guts Garvey in der Nähe war. Nach einer Weile kam Dad herein. Er hatte ein längliches Paket unterm Arm. »Was hast du da, Dad?« fragte ich.

»Was Tolles«, antwortete er. Er legte das Paket auf den Boden im Wohnzimmer, und ich fing mit Auspacken an. Das Ding hatte ungefähr die Maße eines großen Fladenbrotes. Es war grün und schwammig und hatte an der Vorderseite eine Öffnung.

»Was ist das?« fragte ich.

»Was du dir immer gewünscht hast. Ein Video.«

Ich sah es noch einmal an. »Solche Videogeräte hab ich noch nie gesehen. Sieht mehr aus wie ein weicher Brotlaib mit einem Loch vorn drin.«

»Woher hast du das?« fragte Mum, und ihre Stimme klang mißtrauisch. »Und wie teuer war es?«

»Ich hab es einem Burschen in der Kneipe abgekauft. Ein gutes Geschäft. Nur fünfzig Dollar.«

»Fünfzig Dollar ist billig für ein Video«, sagte ich. »Aber ist es ein Video? Wo sind denn die Kabel?«

»Er hat gesagt, es geht ohne Kabel. Man legt nur ein Video ein und drückt hier drauf.« Er gab mir ein grünes Ding, das aussah wie ein Riegel Schokolade mit ein paar aufgeklebten Lakritzstücken drauf.

»Du machst Witze«, sagte ich. »Das ist doch keine Fernbedienung.«

»Wieviel hast du getrunken?« sagte Mum. »Du mußt ja verrückt gewesen sein, daß du gutes Geld für diesen Schrott bezahlt hast!« Sie rauschte hinaus in die Küche. Jetzt hatte sie schlechte Laune, klar.

»Probier es doch wenigstens mal«, sagte Dad niedergeschlagen. Er gab mir ein Video, das er ausgeliehen hatte. Es hieß »Die Rache der Roboter«. Ich schob das Video in die schwammige Öffnung und schaltete den Fernseher an. Nichts geschah.

Ich sah die Lakritzstücke auf dem grünen Schokoladending an. Es war einen Versuch wert. Ich drückte auf eins der schwarzen Vierecke.

Sofort ging der Film los. »Es klappt!« schrie ich. »Prima, Dad! Es funktioniert. Ein Superding!«

Mum kam herein und lächelte. »Na, wie weit seid ihr?« sagte sie. »Wer hätte gedacht, daß dieses komische Ding ein Videogerät ist? Was sie demnächst wohl noch erfinden?«

2

Dad ging hinaus und half Mum mit dem Essen, während ich mich hinsetzte und den Film ansah. Ich probierte all die lakritzähnlichen Knöpfe auf der Fernbedienung aus. Einer war zum Vorspulen, einer für Pause und einer zum Rückspulen. Der zum Rückspulen war gut. Man konnte sehen, wie die Leute alles umgekehrt machten.

Ich war von dem Video begeistert, aber um die Wahrheit zu sagen, der Film war ein bißchen langweilig. Ich spielte mit der Fernbedienung herum. Richtete sie auf Gegenstände im Zimmer und drückte auf die Knöpfe. Ich spielte Strahlenpistole.

»Abendessen«, sagte Mum nach einer Weile.

»Was gibt's?« rief ich.

»Spaghetti«, sagte Mum.

Ich stellte den Video auf Pause und ging zur Tür. Gerade wollte ich sagen: »Hab keinen Hunger«, als mir etwas auffiel. Stinker saß so komisch da und starrte auf den Fernseher. Erst kam ich nicht dahinter, was es war, aber ich sah, daß irgendwas nicht stimmte. Er saß so reglos. Ich hatte nie eine Katze so reglos sitzen sehen. Stinker peitschte nicht mit dem Schwanz. Er blinzelte nicht mit den Augen. Er saß da wie eine Statue. Ich zog eine Sandale aus und warf sie in seine Nähe. Er rührte sich nicht. Keinen Zentimeter. Nicht ein Schnurrhaar bewegte er.

»Dad!« schrie ich. »Mit Stinker ist was!«

Er kam ins Wohnzimmer und sah die arme Katze an. Sie saß da und starrte mit glasigen Augen auf den Bildschirm. Dad wedelte mit der Hand vor ihrem Gesicht herum. Nichts. Nicht ein Zwinkern.

»Sie ist tot«, sagte Dad.

»O nein!« schrie ich. »Nicht Stinker! Nicht er! Das kann doch nicht sein! Mein einziger Freund.« Ich nahm die Katze auf. Sie behielt ihre sitzende Stellung bei. Ich setzte sie wieder auf den Boden. Keine Veränderung. Sie saß reglos da. Ich tastete nach ihrem Puls, aber ich spürte nichts. Ihre Brust bewegte sich nicht. Sie atmete nicht.

»Da stimmt was nicht ganz«, sagte Dad. »Aber was?«

»Sie dürfte nicht aufrecht sitzen«, rief ich. »Tote Katzen sitzen nicht aufrecht da. Sie fallen hin und recken die Beine in die Luft.«

Dad nahm Stinker auf den Arm und tastete ihn überall ab. »Hilft nichts, Matthew«, sagte er. »Er ist gestorben. Nach dem Essen begraben wir ihn im Garten.« Er tätschelte mir den Kopf und ging in die Küche.

Tränen traten mir in die Augen. Ich drückte Stinker an meine Brust. Er war nicht steif. Tote Katzen müssen steif sein. Ich erinnerte mich an eine tote Katze, die ich einmal auf dem Gehweg gesehen hatte. Ich hatte sie am Schwanz hochgezogen, und der hatte sich dabei nicht gebogen. Es war so ähnlich gewesen, als würde man eine Bratpfanne am Griff nehmen.

Stinker fühlte sich weich an. Wie eine Spielzeugkatze. Nicht steif und hart wie die Katze auf dem Gehweg.

Plötzlich hatte ich eine Idee. Ich weiß nicht, wie ich darauf kam. Irgendwie war sie mir in den Kopf geschossen. Ich nahm die seltsame Fernbedienung in die Hand, richtete sie auf Stinker und drückte »Play«. Die Katze blinzelte, streckte sich und stand auf. Ich drückte wieder »Pause«, und sie erstarrte zur Statue. Aber diesmal stand sie auf den Beinen.

Ich konnte es nicht glauben. Ich fuhr mir über die Augen. Die Einstellung »Pause« wirkte auf meine Katze! Ich drückte ein zweites Mal auf »Play«, und sie stolzierte davon. Spazierte in die Küche, als sei nichts geschehen.

Jubelnd kam Dads Stimme aus der Küche. »Sieh mal! Stinker lebt!« Er nahm ihn auf den Arm und untersuchte ihn. »Muß im Koma gewesen sein. Gut, daß wir ihn nicht begraben haben!« Dad grinste. Er setzte Stinker auf den Fußboden und schüttelte den Kopf. Ich ging wieder ins Wohnzimmer.

Ich drückte auf einen der Lakritzknöpfe. Auf keinem stand etwas geschrieben, aber inzwischen wußte ich die Funktion von jedem.

Dachte ich jedenfalls.

3

Der Film ging wieder los. Ich sah eine Weile zu, aber dann summte eine Schmeißfliege ständig um mich herum und ging mir auf die Nerven. Ich richtete die Fernbedienung auf sie - nur so zum Spaß - und drückte »Vorspulen«. Die Fliege verschwand spurlos. Jedenfalls schien es so. Sie war nicht mehr zu sehen, aber hören konnte ich sie noch. Der Lärm war enorm. Als kurvte ein kleiner Kampfflieger im Zimmer herum. Ich sah etwas vorüberflitzen. Noch einmal fegte es an mir vorbei. Und wieder. Und wieder. Die Schmeißfliege flog so schnell, daß ich sie nicht sehen konnte!

Ich drückte auf »Pause« und hielt die Fernbedienung in die Richtung, aus der das Summen kam. Die Fliege mußte direkt durch den Strahl geflogen sein, weil sie plötzlich aus dem Nichts auftauchte. Sie hing reglos mitten in der Luft. Still. Starr. Eine schwebende, erstarrte Fliege. Wieder richtete ich die Fernbedienung auf sie und drückte »Play«. Die Schmeißfliege wurde auf der Stelle lebendig und surrte mit normaler Geschwindigkeit durch das Zimmer.

»Komm«, rief Mum. »Dein Tee ist fertig!«

Der Tee interessierte mich nicht. Nichts interessierte mich, außer dieser phantastischen Fernbedienung. Sie schien die Fähigkeit zu haben, Tiere und Insekten in erstarrten Zustand oder in schnelle Bewegung zu versetzen. Ich schaute durch die Küchentür zu Dad hin. Er hatte gerade zu essen angefangen. Lange Spaghettifäden baumelten ihm aus dem Mund. Er saugte sie an und kaute gleichzeitig.

Versteht mich jetzt nicht falsch! Ich hab Dad gern. Hatte ich immer. Er ist ein prima Kerl. Aber eine Gewohnheit hatte er, die konnte ich nicht ausstehen. Das war seine Art, Spaghetti zu essen. Er machte dabei so schmatzende Geräusche, und beim Schlürfen hing ihm die Fleischsauce um die Lippen. Das ging mir jedesmal auf die Nerven. Wahrscheinlich tat ich es deshalb. Ich weiß, es ist eine schwache Entschuldigung. Ich schauderte. Dann richtete ich die Fernbedienung auf ihn und drückte ›Pause‹.

Dad hörte auf zu essen. Saß wie versteinert, die Gabel kurz vor dem Mund. Sein Mund stand weit offen. Seine Augen blickten starr. Die Spaghetti hingen wie Würmer aus Beton von der Gabel herunter. Er blinzelte nicht. Er rührte sich nicht. Er war steif wie ein Baumstamm.

Mum sah ihn an und lachte. »Du bist mir ja einer, Arthur«, sagte sie. »Willst mich wohl zum Lachen bringen.«

Dad rührte sich nicht.

»Okay«, sagte Mum. »Das reicht jetzt. Du gibst Matthew ein schlechtes Beispiel, wenn du so mit dem Essen herumspielst.«

Mein versteinerter Dad zuckte nicht mal mit der Wimper. Mum gab ihm einen freundschaftlichen Schubs gegen die Schulter, da kam er ins Wanken. Und schon kippte er. Sah aus wie eine Statue, die vom Sockel gestoßen wird. Krach, lag er auf dem Boden. Seine Hand immer noch kurz vor dem Mund. Die steif gewordenen Spaghetti hingen in derselben Stellung wie vorher. Nur, daß sie jetzt zur Seite gestreckt und auf Dads Zehen gerichtet waren.

Mum stieß einen kleinen Schrei aus und lief zu ihm. Blitzschnell richtete ich die Fernbedienung auf Dad und drückte »Play«. Die Spaghetti baumelten wieder abwärts. Dad setzte sich auf und fuhr über die Augen. »Was ist denn passiert?« fragte er.

»Du hast einen kleinen Anfall gehabt«, sagte Mum mit besorgter Stimme. »Am besten fährst du sofort ins Krankenhaus und läßt dich gründlich untersuchen. Ich hole das Auto. Du bleibst hier, Matthew, und ißt fertig. Wir sind bald wieder da.«

Ich wollte ihnen von der Fernbedienung erzählen, aber irgend etwas hinderte mich daran. Mir kam so ein Gedanke. Erzählte ich ihnen davon, würden sie mir die Fernbedienung wegnehmen. Die hätte ich dann zum letzten Mal gesehen, soviel war klar. Behielt ich die Sache für mich, könnte ich die Fernbedienung mit in die Schule nehmen. Ich könnte Guts Garvey meine tolle Entdeckung zeigen. Er würde mit mir Freundschaft schließen müssen, jetzt, wo ich so etwas Tolles wie diese Fernbedienung besaß. Jeder in der Schule würde sie mal haben wollen.

Dad und Mum kamen ungefähr nach zwei Stunden wieder. Dad ging sofort ins Bett. Der Arzt hatte ihm geraten, sich ein paar Tage auszuruhen. Er sei überarbeitet. Ich nahm die Fernbedienung mit ins Bett. Bis zum nächsten Tag benutzte ich sie nicht mehr.

4

Es war Samstag, und ich schlief länger. Dann erledigte ich meine morgendlichen Aufgaben, und schließlich machte ich mich auf die Suche nach Guts Garvey. Gewöhnlich trieb er sich am Samstag mit seinen Kumpels bei den Geschäften herum.

Im Einkaufszentrum wimmelte es von Menschen. Im Gehen schaute ich die Schaufenster an. In einem kleinen Café sah ich einen Mann und eine Frau beim Essen. Sie saßen an einem Fenstertisch. Ich konnte genau sehen, was sie aßen. Der Mann hatte ein Steak vor sich und die Reste von einem weichen Ei. Er war fast fertig.

Dad und die Spaghetti fielen mir ein. Ich nahm die Fernbedienung heraus und sah sie an. Man konnte auf »Pause« drücken, auf »Play« und auf »Vorspulen«. Es gab noch einen vierten Knopf. Ich konnte mich nicht mehr erinnern, wofür dieser letzte Knopf war. Ich drückte.

Mit Absicht hätte ich das nicht gemacht. Ich habe wirklich nicht gemerkt, daß ich die Fernbedienung auf den Mann im Café gerichtet hielt. Der arme Kerl!

Der vierte Knopf war »Rückspulen«.

Sofort fing der Mann an, sein Essen verkehrt herum zu essen. Von rückwärts. Er führte die Gabel zum Mund, spuckte einen Bissen darauf und legte ihn auf den Teller zurück. Das weiche Ei kam wieder aus seinem Mund, zusammen mit Steakbrocken und Pommes frites. Rein und raus und rein und raus fuhr seine Gabel. Jedesmal brachte sie ein bißchen Essen aus seinem Mund. Mit Messer und Gabel legte er die zermatschten Bissen auf den Teller zurück, und alles wurde wieder fest, Pommes frites, Steak und Ei.

Es war unglaublich. Er kaute und schluckte in umgekehrter Reihenfolge. Bevor ich meine fünf Sinne beisammen hatte, lag sein ganzes Essen wieder auf dem Teller. Abschließend legte er dann sein sauberes Besteck auf den Tisch.

In meinem Kopf drehte sich alles, aber plötzlich wußte ich, was ich tun mußte. Ich drückte »Play«. Sofort nahm der Mann Messer und Gabel und fing an, sein Essen zum zweiten Mal zu essen. Die Frau, die ihm gegenübersaß, hatte keine Ahnung, was hier vor sich ging. Plötzlich schrie sie los und rannte aus dem Café. Der Mann nahm keine Notiz davon, er aß einfach weiter. Er mußte das ganze Essen noch einmal essen, bevor er aufhören konnte.

Ich lief durch die Straßen, schuldbewußt, als hätte ich eine Sünde begangen. In dieser Fernbedienung steckte eine unheimliche Macht. Sie konnte bewirken, daß Leute alles von rückwärts machten.

An der Ecke blieb ich stehen. Da stand Guts Garvey und unterhielt sich mit seinem hinterhältigen Kumpel Rabbit. Das war *die* Chance für mich, auf seine Favoritenliste zu kommen. »Schau!« sagte ich. »Drück mal hier drauf!« Ich hielt ihm die Fernbedienung hin.

Guts Garvey riß sie mir aus der Hand. »Pfui Teufel!« johlte er. »Grüne Schokolade! Verschwinde hier, du Vogelhirn!« Er holte mit der Fernbedienung aus und wollte sie mir entgegenschleudern.

»Nicht!« schrie ich. »Es ist eine Fernbedienung. Von einem Video. Du mußt auf die schwarzen Dinger drükken!« Guts Garvey schaute mich an. Dann schaute er die Fernbedienung an. Er glaubte mir nicht, aber er drückte auf einen der Knöpfe.

Rabbit schlug gerade einen Basketball auf dem Gehweg auf und nieder. Plötzlich erstarrte er. Der Ball auch. Rabbit stand auf einem Bein, der Ball schwebte reglos zwischen seiner Hand und dem Boden. Guts Garvey blieb der Mund offenstehen. Er fuhr sich über die Augen und sah noch mal hin. Die Statue von Rabbit stand immer noch da.

»Drück ›Play‹!« sagte ich und zeigte auf den obersten Knopf.

Guts drückte, und Rabbit machte mit seinem Ballspiel weiter. Ich grinste. Guts war beeindruckt. Er drehte sich um und sah mich an. Dann richtete er die Fernbedienung direkt auf mein Gesicht. »Nein!« schrie ich. »Nein!«

Aber es war zu spät. Guts Garvey drückte auf den Knopf. Er setzte mich unter »Pause«. Ich konnte mich nicht mehr bewegen. Stand nur da, beide Arme steif in die Luft gestreckt. Meine Augen waren starr. Bewegten sich nicht. Nichts bewegte sich. Ich war fest wie Stein. Guts und Rabbit lachten. Dann rannten sie davon.

5

Leute versammelten sich um mich. Zuerst lachten sie. Ein Kreis von Kindern und Erwachsenen hatte sich gebildet, und alle sahen den armen Irren an, der wie eine Statue dastand. Manche wedelten mit der Hand vor meinem Gesicht herum. Ein Mädchen stieß mich an. »Der ist gut!« sagte jemand. »Der regt keinen Muskel!«

Ich versuchte zu sprechen. Mein Mund bewegte sich nicht. Meine Zunge rührte sich nicht vom Fleck. Die

Menge wurde größer. Ich kam mir vor wie ein Idiot. Wie ein Narr. Dutzende von Menschen starrten mich an und wunderten sich, warum ich hier stand, in einer Pose wie auf einem Bild. Doch allmählich verblaßte das Gefühl von Peinlichkeit in mir. Ich bekam Angst. Wenn ich nun für immer so bleiben mußte? Nicht atmen. Nicht bewegen. Nicht lebendig, nicht tot. Was würden sie mit mir machen? Mich wie einen Gartenzwerg in den Garten stellen? Ins Museum stecken? Lebendig begraben? Es war zu schrecklich, darüber nachzudenken.

Auf einmal brach ich zusammen. Ich fiel auf den Boden. Alle lachten. Ich stand auf und rannte davon, so schnell ich konnte. Beim Laufen überlegte ich. Warum war die Unterbrechung plötzlich vorbei? Dann kam ich dahinter. Das Videogerät von meinem Onkel Frank fiel mir ein. Wenn man »Pause« einstellte und wegging, schaltete es nach drei, vier Minuten automatisch wieder ein. Die Unterbrechung war beendet, und der Film ging weiter. So war es auch jetzt.

Ich hielt Ausschau. In der Ferne konnte ich gerade noch zwei winzige Gestalten erkennen. Es waren Rabbit und Guts Garvey. Mit meiner Fernbedienung. Ich mußte sie wiederhaben! Die Schufte hatten sie geklaut. Es interessierte mich nicht mehr, ob ich auf Guts Garveys Favoritenliste kam. Ich wollte nur meine Fernbedienung wiederhaben.

Und Rache wollte ich! Rache.

Wie ein Verrückter hetzte ich hinter ihnen her.

Umsonst. Ich hatte keine Puste mehr, und sie waren zu weit weg. Unmöglich einzuholen. Ich sah mich um. Shaun Potter, einer aus unserer Schule, war auf der anderen Straßenseite, er saß auf seinem Pferd Star. Ich rannte zu ihm hinüber. »Hilf mir!« sagte ich. »Du mußt mir helfen. Guts Garvey hat sich meine Fernbedienung unter den Nagel gerissen. Ich muß sie wiederhaben. Es geht um Leben und Tod.«

Shaun sah mich an. Er war kein schlechter Kerl. Er war einer der wenigen aus der Schule, die freundlich zu mir waren. Er war nicht direkt ein Freund. Dazu hatte er zuviel Angst vor Guts Garvey. Aber aus der Art, wie er lächelte und mir zunickte, konnte ich schon erkennen, daß er mich mochte. Ich sprang von einem Fuß auf den anderen. Ich war außer mir. Ich mußte diese Fernbedienung wiederhaben. Shaun zögerte einen Moment. Dann sagte er: »Okay, spring rauf!«

Ich stellte einen Fuß in den Steigbügel, und Shaun zog mich hinter sich auf Stars Rücken. »Sie sind da lang!« rief ich.

Star fiel in Trab, dann in Galopp. Ich hielt mich verzweifelt fest. Ich hatte noch nie auf einem Pferd gesessen. Ich hopste hinter Shaun auf und ab. Der Boden schien weit unten. Ich hatte Angst, aber ich sagte nichts. Ich mußte Guts Garvey und Rabbit kriegen! Wir jagten über die Straßen an geparkten Autos vorbei und an Leuten, die die Straße überquerten.

»Da sind sie!« schrie ich. Guts und Rabbit hatten sich in die Warteschlange an einer Bushaltestelle eingereiht. Shaun ließ Star Schritt gehen. Guts Garvey sah auf und entdeckte uns. Er zog die Fernbedienung aus der Tasche. »O nein!« schrie ich. »Bloß nicht!«

6

Ich weiß nicht, ob das Pferd die Gefahr spürte. Jedenfalls verhielt es sich so, wie sich Pferde in solchen Situationen oft verhalten. Es hob den Schwanz und ließ eine üppige Ladung dampfender Pferdeäpfel auf die Straße fallen. Dann machte es ein paar Schritte auf Guts und die wartenden Menschen zu.

Guts richtete die Fernbedienung auf uns und drückte »Rückspulen«. »Halt!« schrie ich gellend. Aber es war zu spät. Star fing nun an alles in entgegengesetzter Richtung an. Er machte ein paar Schritte rückwärts. Die Pferdeäpfel gerieten in Bewegung. Hoben trudelnd von der Erde ab. Stiegen hoch und flogen durch die Luft, dorthin, woher sie gekommen waren.

Die wartenden Menschen tobten. Manche lachten. Manche kreischten. Manche rannten davon. Wie peinlich! Ich war von Scham erfüllt. Der arme Star fiel in Rückwärts-Trab. Dann erstarrte er plötzlich. Wir erstarrten alle. Guts hatte auf »Pause« gedrückt. Er hatte Shaun, Star und mich zu Statuen verwandelt.

Während wir wie stocksteife Schaufensterpuppen dastanden, kam der Bus. Die Leute, die in einer Reihe gewartet hatten, drängelten nun. Sie konnten nicht schnell genug wegkommen. Sie wollten fort von diesen verrückten Jungen und ihrem noch verrückteren Pferd.

Nach vier, fünf Minuten war die Wirkung der Unterbrechung vorbei. Wir konnten uns wieder bewegen. Ich stieg von Stars Rücken. »Tut mir leid«, sagte ich zu Shaun. »Ich wußte nicht, daß das passieren würde.«

Shaun sah ungläubig auf mich herab. Er war blaß. »Ich

glaube, ich hab einen schlimmen Traum gehabt«, sagte er. »Am hellichten Tag. Ich geh lieber nach Hause.« Langsam schüttelte er den Kopf und trabte davon.

7

»Diese blöden Kerle«, murmelte ich. Alles ging schief. Die Fernbedienung hatte ich verloren. Guts Garvey hatte sie gestohlen, und ich konnte nichts dagegen tun. Ich hatte Angst, in seine Nähe zu kommen - er könnte mich leicht wieder rückwärts laufen lassen. Mir war jämmerlich zumute. Niedergeschlagen und mit schleppenden Schritten machte ich mich auf den Heimweg.

Zu Hause spielte Dad verrückt, weil die Fernbedienung verschwunden war. Er würde es nie glauben. Den größten Teil des Wochenendes mußte ich so tun, als würde ich ihm suchen helfen. Ohne Fernbedienung funktionierte der Video nicht.

Am Montag in der Schule war alles wie immer. Wie immer lief ich umher, ohne jemanden zum Reden zu haben.

Mein Magen knurrte, während ich über den Schulhof ging. Ich hatte Hunger. Bärenhunger. Seit Freitag abend hatte ich nichts gegessen. Der Grund war einfach. Heute sollte das große Spaghettiessen stattfinden. Ein Wettkampf, bei dem es darauf ankam, wer in fünfzehn Minuten am meisten Spaghetti Bolognese essen konnte.

Das große Finale sollte in der Aula stattfinden. Der Gewinner bekam eine kostenlose Reise nach London für zwei Personen. Das Eintrittsgeld ging an eine wohltätige

Einrichtung. Ich hatte gute Gewinnchancen. Wenn ich auch schmächtig war - bei entsprechendem Hunger konnte ich eine ganze Menge essen. Die Vorentscheidungen hatte ich alle gewonnen. Mein Rekord waren zehn Teller Spaghetti Bolognese in fünfzehn Minuten. Vielleicht würde ich, wenn ich diesen Wettkampf gewann, auch die Achtung der anderen gewinnen. Die Fahrkarten nach London würde ich Mum und Dad schenken. Sie brauchten dringend Urlaub.

Guts Garvey sah ich nicht bis unmittelbar vor dem Wettkampf. Er wich mir den ganzen Tag aus. Ich ahnte, daß er etwas ausheckte, aber ich wußte nicht, was.

Wir waren zu viert auf dem Podium. Ich, zwei Mädchen und Guts Garvey. Die Aula war gerammelt voll mit Kindern und Lehrern. Ich fühlte mich sicher, aber ich war nervös. Ich wußte, daß ich gewinnen konnte. Ich warf Guts Garvey einen Blick zu und sah, daß er übers ganze Gesicht grinste. Dann sah ich Rabbit in der ersten Reihe. Seine Tasche beulte sich. Er hatte etwas drinstecken, und ich glaubte zu wissen, was.

Sie führten nichts Gutes im Schilde. Guts und Rabbit hatten etwas zusammengebraut, und das waren keine Spaghetti.

Die Teller mit dampfenden Spaghetti Bolognese standen in einer Reihe vor uns. Alles war fertig, der Schiedsrichter konnte jeden Moment »los« sagen. Mein leerer Magen war wie zusammengeknotet. Der Kopf schwirrte mir. Ich wollte wissen, was sie vorhatten. Was, wenn ich fünf Teller Spaghetti aß und Rabbit mich dann in den Rückwärtsgang versetzte? Ich würde in entgegengesetzter Richtung essen wie der Mann im Café. Ich würde alle

Spaghetti wieder aus dem Mund auf die Gabel tun und auf den Teller legen. Meine Knie fingen an zu schlottern.

Ich überlegte, aus dem Wettkampf auszuscheiden. So würde ich ihn nie durchstehen.

»Los!« schrie Mr. Stepney, der Schulleiter. Es war zu spät. Ich mußte anfangen.

Ich schaufelte Spaghetti in meinen Mund. Es war keine Zeit, sie mit der Fleischsauce zu vermischen. Ich leerte die vollen Teller, wie sie kamen. Einen, zwei, drei.

Gewinner war, wer die meisten Teller in fünfzehn Minuten schaffte.

Aus den Augenwinkeln beobachtete ich Guts und die anderen. Ich führte bereits mit zwei Tellern. Rein, raus, rein, raus. Spaghetti, Spaghetti, Spaghetti. Ich war bei Nummer sieben, Guts hatte erst vier Teller und die Mädchen je zwei. Ich würde gewinnen. Mum und Dad konnten sich freuen.

Aus der ersten Reihe beobachtete uns Rabbit. Ich merkte, wie Guts ihm zunickte. Rabbit nahm etwas aus der Tasche. Die Fernbedienung. Er wollte mich zurückspulen! Das war's dann für mich.

Aber nein. Rabbit richtete die Fernbedienung nicht auf mich. Er hielt sie auf Guts. Was war denn das? Ich merkte es schnell. Guts fing mit irrsinniger Geschwindigkeit zu essen an. Wie in einem zu schnell laufenden Film. Seine Gabel bewegte sich so schnell zwischen Teller und Mund hin und her, daß man es kaum sehen konnte. Er sog und schlürfte und schluckte wie der Blitz. Junge, legte der los! Seine Arme sausten auf und ab. Die Spaghetti flogen. Zehn, elf, zwölf Teller. Dreizehn, vierzehn, fünfzehn. Er war tellerweit voraus. Ich hatte keine Chance mehr, Guts, den Vielfraß, einzuholen. Wie ein Wirbelwind fegte er sich Spaghetti ins Gesicht. Es war unglaublich. Unmöglich. Aber es war so.

Rabbit hatte Guts auf »Vorspulen« gestellt, so daß er in fünfzehn Minuten mehr schaffte als ich. Es war unfair. Aber ich konnte nichts machen.

Das Publikum jauchzte und schrie. Sie fanden Guts großartig. So etwas hatte noch niemand gesehen. Er war beim vierzigsten Teller. Ich hatte erst zehn und die beiden Mädchen je sechs. Die Glocke ertönte. Guts war der Gewinner. Ich war Zweiter.

Er hatte vierzig Teller geschafft. Noch nie hatte jemand vierzig Teller Spaghetti gegessen. Rabbit stellte auf der Fernbedienung »Play« ein, und Guts hörte auf zu essen. Alle jubelten Guts zu. Ich sah meine Schuhe an. Mir war übel, und das kam nicht nur von den zehn Tellern Spaghetti. Ich schluckte. Ich mußte alles bei mir behalten. Das war eine der Regeln - keinem der Kandidaten durfte schlecht werden. Wer sich übergab, hatte den Wettkampf verloren.

8

Guts erhob sich. Er sah irgendwie komisch aus. Sein Gesicht war grünlich. Der Bauch quoll ihm über den Gürtel. Langsam schwankte er von einer Seite auf die andere. Dann machte er den Mund auf.

Da kam alles heraus. Eine wahre Sturzflut von Erbrochenem. Eine Flutwelle geschluckter Spaghetti und Fleischsauce. Es strömte über den Tisch und auf den Fußboden. Ein weißbrauner See aus Kotze. Guts taumelte und torkelte. Wankte zum Rand des Podiums. Machte den Mund auf und gab noch eine Lawine von sich. Die Kinder in der ersten Reihe schrien auf, als der ekelhafte Wasserfall herunterplatschte. Genau über Rabbit.

Rabbit kreischte und schleuderte die Fernbedienung in die Luft. Ich sprang vor und griff danach.

Was ich nun tat, hätte ich nicht machen sollen. Aber ich konnte einfach nicht anders. Ich richtete die Fernbedienung auf Guts und die Sauce von Erbrochenem.

Dann drückte ich »Rückspulen«.

9

Nach dieser Sache war Guts Garvey nicht mehr sehr beliebt in der Schule. Um es milde auszudrücken. Ich aber hatte viele Freunde. Und Mum und Dad verbrachten schöne Tage in London.

Was mit der Fernbedienung geschah? Nun, das ist eine andere Geschichte.

Die Besserwisserin

1

Die alte Kiste lag vergraben im Sand. Ich wollte, ich hätte sie nie gesehen! Ich wollte, der Sturm hätte sie nie freigelegt! Ich wollte, wir hätten sie nie ausgegraben! Aber Wünsche helfen nun nicht mehr. Wir haben die alte Truhe ausgegraben und mit nach Hause genommen. Und alles ging schief.

»Möchte mal wissen, was da drin ist«, sagte Dad. Er war wie ein großes Kind. Er nahm gern irgendwelchen Schrott vom Strand mit nach Hause. Jeden Tag kletterte er über unsere Klippe zum Strand hinunter, ging langsam über den Sand und hielt Ausschau nach angeschwemmtem Zeug.

Ich sah die Kiste an, und ein Zittern überkam mich. Ich hatte so ein komisches Gefühl. Ich mochte sie nicht. Sie war anders als die Sachen, die Dad sonst mitgebracht hatte. Seine Fundstücke hingen bei uns an den Wänden und von der Decke. Leere Hummerkörbe, alte Bojen, Fischernetze, Treibholz, Flaschen und anderer Kram lagen überall herum. Aber das hier war etwas anderes. Diese Truhe hatte etwas Böses an sich.

»Mach nicht auf!« sagte ich. »Wir bringen sie lieber wieder zurück.«

»Warum denn das, Kate? Es könnte doch was Wertvolles drin sein.«

»Ein Schatz vielleicht«, sagte mein Bruder Matthew. »Könnte sein, sie ist voller Edelsteine.«

»Nein«, sagte ich. »Bringen wir sie doch wieder zum Strand zurück. Da ist was Schreckliches drin. Ich weiß es genau.«

Matthew sah mich an. »Manchmal bist du eine alte Besserwisserin, Kate! Du kannst doch überhaupt nicht wissen, was in dieser Kiste ist!«

»Sie ist alt«, sagte Dad. »Und wasserdicht. Alle Ritzen sind geteert. Was auch drin sein mag, es ist wahrscheinlich in gutem Zustand.« Er nahm seine Eisensäge und machte sich daran, das alte, rostige Vorhängeschloß zu zersägen.

Ich wollte nicht zusehen. Ich ging hinaus und schaute über das Meer. Salziger Nebel hing schwer in der Luft. In der Ferne konnte ich die Fontänen zweier Wale in der Brandung erkennen.

Aus der Küche hörte ich einen Aufschrei: »Geschafft! Geschafft!«

»Komm her und hilf uns!« schrie Matthew. »Sei kein Spielverderber, Kate, komm und hilf!«

Ich ging wieder in die Küche und sah, wie sich Dad und Matthew mit einem Hebel abmühten. Das Schloß war weg, aber der Deckel klemmte, und sie kriegten ihn nicht auf. Ich blieb an der Tür stehen und schüttelte den Kopf. Ich wollte nicht helfen.

Dann, langsam, mit Knacken und Ächzen gab der Deckel nach. Er ließ sich anheben. Schweigend starrten die beiden ins Innere der Kiste.

»Wow!« sagte Matthew nach einer Weile. »Schau dir das an!«

Es war kein Schatz. Nach der Art zu schließen, wie er »Wow« sagte, war ich überzeugt, daß es nichts Besonderes war.

2

»Also, da soll mich doch . . .« sagte Dad. »Es sind Klamotten! Die Kiste ist voller Klamotten.« Er griff hinein und schleuderte die Sachen auf den Boden. Bald lag ein ganzer Kleiderhaufen auf dem Teppich.

Es waren keine gewöhnlichen Kleidungsstücke. Es waren alte Sachen. Und außerdem waren es ganz spezielle Kostüme. Eins war mit Monden und Sternen übersät. Dann war da ein Trikot mit gerüschtem Röckchen. Und ein Zylinder und ein schwarzer Mantel und noch viele andere Kombinationen.

Dad zog eine Pluderhose heraus. Darin eingewickelt war ein Paar überdimensionaler Schuhe und eine lange, falsche Nase. »Zirkussachen«, sagte Dad. »Das sind Kleider von einem Zirkus.« Er schien ein bißchen enttäuscht. Ich glaube, insgeheim hatte auch er auf einen Schatz gehofft.

Matthew legte alle Kleider ordentlich auf den Boden. Da war das Kostüm eines Messerwerfers - dazu gehörte ein Ledergürtel mit Scheiden für die Messer. Da war ein Jongleur- und ein Clownskostüm, die Garderobe eines Wahrsagers und zwei Seiltänzertrikots. Ungefähr fünfzehn verschiedene Kostüme.

Ich sah mir die Seiltänzersachen an – ein Kostüm war blau und das andere rot. Sie bestanden beide aus Strumpfhosen und aus mit Silbersternen übersäten Trikots. Matthew hielt sich das rote Teil an. »Würde mir passen«, sagte er grinsend.

Ein Schauder lief mir über den Rücken. »Zieh es nicht an!« sagte ich zu ihm.

»Warum nicht?« wollte er wissen.

»Ich hab so ein Gefühl«, sagte ich. »Ich glaube, das hat mal einem gemeinen Menschen gehört. Einem ganz schrecklichen. Einem grausamen. Einem, der tot ist.«

Matthew lachte. »Okay«, sagte er. »Ich zieh es nicht an. Aber was machen wir mit dem ganzen Zeug? Und woher kommt es wohl?«

»Von einem Schiffswrack«, sagte Dad. »Ich wette, zwischen den Klippen ist mal ein Schiff mit Zirkusleuten gesunken. Vor Jahren. Und seitdem liegt diese Truhe im Sand vergraben.« Er grinste mich breit an. »Wenn es auch kein Schatz ist, es kann trotzdem ganz nützlich sein. Wir ziehen der Vogelscheuche eins von den Kostümen an.«

Dad zeigte auf die Vogelscheuche in unserem Garten. Zwei Krähen und ein Star saßen obendrauf. Die Vögel schienen diese alte Vogelscheuche eher zu lieben. Genützt hatte sie noch nie. Sie bot den Krähen einen behaglichen Sitzplatz – das war ihr ganzer Nutzen.

»Welches?« sagte Matthew. »Sollen wir eine Clown-Vogelscheuche machen, oder was?«

»Den roten Seiltänzer«, antwortete Dad. »Ich sehe doch, daß Kate dieses Kostüm nicht mag, also ziehen wir es der Vogelscheuche an.« Dad nahm die rote Strumpfhose und das Oberteil und ging in den Garten. Er zog der

Vogelscheuche die alten Sachen aus und die neuen an. Es war die seltsamste Vogelscheuche, die ich je gesehen hatte. Ein bißchen wie Superman. Matthew rannte nochmal ins Haus und holte den Zylinder. Den stülpte er der Vogelscheuche über den Kopf. Wir lachten.

Aber die Vogelscheuche lachte nicht.

»Ihr Gesicht wirkt irgendwie anders«, sagte ich.

»Sie grinst wie immer«, sagte Matthew.

»Ich weiß«, antwortete ich. »Aber es ist kein freundliches Grinsen mehr. Es schien eher höhnisch. Sieht aus, als verspotte sie Dad. Sie mag ihn nicht. Wegen der Kleider. Die Kleider mögen Dad nicht, weil er sie der Vogelscheuche hier draußen angezogen hat.«

»Quatsch«, sagte Dad, während wir langsam wieder zum Haus gingen. »Wer hat je was von Kleidern gehört, die irgendwas nicht mögen?« Ich drehte mich um und sah die Vogelscheuche an. Eine ihrer Hände war zur Faust geballt. Sah aus, als drohe sie jemandem Schläge an. Ich hatte ihre Hand noch nie so zusammengeballt gesehen. Das mußte passiert sein, während Dad ihr das rote Seiltänzerzeug übergestreift hatte.

Matthew spielte den ganzen Nachmittag mit den Kostümen. Er zog die weite Pluderhose des Clowns an und stülpte sich die lange Nase über. Er sah unwahrscheinlich komisch aus, und Dad und ich konnten gar nicht aufhören zu lachen. Die Hose rutschte immer wieder herunter, und Matthew stolperte so oft über seine eigenen Füße, es war ein Wunder, daß er sich nicht weh tat. Er gab einen großartigen Clown ab. Zirkusreif. Und das war eigentlich sonderbar, weil Matthew normalerweise ernst und kein bißchen komisch ist.

Als nächstes zog er das blaue Seiltänzertrikot an. Er lief zum Gartenzaun und balancierte auf der oberen Kante. Es war ein hoher Lattenzaun, und er war ein bißchen wacklig. Matthew streckte seine Arme zur Seite wie Flugzeugflügel und ging los. Er war toll. Er spazierte über die ganze Länge des Zauns, ohne herunterzufallen. »Super!« rief ich und klatschte ihm Beifall.

Die Vogelscheuche betrachtete uns mit ihrem starren Grinsen.

Sie klatschte nicht.

Da merkte ich plötzlich, wie still der Garten war. Kein Laut war zu hören. Kein Rascheln. Nicht mal ein Vogelruf. Ich sah mich um und entdeckte die Krähen, die weit weg in den Bäumen saßen. Die Vögel waren so verstört, daß sie nicht einmal mehr in den Garten kamen.

»Dieses Kostüm hat an unserer Vogelscheuche Wunder bewirkt«, sagte eine Stimme hinter uns. »Die Vögel kommen nicht in ihre Nähe.« Es war Dad.

»Kann ich ihnen nicht verdenken«, antwortete ich. »Ich geh auch nicht in ihre Nähe.« Die Vogelscheuche schien ihren Blick auf Dad gerichtet zu haben. Sie haßte ihn. Ich wußte, daß sie ihn haßte. »Sie ist eingebildet«, sagte ich. »Und sie ist hochmütig. Und sie ist gemein.«

»Und sie ist nur eine Vogelscheuche«, ergänzte Dad. »Mir ist's egal, wie sie aussieht, solange sie die Vögel verscheucht.«

Die Krähen fingen an zu krächzen. Gedehnte, klagende Schreie wie von verlassenen, kleinen Kindern in der Nacht.

3

Matthew ging ins Haus und zog sich das Kostüm des Messerwerfers an. Das Ganze war aus Leder und hatte überall kleine Kratzer und Risse. Als Dad nicht hinsah, nahm sich Matthew ein scharfes Küchenmesser aus der Schublade und huschte über die Klippe davon. Ich ahnte, daß er Messerwerfer im Zirkus spielen wollte.

Ich sah aus dem Fenster zur Vogelscheuche. Sie schien jetzt dichter am Haus als vorher. Statt in der Mitte des Gemüsebeetes, stand sie am Rand. Sie grinste abscheulich. Sah mir mitten ins Gesicht. Ich ging in mein Zimmer und versteckte mich hinter der Gardine. Blinzelte nur durch einen Spalt, so daß sie mich nicht sehen konnte. Ich kam mir ziemlich blöd vor. Dad hatte recht. Es war nur eine Vogelscheuche.

Da blieb mir fast das Herz stehen: Die Vogelscheuche stand jetzt am Rand des Rasens. Sie hatte sich ungefähr einen Meter weiterbewegt, während ich von einem Zimmer ins andere gelaufen war. Niemand war draußen. Dad saß im Wohnzimmer und guckte Fußball.

»Sie kommt!« schrie ich. »Sie kommt!«

Dad kam hereingestürmt. »Wer kommt?« fragte er.

»Die Vogelscheuche«, rief ich. »Sie kommt und will uns holen. Nein. Sie kommt und will dich holen, Dad. Sie haßt dich. Sieh doch! Sie hat sich bis zum Rasen weiterbewegt.«

Dad spähte aus dem Fenster. Die Vogelscheuche stand wieder im Gemüsebeet.

»Du hast zuviel ferngesehen«, sagte Dad. »Ich will jetzt keinen Unsinn über diese Vogelscheuche mehr hören.« Aus dem Fernsehen brach begeistertes Johlen. »Tor«, sagte Dad. »Und ich hab's verpaßt - wegen einer Vogelscheuche!« Er sah mich wütend an und rannte wieder ins Wohnzimmer.

Kurz darauf tauchte Matthews Gesicht am Fenster auf. Er hielt sich einen Finger über die Lippen. »Pst«, zischte er. »Komm und guck mal!«

Ich folgte Matthew über die Klippe, bis wir aus der Sichtweite unseres Hauses waren. Er hatte immer noch das Messerwerfer-Kostüm an. An einem langen Zaunpfahl am Rand der Klippe blieb er stehen. Dann drehte er sich um und ging zwanzig Schritte zurück, bis er etwa sieben Meter vom Pfosten entfernt war. Er nahm das Küchenmesser und warf es blitzschnell an den Pfosten. Es wirbelte herum wie ein silbrig glitzernder Propeller. Mit einem dumpfen »klack« grub es sich in den Pfosten. Und zitterte leise in der Luft.

Die Sache gefiel mir nicht. Allmählich dämmerte mir, was hier vor sich ging, aber ich mußte es sicher wissen. Matthew grinste. Sein Grinsen war fast so breit wie das der Vogelscheuche. »Mach noch mal«, sagte ich. »Ich will es noch mal sehen.«

»Wenn's weiter nichts ist«, sagte Matthew. »Das kann ich perfekt. Ich bin ein Naturtalent.« Er holte sich das Messer und ging wieder zwanzig Schritte zurück. Diesmal stellte er sich mit dem Rücken zum Pfosten. »Jetzt paß auf«, sagte er. Er faßte das Messer an der Klinge und schleuderte es über seine Schulter. Warf das Messer ohne hinzusehen. Wieder wirbelte das funkelnde Messer zischend durch die Luft. Wieder bohrte es sich in den Pfosten und zersplitterte das graue Holz, als seine Spitze das Ziel gefunden hatte.

Matthew lächelte. Ein befriedigtes, prahlerisches Lächeln. »Ich bin ein Super-Messerwerfer«, sagte er. »Treffe nie daneben. Komisch. Da hab ich nun vierzehn Jahre gelebt, ohne zu ahnen, was für ein guter Messerwerfer ich bin.«

»Das bist nicht du!« flüsterte ich heiser. »Das sind die Kleider. Du bekommst durch die Kleider fremde Kräfte. Dieses Zeug hat einem Messerwerfer in einem Zirkus gehört. Jetzt ist er tot, und du kriegst durch das Kostüm sein Geschick.«

Das Lächeln verschwand aus Matthews Gesicht. »Wie meinst du das?« sagte er. Es war mir klar, daß ihm meine Meinung nicht gefiel.

»Als du die blauen Sachen von dem Seiltänzer anhattest, konntest du, ohne runterzufallen, über den Zaun balancieren«, sagte ich. »Und in dem Clownskostüm konntest du dich wie ein Narr aufführen. Die Fähigkeit dazu kommt von den Kleidern.«

»Blödsinn«, sagte Matthew verärgert. »Du bist gehässig. Eine Besserwisserin bist du. Du meinst, du weißt alles.«

»Mit der Vogelscheuche ist es genauso«, sagte ich. »Sie hat mit dem roten Seiltänzerkostüm bestimmte Fähigkeiten übernommen. Nur, sie hat noch was übernommen. Etwas Schlimmes, nämlich die üble Gesinnung von dem ehemaligen Besitzer der Sachen. Und sie wird kommen und Dad holen. Sie bewegt sich. Das hab ich gesehen.«

Matthew sah mich merkwürdig an. »Du hast wirklich gesehen, wie sie sich bewegt hat?« fragte er.

Ich wurde rot. »Na ja, direkt gesehen nicht, aber sie hat sich bewegt. Sie war plötzlich an einer anderen Stelle.«

Matthew drehte sich um und stürzte davon. Er wollte

nichts mehr von mir hören. Rannte so schnell davon, daß ich ihn nicht einholen konnte.

4

Als ich nach Hause kam, hatte Matthew Dad alles erzählt. Dad war ärgerlich auf uns beide. Er schimpfte mit Matthew, weil mein Bruder das Küchenmesser genommen hatte, aber richtig wütend war er auf mich. »Ich weiß nicht, was in dich gefahren ist«, sagte er. »Erst phantasierst du herum, daß die Vogelscheuche kommt und uns holt, und jetzt willst du uns weismachen, daß diese Kleider fremde Kräfte besitzen. Sei doch nicht so neunmalklug, Kate.«

Dann sagte er etwas, das mir das Blut in den Adern gefrieren ließ. »Ich bringe Matthew jetzt in die Stadt. Er bleibt über Nacht bei Tante Ruth. Du kannst schon mal Tee machen, solange ich weg bin.«

»Du darfst mich nicht allein hier lassen!« schrie ich auf. Ich zeigte durch das Fenster auf die Vogelscheuche. »Nicht mit der da!« Dads Miene wurde zornig. Ich sollte besser nichts mehr davon sagen.

»Okay, okay«, sagte ich. »Bis dann also.«

Ich hörte das Motorengeräusch, als Matthew und Dad über die Auffahrt zu unserem Tor holperten. Ich war allein. Die See war seltsam unbewegt. Ich warf einen Blick über die rauhen, kahlen Klippen. Es ging kein Wind, und von See her waberte Nebel. Nirgendwo in der weiten Landschaft konnte ich mit Hilfe rechnen. Kein anderes Haus war in Sichtweite. Im hinteren Garten grinste mit verzerrtem Gesicht die Vogelscheuche. Ich starrte sie an wie eine von der Schlange hypnotisierte Maus. Ich konnte den Blick nicht abwenden.

Der Zylinder war ihr auf die Seite gerutscht. Das rote Seiltänzerkostüm wölbte sich über der Strohfüllung. Ihre Beine baumelten sachte im Wind.

In welchem Wind?

Es ging kein Lüftchen.

Ich stieß einen unterdrückten Schrei aus, als sie sich wieder bewegte. Der Mund der Vogelscheuche öffnete sich. Ihre Kiefer klappten langsam auseinander und gaben ein schwarzes Loch frei. Ein entsetzlich schwarzes Loch. Ich schrie auf und lief ins Wohnzimmer. Starrte aus dem Fenster. Sie hatte sich bewegt. Sie baumelte von ihrem Pfosten, der nun mitten im Rasen aufragte. Sie war jetzt viel dichter am Haus.

Mir blieb fast der Verstand stehen. Ich war immerhin nur ein Kind. Allein in einem Haus mit einer lebendigen Vogelscheuche davor. Mit einer Vogelscheuche, die langsam auf das Haus zukam. Ich geriet in Panik. Ich lief zur Haustür und verriegelte sie. Dann lief ich zur Hintertür und drehte den Schlüssel um. Ich überprüfte sämtliche Fenster. Redete mir ein, daß ich in Sicherheit sei - aber ich wußte genau, daß es nicht stimmte.

Die Vogelscheuche stand immer noch in derselben Stellung. Ich beobachtete sie aus dem Fenster. Rührte mich nicht. Sie wollte sich anscheinend nicht bewegen, solange ich hinsah. Mein Herz schlug nicht mehr ganz so schnell. Mein Gehirn fing an zu arbeiten. Ich würde hier stehen bleiben und sie nicht aus den Augen lassen. Dann konnte sie nicht weiter.

Da standen wir nun, wir zwei. Abwartend, lauernd, reglos alle beide. Ich sah finster zu ihr hin, sie sah höhnisch zu mir her. Eine Stunde verging. Die Beine wurden mir lahm, aber ich wagte mich nicht zu rühren. Solange ich die Vogelscheuche mit meinem Blick festnagelte, würde sie sich nicht bewegen. Der Nachmittagshimmel trübte sich, und der Nebel über der See wurde dichter.

Wie lange konnte ich hier stehen? Wo blieb Dad? Und wenn er bis nach Einbruch der Dunkelheit nicht zurückkam? Ob sich die Vogelscheuche in der Dunkelheit heranpirschte? Wußte sie, daß sie dann vor meinen Blicken sicher war? Würden ihre Kräfte bei Nacht zunehmen? Würde es ihr etwas ausmachen, wenn ich sie in der Finsternis um Mitternacht bei einer Bewegung ertappte?

Ich sah mich nach einer Waffe um. Ich hatte nichts. Nichts, womit ich diesen gräßlichen Spuk bekämpfen könnte. Ich mußte etwas unternehmen, bevor die Dunkelheit vollends hereinbrach. Da fiel mein Blick auf den Haufen Zirkuskostüme. Ich riß mich davon los und konzentrierte mich wieder ganz auf die Vogelscheuche. Die Augen konnte ich nicht herumschweifen lassen, aber meine Gedanken waren frei. Langsam nahm eine Idee in meinem Kopf Gestalt an. In diesen Kleidern steckte Hilfe, da war ich sicher.

5

Ich tastete mich an den Kleiderstapel heran und ließ dabei die Vogelscheuche nicht aus den Augen. Bückte mich, hob eins der Kostüme auf. Ich zog ein Teil nach dem anderen an, bis meine eigenen Kleider vollständig bedeckt waren. Dann setzte ich mich und starrte und starrte und starrte.

»So, du Vogelscheuche!« sagte ich nach einer Weile. »Jetzt weiß ich, was ich tun muß.«

Ich riß mir das Kostüm vom Leib. Ich hatte viel vor, und es mußte vor Einbruch der Dunkelheit erledigt sein. Die Zirkuskleider raffte ich zusammen und stopfte sie in eine Mülltüte aus Plastik. Dann rannte ich in die Garage, holte eine Seilrolle, ein Stück Kette und Dads Drahtspanner. Ich schnappte mir auch seine größte Angelrute, eine lange Bambusstange. Es war eine schwere Last für mich, aber die Angst verlieh mir Kräfte.

Dann machte ich mich auf den Weg zur Klippe. Alle paar Schritte blieb ich stehen und sah mich um. Ich kam an eine Weggabelung. Ein Weg führte hinunter zu einer kleinen Bucht, der andere ging weiter bis zum Rand von Dead Man's Drop - einer gewaltigen Kluft zwischen zwei hohen Klippen. Dad ließ Matthew und mich niemals in die Nähe von Dead Man's Drop. Die Klippen stürzten senkrecht in die brausenden Wogen. Keiner, der hier abstürzte, kam jemals zurück.

Ich kämpfte mich vorwärts bis zur Kante von Dead Man's Drop. Ein Viehzaun aus Stacheldraht endete am Rand der Klippe. Wer hier den letzten Pfosten aufgestellt hatte, war mutig gewesen. Der Pfosten war am äußersten Rand einzementiert. Ich setzte meine Last ab und nahm die Angelrute, machte den Haken ab und band ein schweres Senkblei an das Ende der Schnur. Nachdem ich die Winde an der Angel überprüft hatte, schleuderte ich das Gewicht auf die gegenüberliegende Klippe. Es segelte in hohem Bogen durch die Luft - zu hoch. Das Gewicht stürzte in die tosende Brandung. So schnell ich konnte, spulte ich die Schnur wieder auf. Ich hatte mir schon gedacht, daß der erste Wurf nicht gelingen würde.

Ich versuchte es noch einmal.

Diesmal klappte es. Das Gewicht kurvte elegant durch die Luft und landete auf der Klippe gegenüber. Ich legte die Angelrute auf den Boden und schnitt die Leine ab. Dann verknüpfte ich das Ende der Leine mit einem Ende der langen Seilrolle. Das andere Seilende band ich um den Zaunpfosten.

Ich sah zum Himmel. Langsam wurde es dunkel. Auf dem Weg hinter mir rührte sich noch nichts.

Ich nahm ein Zirkuskostüm heraus und legte es zusammengefaltet neben den Pfosten. Alle anderen Kostüme warf ich über die Klippe ins Meer. Die gierigen Wellen verschlangen sie, und bald waren die Kleidungsstücke spurlos im tosenden Wasser verschwunden. Ich machte die Winde von der Angelrute ab und legte die Bambusrute oben auf das Kostüm, das ich behalten hatte.

Mit der Kette und dem Drahtspanner rannte ich an der Kante von Dead Man's Drop entlang. Bis auf die andere Seite war es ungefähr einen Kilometer. Beim Rennen schaute ich über die Schulter auf den dunkler werdenden Weg. Noch nichts.

Endlich war ich auf der anderen Seite. Ich suchte im Gestrüpp nach meinem Gewicht. Schließlich entdeckte ich es dicht am Rand der Klippe. Ich erreichte es nur, indem ich mich auf den Bauch legte und meine Hand danach ausstreckte. Jetzt wickelte ich die Angelschnur auf und zog auf diese Weise vorsichtig das angeknotete Seil über den Abgrund. Als nächstes band ich das Stück Kette an das

Seilende. Dann nahm ich den Drahtspanner und spannte das Seil fest um den Zaunpfahl auf dieser Seite. Es mußte straff sein. Ganz straff.

Der Himmel verdunkelte sich. Wolken jagten darüber hin, und unter mir toste die donnernde Brandung und grapschte mit schäumenden Klauen nach mir.

Auf der anderen Seite, weit unten auf dem dunklen Weg, erkannte ich eine vorwärtsstolpernde Gestalt. Es war Dad. Er rannte, und im Rennen schaute er immer wieder über die Schulter. Hinter ihm, die Stroharme zum Himmel gereckt, kam die Vogelscheuche. Grimmig entschlossen schritt sie voran. Ihren Stock mit gekrümmter Klaue fest umklammert. Den Mund weit offen und zu einem wütenden Zähnefletschen verzerrt.

Dad war zu Tode entsetzt, das konnte ich erkennen. Er taumelte auf die Weggabelung zu, machte ein paar Schritte abwärts zur Bucht, dann änderte er seine Meinung und steuerte Dead Man's Drop an - ich hatte es gewußt.

Mit erstaunlicher Geschwindigkeit bog die Vogelscheuche vom Weg ab und trieb Dad gegen den Klippenrand. Sie hob ihre schwankenden Arme zum Himmel und stieß ein grauenhaftes Gebrüll aus. Ich wußte, daß Dad dieser wütenden Gewalt nicht gewachsen war.

6

Dad warf erst einen flüchtigen Blick nach unten auf die schmatzende See. Dann schaute er auf und erkannte mich auf der anderen Seite. »Zieh das Kostüm an!« schrie ich. »Zieh das blaue Zeug an!«

Ich sah, wie er prüfend die Ausstattung des Seiltänzers betrachtete und den Kopf schüttelte. Die schnaubende, rote Vogelscheuche war gestolpert. Sie stieß ein klagendes Stöhnen aus, dann schleppte sie sich weiter.

»Schnell!« brüllte ich. »Zieh die Sachen an! Das ist deine einzige Chance!« Dad zog sich Schuhe und Kleider vom Leib, riß und zerrte wie wild. Im Nu stand er in Blau da. Er nahm die lange Angelrute aus Bambus und setzte - sie als Balancierstange benutzend - ein paar Schritte auf das Seil, das ich über den Abgrund gespannt hatte. Mit wüster Stimme rief die See nach ihm. Die nadelspitzen Felsen drängten sich aus dem zerstiebenden Schaum. Dad schwankte, doch dann, als hätte er sein Leben lang nichts anderes getan, spazierte er über das Seil.

Ein Meisterstück wie noch nie! Mit festen Schritten und ohne zu zaudern ging Dad bis zur Mitte des Seils. Nicht ein einziges Mal drehte er sich um. Das Talent des längst gestorbenen Seiltänzers war durch die Kleidung auf Dad übergegangen.

Die Vogelscheuche, inzwischen wieder auf den Beinen, war nun am Rand der Klippe angekommen. Ihr Gesicht war vor Haß und Wut verzerrt. Sie bückte sich und wollte an dem Seil rütteln, aber ich hatte es fest genug gespannt. Es rührte sich nicht. Die Vogelscheuche versuchte, den Knoten zu lösen, mit dem das Seil am Zaunpfahl befestigt war, aber ihre Strohfinger taugten nicht dazu.

Mit einem zornigen Aufschrei nahm die Vogelscheuche ihren Stock und folgte Dad auf das gespannte Seil. Zwei Akrobaten, ein blauer und ein roter, hielten sich an ihren Balancierstangen fest und traten ruhig und ohne Absicherung hinaus in die dunstige Abendluft.

»Weiter!« schrie ich. »Geh weiter! Du kannst es. Ich weiß, daß du es kannst!«

Und er schaffte es. Es schien eine Ewigkeit zu dauern, aber schließlich trat Dad auf festen Boden. Ich fiel ihm um den Hals und umarmte ihn wie wild. »Keine Zeit für so was!« schrie er. Er sah der Vogelscheuche entgegen, wie sie auf dem Seil näher und näher kam.

»Schnell!« rief Dad. »Mach den Knoten auf, bevor sie da ist!«

»Nicht nötig«, sagte ich. »Das erledigen die Vögel.«

Dad warf einen Blick über den kahlen Himmel. »Was redest du da?« schrie er. »Ich seh keine Vögel!«

»In einer Minute sind sie da«, sagte ich.

Die Vogelscheuche kam voran. Ich konnte schon das gräßliche schwarze, vor Wut verzerrte Mundloch sehen.

7

»Sieh mal!« rief ich. »Da sind sie!« Hunderte von Vögeln fegten niedrig über die Klippen. Sie kreisten über der roten Gestalt aus Stroh, dann stießen sie herab. Der Zylinder flog vom Kopf und stürzte trudelnd in die lauernde See. Die Vogelscheuche hob ihren Stock und schlug damit nach den Vögeln wie jemand, der sich gegen einen Schwarm Fliegen zur Wehr setzt. Schneller und schneller stießen die Vögel herab, pickend, flatternd, flügelschlagend.

Und da, langsam aber sicher, fing die Gestalt aus Stroh an zu wanken. Sie fiel in Loopings, trudelnd und kreisend, bis sie schließlich der rasenden Flut in die Arme stürzte.

Die Vögel verschwanden ebenso schnell, wie sie gekommen waren. Dad und ich standen schweigend da und starrten ihnen nach.

Nach einer Weile zog Dad das blaue Kostüm aus und schleuderte es ins Meer. Zitternd stand er in der Unterhose. »Woher hast du gewußt, daß die Vögel kommen?« fragte er.

»Ich hab es eben gewußt«, sagte ich.

»Und woher hast du gewußt, daß ich den Weg zur Klippe nehme und nicht den zur Bucht?«

»Ich hab es eben gewußt. Ich hab alles gewußt, was geschehen würde. Ich hab auch gewußt, daß du sicher über das Seil kommst.«

»Wieso hast du das gewußt?« drängte er. »Wieso?«

»Bevor ich los bin«, sagte ich, »habe ich ein Kostüm angezogen.«

»Welches denn?«

Er lachte, als ich es ihm erzählte. »Das Kostüm des Wahrsagers.«

Inhalt

Paul Jennings wurde 1943 in England geboren, wanderte jedoch schon mit sechs Jahren nach Australien aus und wuchs dort im Bundesland Victoria auf. Später wurde er Lehrer und versuchte im Unterricht auch den lesefaulsten Schülern mit Gruselgeschichten die Bücherwelt schmackhaft zu machen. So entstanden die ersten Manuskripte. Als er sie schließlich beim australischen Verlag Penguin Books einreichte, schlugen sie wie eine Bombe ein. Allein Jennings' erstes Buch, das 1985 erschien, verkaufte sich in kurzer Zeit über 1 Million mal. Jennings ist heute einer der beliebtesten und bekanntesten Autoren bei Kindern zwischen acht und vierzehn Jahren. Seine Geschichten wurden auch als Comic und Film produziert. In Deutschland gibt es die 26teilige Fernsehserie unter dem Titel »Twist total« in der ARD.

Kathrin Sander
Das Geheimnis der Moorfrau
96 Seiten mit 27 Illustrationen
von Maria Satter
ISBN 3-473-34299-8

Der Mühlenpeter ist Hausmeister in einem Museumsdorf. Zu ihm geht Robert oft während seiner Ferien in der Heide. Der Mühlenpeter kann spannende Geschichten von Gespenstern und anderen Spukgestalten erzählen. Aber eines Tages, als Nebel aufzieht, sagt er mit abwesendem Blick und seltsam klingender Stimme nur einen Satz: »Die Moorfrau geht um!« Und dann will er nichts mehr erzählen. Robert wird es ganz unheimlich.

Bruce Brooks
Dooleys Geheimnis
96 Seiten mit 5 Illustrationen
von Jub Mönster
ISBN 3-473-34348-X

Niemand kann verhindern, daß jemand stirbt. Oder doch? Dooley behauptet, er kann's, und der Junge, dessen Großvater im Sterben liegt, greift nach dem Strohhalm, obwohl es doch völlig unsinnig ist. Aber es ist die einzige Hoffnung, Großvater nicht zu verlieren.